DAS GEHEIMNIS VON UNDERWOOD HOUSE

Ein Angela-Marchmont-Krimi 2

CLARA BENSON

Übersetzt von
RITA KLOOSTERZIEL

Die Originalausgabe des Romans erschien 2013 unter dem Titel „The Mystery at Underwood House: An Angela Marchmont Mystery Book 2". Copyright © der Originalausgabe 2013 by Clara Benson

Deutsche Erstveröffentlichung 2022
Copyright © der deutschsprachigen Übersetzung 2022 by Clara Benson

Übersetzung: Rita Kloosterziel
Lektorat: Antje Steinhäuser
Korrektorat: Marlies Döring

Alle Rechte vorbehalten.

ISBN: 978-1-913355-30-2

Mount Street Press
5 Brayford Square
London E1 0SG

clarabenson.com

Das Geheimnis von Underwood House

Der alte Philip Haynes hatte immer schon seinen Spaß daran, wenn sich die Mitglieder seiner Familie gegenseitig an die Gurgel gingen. Selbst nach seinem Tod sorgt sein Testament dafür, dass die Streitereien weitergehen. Doch nun sind drei Menschen tot und Misstrauen und kaum verhohlene Anschuldigungen sind an der Tagesordnung. Ist eines der Familienmitglieder tatsächlich ein Mörder? Angela Marchmont ist hin- und hergerissen zwischen Freundschaft und Pflichtgefühl – und sie muss herausfinden, was wirklich passiert ist, bevor ein weiterer Mord geschieht.

Das Geheimnis von Underwood House ist der neueste spannende Krimi aus den 1920er-Jahren mit der Amateurdetektivin wider Willen Angela Marchmont.

Prolog

DIE LICHTER im Haus warfen einen warmen Schein auf den Rasen. Ein Mann stand im Schatten außerhalb der Lichtkegel, zog fröstelnd die Schultern gegen die kühle Februarluft hoch und starrte missmutig auf die erleuchteten Fenster. Er war auf alle wütend - aber vor allem auf sich selbst. Wie hatte er nur so dumm sein können, in einer derart kalten Nacht mit nichts als einem Smoking bekleidet ins Freie zu stürmen! Kaum hatte er im Garten gestanden, war seine Wut verraucht und er wollte wieder ins Haus. Allerdings war die Tür hinter ihm ins Schloss gefallen, und jetzt müsste er irgendwie auf sich aufmerksam machen, um seinen Mantel zu holen − und dann würde er erst recht als wehleidiger Narr dastehen. Warum war er nicht vernünftig gewesen und stattdessen in sein Zimmer gelaufen?

Die Fenster starrten ihn ihrerseits an und schienen ihn mit ihrem Versprechen von Wärme und Behaglichkeit zu verhöhnen. Dieses verdammte Haus! Er hatte es immer gehasst, dieses scheußliche Gemäuer voller schmerzlicher Erinnerungen. Er konnte es kaum erwarten, es endlich loszuwerden, sobald sie ihn ließen. Und zum Teufel mit den anderen! Er brauchte keinen von ihnen, Geld hin oder her. Er würde sich nie wieder hierherlocken lassen.

Er kramte in seiner Tasche nach einer Zigarette, zündete sie an und wandte dem Haus den Rücken zu, während er überlegte, was er als Nächstes tun sollte. Natürlich würde er früher oder später in den sauren Apfel beißen und darum betteln müssen, eingelassen zu werden, aber er schätzte, dass seine Demütigung geringer ausfiel und er sich ein Minimum an Würde bewahren könnte, wenn er sich eine Stunde lang draußen herumtrieb. Jedenfalls hatte es keinen Sinn, schlecht gelaunt im Garten umherzustreunen; er konnte genauso gut einen flotten Spaziergang machen, um sich warm zu halten. Mit einem ungeduldigen Zungenschnalzen machte er sich auf den Weg in Richtung See. Der Himmel war klar und im Mondlicht konnte er den Weg deutlich sehen.

Er ging schnell, außer seinen Schritten war kein Geräusch zu hören, aber er war zu sehr in Gedanken versunken, um die Stille zu bemerken. Nach einer Weile sah er etwas durch die Bäume schimmern und stand kurze Zeit später an einem baufälligen Holzsteg am Ufer des Sees. Ein altes Ruderboot mit vielfach verknoteten und ausgefransten Leinen dümpelte sanft vor sich hin. Der matte Glanz des Wassers im kalten Halbdunkel und die dünnen Nebelschwaden, die still darüber hinwegwaberten, wirkten unheimlich.

Der Mann ging bis zum Ende des Stegs. Er stand dort, die Hände in den Taschen, und sah sich mit einem Anflug von Abscheu um. Schon als Kind hatte er den See nicht gemocht, überhaupt hatte er selbst damals eine Abneigung gegen Wasser im Allgemeinen gehabt, und daran hatte sich im Laufe der Jahre nichts geändert. Für ihn hatte dieser Ort etwas Trostloses und Drohendes, sogar etwas Abstoßendes. Er wusste nicht, warum er ausgerechnet hierhergekommen war.

Unmittelbar nach dem Streit hatte ihm noch das Blut in den Adern gekocht, doch langsam kam er sich vor wie ein Idiot. Er fragte sich, was die anderen gerade taten. Wie er seine Familie kannte, waren sie wahrscheinlich alle in den Salon zurückgekehrt und vertrieben sich die Zeit damit, mit kaum verhohlener gegenseitiger Verachtung Konversation zu machen: So lief es normalerweise bei diesen Gelegenheiten. Natürlich fehlten diesmal zwei von ihnen – und je mehr er darüber nachdachte, um so seltsamer erschien es ihm. Es war sogar ausgesprochen merkwürdig, dass bei den letzten beiden Zusammenkünften jeweils ein Familienmitglied gestorben war. Der erste Todesfall hatte niemanden überrascht, nach jahrelanger Krankheit hatte man jederzeit damit rechnen müssen. Aber der zweite Todesfall mit seiner Brutalität war ein ziemlicher Schock gewesen. Er erinnerte sich nur zu gut an den Anblick des gebrochenen, verdrehten Körpers, an die leeren Augen, die ins Nichts starrten.

Wie hatte ein solcher Unfall passieren können? Es war wirklich eine Verkettung unglücklicher Umstände gewesen. Warum war die Familie derart vom Pech verfolgt? Wer würde der Nächste sein? Plötzlich überkam ihn das Gefühl, als würden der Wald und die Dunkelheit immer näher rücken und ihn sanft, aber unaufhaltsam auf den eiskalten See und seine unergründliche Tiefe zutreiben. Er blickte nach oben in das kahle Geäst der Bäume und schauderte. Es reichte, er war lange genug hier draußen; vielleicht war es an der Zeit, zum Haus zurückzukehren.

Er war so in Gedanken versunken, dass er die Schritte erst hörte, als sie schon sehr nahe waren. Erst ein Knarren des hölzernen Stegs machte ihn darauf aufmerksam, dass sich jemand in seiner Nähe befand. Angstvoll wirbelte er herum und sah eine Gestalt auf sich zukommen.

„Oh!", sagte er. „Meine Güte, hab ich mich erschrocken!"

„Ich bitte um Verzeihung", lautete die Antwort.

„Ich dachte nicht, dass mich hier jemand finden würde."

Diesmal erntete er nur ein stummes Lächeln.

„Tut mir leid wegen des Streits vorhin. Wir haben uns eigentlich nie gut verstanden. Ich weiß nicht, warum zum Teufel wir gezwungen sind, an diesen Zusammenkünften teilzunehmen. Ich schätze, Vater wollte sich einen Scherz erlauben, auch wenn ich nicht behaupten kann, dass ich es lustig finde."

„Nein?"

„Wahrscheinlich bin ich der Einzige, der so denkt. Nun, ich finde es jedenfalls alles furchtbar langweilig. Vermutlich schicken die anderen nach mir?"

„Nicht direkt."

„Oh." Der Mann war ein wenig verwirrt. „Also nur ein Spaziergang? Nein, um diese Zeit geht doch niemand mehr spazieren! Wie spät ist es denn? Es muss schon fast Mitternacht sein."

„Es ist zwanzig Minuten vor zwölf."

„Wirklich? Dann bin ich schon länger unterwegs, als ich dachte. Ich muss zurück zum Haus, sonst fragen sie sich, wo ich abgeblieben bin."

„Einen Moment." Eine Hand hielt ihn zurück. „Ich muss erst noch etwas sagen."

„Ja?", sagte der Mann ungeduldig.

„Welcher Tag ist heute?"

Der Mann schüttelte ungeduldig den Kopf.

„Welcher Tag heute ist? Heute ist Mittwoch. Was soll die Frage?"

Sein Gegenüber runzelte die Stirn und der Mann hatte das undefinierbare Gefühl, dass das die falsche Antwort gewesen war. Plötzlich hatte er Angst.

„Noch einer. Wie schnell man doch vergisst." Der Tadel in der Stimme war nicht zu überhören. „Vielleicht hilft das der Erinnerung auf die Sprünge."

Der Mann nahm das angebotene Ding entgegen und betrachtete es verständnislos.

„Aber ja, natürlich. Das ist - aber was soll das?"

Während der Mann mit wachsender Ungeduld der Antwort auf seine Frage lauschte, rückte der Schatten der Bäume immer näher und drängte sie beide unaufhaltsam zum Wasser. Plötzlich durchzuckte den Mann ein Stich der Angst und er begriff, dass er nicht mehr ins Haus zurückkehren würde.

Kapitel Eins

„OH, wie ungeschickt!", rief Mrs Haynes und stellte die Teekanne mit einem Klirren ab. „Nein, bleib sitzen, ich wische es auf. Ich hoffe, dein Kleid hat nichts abbekommen."

„Nein, ich glaube nicht. Aber verdirb dir nicht dein sauberes Taschentuch. Hier, nimm meine Serviette."

Angela Marchmont lehnte sich zurück, während ihre Gastgeberin aufgeregt um eine Teepfütze herumflatterte, die sich über die Tischkante ausbreitete und auf den Teppich zu tropfen begann.

„Das nützt nichts, ich mache alles nur noch schlimmer. Ich werde läuten müssen. - Annie, ich habe hier eine ziemliche Sudelei angerichtet. Machen Sie das bitte sauber und bringen Sie uns eine frische Kanne. Und nehmen Sie das Kissen mit, vielleicht ist es noch zu retten. Danke, meine Liebe! Es tut mir leid, Angela. Wir müssen noch ein wenig auf unseren Tee warten."

„Ist alles in Ordnung, Louisa?", fragte Angela. „Du wirkst etwas zerstreut, wenn ich das so sagen darf."

Louisa Haynes schien ein wenig in sich zusammenzusacken.

„Ist es wirklich so offensichtlich?“, fragte sie.

Mrs Marchmont blickte mit hochgezogenen Augenbrauen auf den feuchten Fleck auf dem Teppich und ihre Freundin lächelte amüsiert.

„Wie dumm von mir. Nun ja, ich habe tatsächlich etwas auf dem Herzen …“ Sie ließ den Satz in der Luft hängen, als wüsste sie nicht, ob sie fortfahren sollte.

„Warum erzählst du mir nicht, was los ist“, schlug Angela lächelnd vor. „Ich habe das Gefühl, dass du das sowieso vorhattest.“

Louisa lachte, aber in ihrer Stimme schwang eine Spur von Sorge mit.

„Oh je, ich konnte mich noch nie gut verstellen! Und du warst immer so schlau in solchen Dingen. Aber du hast recht - ich wollte mit dir über etwas sprechen. Es geht um John. Und es bereitet mir schreckliche Sorgen.“

„Ich bin ganz Ohr“, antwortete Angela vorsichtig. Sie nahm fast an, dass ihr freundschaftlicher Rat gefragt war, weil Louisas Ehemann Gefallen an irgendeiner flotten jungen Dame fand.

„Nun, wenn ich sage, dass es um John geht, stimmt das nicht ganz, es geht eher um die Haynes im Allgemeinen und den alten Philip, der vor etwa anderthalb Jahren gestorben ist“, erklärte Louisa. „Der Streit um das Haus ist wirklich nicht hilfreich und sie können sich alle nicht leiden und manchmal frage ich mich, ob es nicht Absicht war, denn er war wirklich ein alter Teufel, musst du wissen, obwohl ich das Wort nicht gerne benutze, aber es ist doch seltsam, wenn jemand darauf besteht, dass sich seine Kinder zweimal im Jahr treffen, wenn sie sein Geld haben wollen, und jetzt ist Edward tot und nur noch John ist übrig, und nach der amtlichen Untersuchung haben die Leute angefangen zu reden. Verstehst du?“

„Nein", erwiderte Angela. „Wer ist Edward? Und warum müssen sich seine Kinder zweimal im Jahr treffen?"

„Nicht Edwards Kinder, sondern Philips", korrigierte Mrs Haynes. „Wegen des Testaments."

„Philips Testament oder das von Edward?"

„Das von Philip. Vermutlich geht Edwards Anteil nun direkt an Ursula und Robin."

„Ich verstehe immer noch nicht", gestand Angela. „Fangen wir doch mal ganz von vorne an. Mit Philip meinst du wohl Philip Haynes, Johns Vater?"

„Ja."

„Und Philip ist gestorben und hat ein Testament hinterlassen?"

„Ja, er hat sein gesamtes Vermögen seinen vier Kindern zu gleichen Teilen vermacht, mit der Auflage, dass sie zweimal im Jahr in Underwood House zusammen essen und hier übernachten. In seinem Testament schrieb er, es tue ihm leid, dass es ihm nie gelungen sei, seine Kinder zu gegenseitiger Liebe zu erziehen, und deshalb wolle er, dass sie sich regelmäßig treffen und versuchen, nach seinem Tod besser miteinander auszukommen. Allerdings glaube ich eher, dass er mit dieser Regelung Unruhe stiften wollte. So war er nun einmal."

„Und die Geschwister können sich nicht leiden, sagst du? Was ist mit ihrer Mutter?"

„Sie starb vor etwa zwanzig Jahren, als John ein junger Mann war. Soweit ich weiß, war es keine glückliche Ehe. John spricht nicht gerne darüber, aber seine Eltern haben sich oft gestritten und die Kinder dabei gegeneinander ausgespielt. Sie haben ihre Loyalität mit Geschenken und Leckereien erkauft, wie es ihnen passte. Die armen Dinger. Kein Wunder, dass sie einander von klein an misstraut haben."

„John ist der Älteste, wenn ich mich recht erinnere?"

„Ja. Nach ihm kamen Philippa, Winifred und Edward. Ich glaube, es gab noch eine weitere Tochter, aber sie ist vor vielen Jahren gestorben."

„Jedes Kind hat also ein Viertel des Vermögens geerbt. Was ist mit dem Haus?"

„Das hat er ihnen gemeinsam überlassen, sie sollten selbst entscheiden, was damit passieren soll. Natürlich war das sofort ein Anlass für Streit, weil sie sich nicht einigen konnten. John wollte es behalten, denn er liebt das alte Haus, während Philippa und Edward es verkaufen wollten. Allerdings waren sie sich uneins, wie sie das anstellen sollten und wie viel es wert ist. Die arme Winifred, die schon immer ein wenig weltfremd war, wollte es einer wohltätigen Einrichtung für die Unterbringung von Waisenmädchen schenken. Das Ende vom Lied war, dass nichts beschlossen wurde."

„Ich verstehe. Eine schwierige Situation. Aber vermutlich war der Verkauf des Hauses nicht dringend, denn schließlich hatten alle Kinder etwas Geld geerbt."

„Ja, aber auch das war nicht so einfach, wie es hätte sein können. Philip hat jedem zehntausend Pfund hinterlassen, aber nur die Hälfte dieser Summe hatten sie zur freien Verfügung. Von den restlichen fünftausend Pfund standen ihnen lediglich die erwirtschafteten Erträge zu, das Kapital selbst durften sie nicht anrühren."

„Und wer sollte das Kapital nach ihrem Tod erben?"

„Weißt du, das ist das Seltsamste an der ganzen Sache. In seinem Testament hat Philip verfügt, dass das Geld ohne Abzüge an Mr Faulkner, seinen Anwalt, geht."

„Tatsächlich? Das erscheint mir etwas ungewöhnlich. Waren er und Philip gut befreundet?"

„Na ja, die beiden haben ständig die Köpfe zusammengesteckt", antwortete ihre Freundin, „aber ich würde sie nicht gerade als Freunde bezeichnen. Der alte Philip hatte keine Freunde. Er hatte Verbündete und er hatte Feinde, und man konnte fast über Nacht vom Verbündeten zum Feind und vom Feind zum Verbündeten werden, je nachdem, ob man gerade in seiner Gunst oder in seiner Ungnade stand. Mr Faulkner ist selbst ein Sonderling und ich glaube, sie waren einander durchaus sympathisch. Sie haben stundenlang in Philips Arbeitszimmer gesessen und wer weiß was besprochen."

„War die Familie überrascht, als sie erfuhr, dass Philip das Geld für seinen Anwalt vorgesehen hat?"

„Ja, das glaube ich wohl. Aber sie kannten ihren Vater - sie wussten genau, wie kapriziös und verschroben er war, also nahmen sie es mit einer Art Resignation hin, ohne lange darüber nachzudenken. So war es auch mit den halbjährlichen Versammlungen: Keiner von ihnen hat diese Zusammenkünfte gemocht, aber sie haben alle mitgemacht, denn sie wussten, dass es die einzige Möglichkeit war, an ihren Erbanteil zu kommen."

„Hm, verstehe", sagte Angela. „Und was hat es mit Edwards Tod auf sich?"

„Nun, das ist es ja." Mrs Haynes zögerte einen Moment, dann fuhr sie fort: „Wenn es nur um ihn ginge, würde ich dich nicht mit der ganzen Geschichte behelligen. Aber es geht um sie alle."

„Alle?"

„Ja. Sie sind alle tot. Erst Philippa, dann Winifred und jetzt Edward. Seit Philips Tod haben genau drei Treffen stattgefunden. Und bei jedem Treffen ist eines von Philips Kindern gestorben."

„Du meine Güte!", rief Angela.

Louisa nickte. „Genau," sagte sie. „Und das sieht langsam ausgesprochen verdächtig aus."

Kapitel Zwei

ANGELA, die bisher vorne auf der Sesselkante gehockt hatte, wie man es als höflicher Gast eben so tat, wenn man dezent am Tee nippte und sich alsbald verabschiedete, ließ sich nun in die Kissen sinken.

„Erzähl mir, was passiert ist, Louisa", forderte sie ihre Freundin auf.

Mrs Haynes war froh, dass es ihr gelungen war, die Aufmerksamkeit ihrer Besucherin zu wecken. Ihre Stimme nahm einen vertraulichen Ton an.

„Also, alles begann im Februar letzten Jahres, beim ersten Familienessen. Da war Philip seit ein paar Monaten tot. Laut Testament ist Mr Faulkner dafür verantwortlich, uns alle zu diesen Zusammenkünften einzuladen."

„Entschuldige bitte, aber wen meinst du mit ‚uns'? Ich dachte, es sind Philips Kinder, die an diesen Versammlungen teilnehmen."

„Oh nein, wir müssen alle teilnehmen. Da wir hier leben, haben John und ich natürlich ohnehin kaum eine Wahl, und neben Philippa - sie hat übrigens nie geheiratet - sind da noch Winifred und ihre Tochter Susan sowie

Edward, seine Frau Ursula und ihr Sohn Robin. Ein paar Wochen vor dem Termin erhalten wir alle einen Brief von Mr Faulkner, in dem er uns sehr höflich an die Bestimmungen des Testaments erinnert und uns einlädt - oder vielmehr anweist -, an einem bestimmten Tag hier gemeinsam zu speisen."

„Wurden die Termine im Testament festgelegt?"

„Nicht, dass ich wüsste. Letztes Jahr haben wir uns alle im Februar und im Mai getroffen und das diesjährige Treffen war ebenfalls im Februar."

„Am gleichen Tag wie im Februar letzten Jahres?"

„Hm, jetzt, wo du es sagst, fällt mir auf, dass es tatsächlich das gleiche Datum gewesen sein könnte. Lass mich überlegen … Dieses Jahr haben wir alle den Abend des sechzehnten hier verbracht, und - ja, du hast recht: Letztes Jahr war es ebenfalls der sechzehnte. Ich erinnere mich daran, weil wir am siebzehnten erfahren haben, dass das Baby meiner Patentochter früher als geplant auf die Welt gekommen ist, und das hat mich ganz durcheinandergebracht, weil ich die Mütze und die Fäustlinge für das Kleine noch nicht fertig gestrickt hatte. Wie merkwürdig."

„Hat der 16. Februar irgendeine besondere Bedeutung?", fragte Angela.

„Nein, ich glaube nicht", antwortete ihre Freundin nachdenklich.

„Und was ist mit dem nächsten Familienessen? Wann wird das sein? Wieder im Mai? Wenn ja, müsste es bald stattfinden."

„Ich habe keine Ahnung. Bisher haben wir noch keine Nachricht von Mr Faulkner erhalten. Meinst du, es ist wichtig?"

„Ich weiß es nicht. Wahrscheinlich nicht", erwiderte Angela. „Wie auch immer, erzähle bitte weiter."

„Nun, alle kamen hierher, wie Mr Faulkner sie angewiesen hatte, und wir aßen gemeinsam zu Abend. Wir haben uns ohne größere Entgleisungen unterhalten, aber ich würde sagen, dass sich niemand sonderlich wohlgefühlt hat. Dann gingen wir zu Bett und trafen uns am nächsten Morgen zum Frühstück, aber Philippa tauchte nicht auf. Als schließlich jemand hinaufging, um nach ihr zu sehen, stellten wir fest, dass sie im Schlaf gestorben war. Zumindest haben wir das alle angenommen. Sie hatte seit vielen Jahren Herzprobleme, deshalb waren wir zwar schockiert, aber nicht wirklich überrascht."

„Ging es ihr am Abend zuvor noch gut?"

„Ja, soweit ich mich erinnere, war alles in Ordnung. Ich glaube, sie hat sich über das Essen beschwert, aber sie hat ständig genörgelt, man konnte ihr eigentlich nichts recht machen. Das war manchmal ein bisschen lästig."

„Gab es irgendwelche Hinweise, dass sie keines natürlichen Todes gestorben ist?"

„Nein, ganz und gar nicht. Der Arzt hatte keinerlei Bedenken, den Totenschein auszustellen, und dann wurde sie beerdigt, und das war's. Zumindest dachten wir das. Ein paar Monate später bekamen wir einen weiteren Brief von Mr Faulkner, in dem er uns bat, uns am 27. Mai zum Abendessen zu versammeln, und da stürzte Winifred über die Treppenbrüstung ins Erdgeschoss, die arme Seele."

„Großer Gott! Wie ist das passiert?"

„Wir wissen es nicht genau, denn sie war zu dem Zeitpunkt allein. Es war am Nachmittag, die meisten Familienmitglieder waren gerade eingetroffen - ich bin mir nicht einmal sicher, ob schon alle da waren. Sie waren im ganzen Haus verstreut und haben sich irgendwie beschäftigt, als plötzlich ein schrecklicher Schrei ertönte, gefolgt von einem dumpfen Schlag. Wir kamen aus allen Richtungen herbeigelaufen, aber es war zu spät. Sie lag in der Eingangshalle auf dem Boden und wir wussten sofort, dass sie tot war." Louisa hielt inne. „Das war alles ziemlich erschütternd", fügte sie bedrückt hinzu.

„Aber wie um alles in der Welt konnte sie über die Brüstung fallen?", fragte Angela.

„Im Treppenauge hängt ein großer Kronleuchter und wir nehmen an, dass sie das Gleichgewicht verloren hat, als sie sich über die Brüstung lehnte, um die Kristallprismen mit ihrem Taschentuch abzustauben. Sie war eine schreckliche Sauberkeitsfanatikerin. Jedenfalls gab es der Form halber eine amtliche Untersuchung, bei der ihr Tod als Unfall eingestuft wurde. Es bestand kein Grund, das Urteil infrage zu stellen, obwohl einige Leute tuschelten, dass unsere Familientreffen unter keinem guten Stern zu stehen schienen."

Angela nickte verständnisvoll.

„Ja, das kann ich mir vorstellen", sagte sie.

„Und dann kam die Sache mit Edward", fuhr Louisa schnell fort, als wollte sie die Geschichte rasch hinter sich bringen. „Damit hat der ganze Ärger angefangen. Das Gerede, meine ich. Nach dem üblichen Familienessen gab es Streit. Ich glaube, zu diesem Zeitpunkt hatten alle die Nase voll davon, auf Befehl wie brave kleine Jungen und Mädchen hier zu erscheinen. Und wahrscheinlich waren wir alle ein wenig nervös, was kein Wunder ist, wenn man bedenkt, was mit Philippa und Winifred passiert war."

„Worum ging es bei dem Streit?"

„Um das Haus, wie üblich. Es ging immer um das Haus. John hat angefangen. Ich war deswegen schrecklich wütend auf ihn, aber er konnte es einfach nicht lassen, Edward zu ärgern, der überhaupt keinen Sinn für Humor hatte."

„Was hat John gesagt?"

„Oh, der alte Narr machte ein oder zwei ausgesprochen geschmacklose Witze. Er sagte, mit dem Tod der

Schwestern seien zwei Hindernisse beseitigt, und er komme seinem Wunsch näher, das Haus zu behalten. Und dann fragte er Edward, ob er nicht auch meine, dass es so aussähe, als wolle Underwood House nicht verkauft werden, und warnte ihn, er solle gut auf sich aufpassen. Natürlich explodierte Edward sofort und machte seinerseits ein paar höchst unpassende Bemerkungen. Dann mischten sich die anderen ein und das Ganze endete damit, dass Edward wutentbrannt aus dem Haus stürmte. Er kam nicht mehr zurück und am nächsten Morgen beim Frühstück war Ursula außer sich vor Sorge. Sie bestand darauf, das Grundstück abzusuchen.“

Sie schwieg einen Moment.

„Am Nachmittag fand man seine Leiche im See. Es sah aus, als sei er mit einem Ruderboot hinausgefahren, über Bord gefallen und ertrunken.“

„Wie entsetzlich.“

„Ja“, seufzte Mrs Haynes. „Ja, es war entsetzlich. Natürlich sah sein Tod verdächtig aus, nachdem Philippa und Winifred so kurz hintereinander gestorben waren, aber Ursula machte alles noch schlimmer. Sie hat ein furchtbares Theater veranstaltet und immer wieder beteuert, dass Edward das Wasser hasste und nie im Traum daran gedacht hätte, allein mit einem Boot hinauszufahren, da er nicht schwimmen konnte. Und dann kam sie auf den Streit vom Vorabend zu sprechen und fragte John, was er mit seinen Bemerkungen gemeint habe, und ehe wir wussten, wie uns geschah, war sie zur Polizei gegangen, und die Leute im Dorf sagten, alle drei seien ermordet worden und John werde bald verhaftet.“

„Oh, Edwards Tod ist also Gegenstand polizeilicher Ermittlungen?“

„Ja, die Polizei hat uns viele Fragen gestellt und das

Boot eingehend untersucht, aber nichts gefunden, was Aufschluss über den Ablauf der Ereignisse geben könnte."

„Ist der Leichnam obduziert worden?"

„Ja, die Obduktion hat bestätigt, dass er ertrunken ist. Daran gibt es keinen Zweifel. Im Gesicht und am Körper waren einige Blutergüsse, aber es lässt sich nicht genau sagen, ob sie von einem Kampf oder von dem Sturz über Bord herrührten."

„Aber warum ist er aus dem Ruderboot gefallen? Und warum war er überhaupt in dem Boot? Wenn er das Wasser tatsächlich so sehr gehasst hat, ergibt das keinen Sinn."

„Er war sehr, sehr wütend, als er aus dem Haus gelaufen ist", bemerkte Mrs Haynes. „Vielleicht wollte er beim Rudern einen klaren Kopf bekommen."

„Vielleicht. Hast du nicht gesagt, dass eine amtliche Untersuchung stattgefunden hat?"

„Ja. Ich hatte gehofft, dass man dabei feststellen würde, dass es sich um einen Unfall gehandelt hat, aber am Ende wurde auf ‚unbekannte Todesursache' erkannt, was natürlich die Gerüchteküche erst recht angeheizt hat, weil wir immer noch nicht wissen, was wirklich passiert ist. Seit Wochen sind wir das Gesprächsthema Nummer eins - auch dank Ursula, die sich weigert, die Sache auf sich beruhen zu lassen. John ist schlecht gelaunt und will nicht darüber reden, aber ich möchte, dass die Leute aufhören, mit dem Finger auf uns zu zeigen und hinter unserem Rücken zu tuscheln. Ich brauche deine Hilfe, Angela."

„Aber was kann ich tun?", fragte Mrs Marchmont. „Ich glaube kaum, dass ich dem dummen Gerede ein Ende setzen kann. Dagegen ist kein Kraut gewachsen."

„Das ist es ja gerade. Ich bin mir überhaupt nicht sicher, ob es wirklich nur dummes Gerede ist."

Angelas Augenbrauen schossen in die Höhe.

„Heißt das, du glaubst, dass alle drei ermordet worden sind?"

„Ja. Nein. Ich weiß es nicht." Mrs Haynes schüttelte den Kopf. „Aber du musst zugeben, dass ein Todesfall nach dem anderen in so kurzer Zeit äußerst seltsam erscheint."

„Was sagt die Polizei dazu?"

„Ich weiß es nicht. Sie kann niemanden verhaften, weil sie keine Beweise hat. Aber wenn Ursula keine Ruhe gibt, dann beobachtet uns die Polizei wahrscheinlich weiterhin mit Argusaugen, und sobald sie einen Verdacht hat, wird sie aktiv."

„Aber ich verstehe nicht, was ich in der Sache tun soll."

„Ich möchte, dass du versuchst, die Wahrheit herauszufinden." Als Louisa sah, dass ihre Freundin Einwände erheben wollte, fuhr sie hastig fort: „Bitte, sag Ja, Angela. Du bist so geschickt in solchen Dingen. Ich kenne sonst niemanden, der das übernehmen könnte."

„Ich? Warum gerade ich? Ich bin keine Detektivin."

„Nein, aber du deckst Geheimnisse auf. Nach diesem Fall in Norfolk stand dein Name in allen Zeitungen. ,Mrs Marchmont, die scharfsinnige Amateurdetektivin' wurdest du genannt."

Angela errötete.

„Das war alles Unfug", bemerkte sie ärgerlich. „Aber Louisa, wenn du wirklich ein Verbrechen vermutest, dann solltest du doch selbst mit der Polizei darüber sprechen."

„Aber ich habe dir doch gesagt, dass sie die Sache bereits untersucht und keine Anhaltspunkte gefunden hat. Und wenn sie noch einmal von vorn anfängt, wirbelt das nur noch mehr Staub auf. Nein, ich will jemanden, der diskret vorgeht."

„Aber wenn es Mord war, muss die Polizei auf jeden Fall eingeschaltet werden. Das siehst du doch sicher ein.

Ich würde alles nur noch schlimmer machen, wenn ich meine Nase hineinstecke."

„Oh je, ich nehme an, du hast recht", seufzte Louisa. „Aber ich hatte gehofft …"

Sie hielt inne. Mrs Marchmont warf ihr einen prüfenden Blick zu.

„Ich glaube, du verschweigst mir etwas", sagte sie schließlich. „Könnte es sein, dass du jemand Bestimmtes im Verdacht hast?"

„Oh nein", beteuerte ihre Freundin. „Es ist nichts, wirklich."

„Louisa!"

Mrs Haynes gab endlich nach.

„Weißt du, Ursula zeigt so beharrlich mit dem Finger auf John, dass ich mich gefragt habe, ob sie nicht selbst etwas zu verbergen hat."

„Glaubst du, dass sie es getan hat?"

„Nein, aber vielleicht …"

„Ihr Sohn Robin also."

Louisa blickte verschämt zu Boden.

„Es ist schlimm, die eigene Familie zu verdächtigen, aber ich weiß wirklich nicht, was ich denken soll. In meinem Kopf geht alles durcheinander. Hilf mir bitte, Angela. Wir stehen im Moment alle unter Verdacht und ich weiß einfach nicht, was ich tun soll".

Angela war zunehmend beunruhigt über die Wendung, die das Gespräch genommen hatte.

„Aber Louisa, was könnte ich unternehmen, was die Polizei nicht schon unternommen hat? Ich müsste herumschleichen, Fragen zu Themen stellen, die mich nichts angehen, und alle gegen mich aufbringen. Und letzten Endes würde ich doch nur das herausfinden, was die Polizei bereits weiß."

„Mach dir keine Gedanken, was das Fragenstellen

angeht. Ich sorge dafür, dass alle bereit sind, sie zu beantworten. Wenn die Polizei in eine Sackgasse geraten ist und Ursula wirklich so viel daran liegt, die Wahrheit herauszufinden, wie sie sagt, dann kann sie doch nichts dagegen haben, oder?"

Mit einem Blick auf das hoffnungsvolle Gesicht ihrer Freundin sagte Mrs Marchmont zögernd: „Dann musst du mir Zeit geben, darüber nachzudenken." Sie erhob sich. „Ich werde darüber schlafen und dir morgen Bescheid geben, wie ich entschieden habe. Ich muss jetzt gehen, sonst verpasse ich meinen Zug."

„Natürlich sollst du darüber nachdenken. Aber ich hoffe, du sagst Ja. Ich zähle auf dich, Angela."

„Es wäre mir viel lieber, wenn du das nicht tätest", erwiderte Angela lächelnd und verabschiedete sich.

Kapitel Drei

Der Zug nach London war halb leer und Angela fand ohne Schwierigkeiten ein freies Abteil in der ersten Klasse. Sie setzte sich auf einen Platz am Fenster und lehnte sich aufseufzend zurück. Während der Reise wollte sie über das seltsame Problem nachdenken, das ihre Freundin ihr aufgebürdet hatte, und hoffte insgeheim, eine überzeugende Entschuldigung zu finden, mit der sie sich der unliebsamen Aufgabe entziehen konnte.

Sie hatte jedoch kaum Zeit, sich die Sache in aller Ruhe durch den Kopf gehen zu lassen, denn ihre Einsamkeit wurde durch das Auftauchen eines weiteren Fahrgastes unterbrochen. Angela blickte auf und runzelte irritiert die Stirn, doch dann rief sie erfreut: „Na so was! Inspector Jameson!"

„Hallo, Mrs Marchmont", begrüßte der Inspector sie. „Sie sehen aus, als seien Sie tief in Gedanken versunken gewesen. Ich hoffe, ich störe Sie nicht."

„Ganz und gar nicht", beruhigte Angela ihn. „Ich habe nur eine alte Freundin besucht und über etwas nachgedacht, was sie mir erzählt hat, das ist alles."

Inspector Jameson setzte sich ihr gegenüber.

„Sie sind also eine Freundin der Familie Haynes", bemerkte er.

Angela sah ihn überrascht an.

„Ich habe Sie aus ihrem Haus kommen sehen", erklärte er.

„Ah." Plötzlich verstand sie.

Jameson musterte sie einen Moment lang.

„Sie sind eine bemerkenswerte Frau, Mrs Marchmont", sagte er. „Jede andere hätte mich sofort mit Fragen bombardiert."

„Wenn Sie Underwood House überwacht haben, würde ich eher damit rechnen, dass *Sie* mir Fragen stellen", antwortete Angela.

Der Inspector nickte anerkennend.

„Allerdings habe ich das Haus der Familie nicht überwacht", sagte er. „Ich war heute Nachmittag in Beningfleet, um mit dem dortigen Polizeichef über ein paar Punkte zu sprechen, unter anderem über den Fall Haynes. Und als ich auf dem Weg zum Bahnhof an dem Haus vorbeikam, sah ich Sie herauskommen."

„Nun, ich kann Ihnen nicht weiterhelfen. Ich habe heute Nachmittag erst von der Angelegenheit erfahren."

„Aha."

Mrs Marchmont warf ihm einen argwöhnischen Blick zu, sagte aber nichts. Nach kurzem Schweigen lachte Jameson.

„Ja, ich sehe, dass ich aus Ihnen nichts herausbekomme. Sie behalten Ihre Meinung für sich."

„Leider habe ich Ihnen nichts zu erzählen, was Sie nicht schon wissen", erklärte Angela. „Ich war bei meiner Freundin Louisa Haynes zum Tee und sie hat mir von einer Reihe unglücklicher Todesfälle in der Familie erzählt, aber das ist alles."

„Tatsächlich? Verzeihen Sie, aber ich dachte, Ihre Freundin hätte Sie vielleicht um Rat gefragt."

„Vielleicht hat sie das."

„Vielleicht hat sie das, wie Sie sagen. Und vielleicht hat sie Sie sogar gebeten, dem Geheimnis auf den Grund zu gehen. Ah, ich sehe, ich habe Sie erschreckt", entschuldigte er sich. „Nein, ich saß nicht im Schrank im Salon, während Sie Tee getrunken haben. Als ich Mr Haynes vor ein paar Tagen mitteilte, dass die Polizei nicht weiter ermitteln würde, solange keine neuen Beweise auftauchten, brummte er etwas davon, dass seine Frau unbedingt jemanden hinzuziehen wolle, der sich mit Detektivarbeit auskennt. Als ich Sie sah, habe ich natürlich eins und eins zusammengezählt".

Angela wurde puterrot.

„Oh!", rief sie. „Wie entsetzlich! Hoffentlich denken Sie nicht, dass ich herumlaufe und den Leuten erzähle, ich kenne mich mit Detektivarbeit aus. Daran sind diese schrecklichen Zeitungen schuld, mit ihren Berichten nach den Ereignissen in Sissingham Hall. Natürlich würde ich mich nie als professionelle Ermittlerin ausgeben. Louisa hat das falsch verstanden, das ist alles, und das habe ich ihr auch gesagt."

„Dann haben Sie also abgelehnt?"

„Ich habe ihr gesagt, ich müsse darüber nachdenken, aber das war eher eine Ausrede, um mich von ihr loszueisen. Mehr steckt nicht dahinter. In eine Familienfehde verwickelt zu werden, ist das Letzte, was ich will – ich würde nur noch mehr Verwirrung stiften, als ohnehin schon herrscht. Und als Sie aufgetaucht sind, habe ich gerade überlegt, wie ich am besten Nein sagen kann."

„Das ist schade", erwiderte Jameson. „Ich hatte gehofft, dass Sie etwas Licht in die Angelegenheit bringen könnten. Im Moment sind uns mangels Beweisen die Hände gebunden, aber als Freundin der Familie kommen Sie möglicherweise an neue Informationen, die uns als offiziellen Ermittlern verschlossen bleiben.“

„Glauben Sie also, dass alle drei vorsätzlich getötet wurden? Oder nur Edward? Oder keiner der drei?“

„Das können wir nicht sagen. Um sicher zu sein, müssten wir die Exhumierung von Philippa Haynes und Winifred Dennison beim Innenministerium beantragen, aber das können wir natürlich nicht aus einer Laune heraus tun. Dafür brauchen wir stichhaltige Indizien. Vage Verdächtigungen und Dorfklatsch reichen nicht aus.“

Mrs Marchmont schwieg einen Moment nachdenklich. „Das gefällt mir überhaupt nicht“, erklärte sie schließlich. „Zwei Menschen haben mich gebeten, diese Angelegenheit zu untersuchen: Louisa und Sie. Aber man könnte fast sagen, dass Sie beide auf entgegengesetzten Seiten stehen. Was passiert, wenn ich etwas entdecke, das besser verborgen bleiben sollte? Kurz gesagt: Was passiert, wenn ich herausfinde, dass einer der Haynes ein Mörder ist?“

„Was sagt Mrs Haynes dazu?“

„Über die Folgen ihrer Bitte haben wir nicht gesprochen, denn ich muss Ihnen sagen, dass mich die ganze Geschichte in leichte Panik versetzt hat und ich so schnell wie möglich wegwollte. Aber sie scheint sich leider nicht bewusst zu sein, dass sie damit möglicherweise die Büchse der Pandora öffnet.“

„Aber vielleicht stellen Sie fest, dass sich hinter all dem gar kein Geheimnis verbirgt.“

„Dann gehen Sie davon aus, dass ich einen negativen Beweis erbringe?“

„Das habe ich nicht gesagt“, antwortete Jameson, „aber es könnte doch sein, dass Sie positive Beweise dafür finden, dass es sich bei allen drei Todesfällen um Unfälle gehandelt hat.“

Gegen ihren Willen begann sich Angela für den Fall zu interessieren.

„Erzählen Sie mir von Ursula Haynes", sagte sie.

Inspector Jameson wähnte sich dem Sieg nahe.

„Sie ist eine sehr interessante Frau", erklärte er, „aber Sie sollten sie selbst kennenlernen und ihr unvoreingenommen begegnen. Nur so viel: Sie hat Haare auf den Zähnen! Sie war es, die uns auf die Angelegenheit aufmerksam gemacht hat."

„Soweit ich weiß, weigert sie sich, den Unfalltod ihres Mannes zu akzeptieren."

„Ja, das hat sie uns gegenüber angedeutet."

„Und was ist mit ihrem Sohn?"

Es war nichts weiter als eine beiläufige Frage, doch Jameson war sofort hellwach.

„Robin Haynes? Was hat Ihnen Ihre Freundin über ihn erzählt?

„Nichts Besonderes, warum?"

„Viel darf ich Ihnen nicht sagen, aber wir interessieren uns schon seit einiger Zeit für die geschäftlichen Aktivitäten des jungen Haynes."

„Ach ja?"

„Er arbeitet bei Peake, dem Börsenmakler. Wir wissen noch nichts Genaues, aber in letzter Zeit machen Gerüchte die Runde, dass jemand dort einige undurchsichtige Geschäfte abgewickelt hat. Die Spur führt in Robin Haynes' Abteilung. Nach Aussage meiner Informanten könnte die Geschichte jederzeit auffliegen."

„Aha, interessant", sagte Angela nachdenklich. „Profitiert er vom Tod seines Vaters?"

„Ja, er und seine Mutter erben jeweils die Hälfte von fünftausend Pfund.

„Aber wenn ich mich recht erinnere, verlieren sie

weitere fünftausend Pfund, die an den Anwalt, Mr Faulkner, gehen. Kommt Ihnen das nicht seltsam vor?"

„Und ob!", antwortete Jameson. „Allerdings habe ich in meinem Beruf schon viel Seltsames gesehen. Philip Haynes und Mr Faulkner waren gute Bekannte, daher ist es vielleicht nicht allzu weit hergeholt, dass ein exzentrischer alter Mann seinem Anwalt auf diese Weise seine Dankbarkeit bezeugen wollte."

„Wer profitiert von Philippas Tod? Soweit ich weiß, war sie unverheiratet."

„Ja, sie hat nie geheiratet, hatte aber einen großen Freundeskreis, dem sie unterschiedlich große Summen hinterlassen hat, ebenso Bediensteten und einigen Wohltätigkeitsorganisationen. Der Rest ging an ihre Familie, aber ich glaube nicht, dass jemand mehr als fünfhundert Pfund bekommen hat."

„Kaum ein Motiv für einen Mord", meinte Angela.

„Das kommt darauf an - ein hungernder Mann würde schon für eine anständige Mahlzeit töten."

„Stimmt. Und natürlich dürfen wir die fünftausend Pfund für Mr Faulkner nicht vergessen. Was ist mit Winifred? Wo ist ihr Geld geblieben?"

„Winifred Dennison war Witwe, die sich für hoffnungslose Fälle aller Art eingesetzt und offenbar zu Lebzeiten den größten Teil ihres Geldes an verschiedene Organisationen gespendet hat. Infolgedessen hat ihre Tochter Susan so gut wie gar nichts bekommen. Von ihr haben Sie vielleicht schon gehört – in der Boheme ist sie besser bekannt als Euphrosyne Dennison."

„Oh! Die Künstlerin. Ja, ich habe ihre Arbeiten gesehen. In den entsprechenden Kreisen gilt sie als der letzte Schrei. Hat sie sich geärgert, weil ihr ihre Mutter kaum etwas hinterlassen hat?"

„Ich habe keine Ahnung, ich konnte bedauerlicherweise nicht viel aus ihr herausbekommen. Als Polizist war ich unter ihrer Würde, was sie mir unmissverständlich zu verstehen gegeben hat."

Angela lächelte über seinen resignierten Gesichtsausdruck.

„Dann scheint nur Mr Faulkner ein Motiv für alle drei Todesfälle zu haben", überlegte sie.

„Er wäre der Einzige mit einem rein finanziellen Motiv, ja. Aber wir haben seine Aktivitäten überprüft und festgestellt, dass er für die Zeit aller drei Todesfälle jeweils ein Alibi hat. Wir sollten jedoch eine weitere Person nicht außer Acht lassen, die aus all den Todesfällen einen Vorteil zieht", fügte er vorsichtig hinzu.

Angela war realistisch genug, um zu verstehen, worauf er anspielte.

„Sie meinen John Haynes. Daran habe ich auch schon gedacht. Jetzt, wo seine Schwestern und sein Bruder aus dem Weg geräumt sind, wird es für ihn viel einfacher, Underwood House für sich zu beanspruchen. Es sei denn, Ursula, Robin oder Susan wären dagegen. Ich nehme an, dass Edwards und Winifreds Anteile am Haus auf sie übergegangen sind."

„Ja, beim Tod seiner Schwester Philippa hat John Haynes ihren gesamten Anteil geerbt, sodass ihm jetzt die Hälfte des Hauses gehört. Ich habe keine Ahnung, ob er eine private Vereinbarung mit den übrigen Verwandten getroffen hat, deren Anteile zu kaufen."

„Nach dem, was Sie von Ursula erzählt haben, wird sie kaum geneigt sein, John seinen Willen zu lassen."

„Auf jeden Fall ist sie nicht der Typ, anderen ihren Willen zu lassen", bestätigte Inspector Jameson, als der Zug in den Bahnhof Waterloo einfuhr.

„Ich hoffe, Sie denken darüber nach", sagte Jameson, während sie sich zum Aussteigen bereit machten.

„Oh, ich werde es mir gut überlegen", entgegnete Mrs Marchmont.

Der Inspector senkte die Stimme.

„Offiziell bleibt die Polizei diskret auf Distanz, verstehen Sie, aber ich kann Ihnen vielleicht helfen – natürlich nur hinter den Kulissen. Wenn Sie mich brauchen, erreichten Sie mich jederzeit bei Scotland Yard."

Sie verabschiedeten sich mit herzlichem Händeschütteln, dann verschwand Inspector Jameson im Gedränge. Angela blickte ihm einen Moment nach, bevor sie ein Taxi nahm und in ihre Wohnung in der Mount Street fuhr.

Am Abend war sie zum Essen verabredet und musste Louisas Problem daher ein paar Stunden lang aus ihren Gedanken verbannen. Auf dem Heimweg holte das Thema sie jedoch wieder ein.

„Darf ich Ihnen eine etwas seltsame Frage stellen, William?", fragte sie ihren Chauffeur.

„Gewiss, Ma'am", antwortete der junge Mann.

„Wenn Sie den Verdacht hätten, dass ein Freund oder ein Bekannter etwas Schlimmes getan hat, würden Sie versuchen, die Wahrheit herauszufinden? Selbst wenn das bedeutet, dass Ihr Freund in Schwierigkeiten gerät?"

William war früher mit einer Varieté-Truppe durch Amerika getourt und hatte einen untrüglichen Blick für die menschliche Natur entwickelt, was ihn gelegentlich zu einem unschätzbaren Gesprächspartner machte. Er überlegte eine Weile, bevor er antwortete.

„Hm, wenn Sie an einen bestimmten Fall denken, müsste ich natürlich die Einzelheiten kennen, um etwas Genaues sagen zu können", erwiderte er, „aber ich erinnere mich, dass sich einmal - es muss in Chicago gewesen sein - eine Dame zu uns gesellt hat, eine Opernsängerin. Sie hatte eine wirklich schöne Stimme. Da kamen einem die Tränen, wenn man ihr nur zuhörte. Sie wurde von ihrem Ehemann begleitet, der gleichzeitig ihr Manager war. Er solle sich darum kümmern, dass ihre Interessen gewahrt seien, hat sie uns erklärt. Jedenfalls hat sie eines Tages einen Riesenaufstand gemacht und behauptet, einer von uns habe ihre kostbare Perlenkette gestohlen. Sie wollte wissen, wer es war. Um diese Perlenkette hat sie immer viel Wind gemacht, die hatte mal der Königin von Preußen oder irgendeiner anderen hochwohlgeborenen Persönlichkeit gehört. Meine Güte, war das ein Theater! Sie hat erst Ruhe gegeben, als wir alle unsere Sachen haben durchsuchen lassen, aber die Kette tauchte nicht auf. Wie Sie sich vorstellen können, hat sie sich damit keine Freunde, aber eine Menge Feinde gemacht."

„Hat man die Perlenkette jemals wiedergefunden?", wollte Angela wissen.

„Aber ja", versicherte William. „Wie sich herausstellte, war ihr nichtsnutziger Ehemann bis über beide Ohren verschuldet und hat die Kette verpfändet. Kurz danach sind die beiden verschwunden. Vermutlich hat sich die Dame gewünscht, sie hätte den Mund gehalten."

„Das kann ich mir gut vorstellen", sagte Angela, hatte aber nicht das Gefühl, einer Lösung ihres Problems näher gekommen zu sein.

Kapitel Vier

„EHRLICH GESAGT WAR ich ziemlich überrascht, dass Sie in Louisa Haynes' Auftrag kommen", sagte Mr Faulkner, als er Mrs Marchmont mit vorzüglicher Höflichkeit in sein Büro geleitete. „Als mein Sekretär mir sagte, dass Mrs Haynes jemanden schicken würde, der die jüngsten unglücklichen Ereignisse unter die Lupe nehmen sollte, ging ich davon aus, dass es sich um Mrs Ursula Haynes handelte. Bitte, nehmen Sie Platz."

Der etwa fünfundsechzig Jahre alte Mr Faulkner war hochgewachsen, hatte das üppige Haar wie eine Federhaube aus der Stirn gestrichen und glich mit seiner schnabelartig gebogenen Nase einem Falken. Trotz seines etwas hochmütigen Auftretens war er ein Musterbeispiel altmodischer Höflichkeit.

„Ich muss gestehen, dass ich kaum weiß, wo ich anfangen soll", sagte Angela. „Ich habe mich gegen meinen Willen dazu bereit erklärt und sehe mich nun in der unangenehmen Lage, Leuten, die ich gerade erst kennengelernt habe, gezielte Fragen stellen zu müssen."

„Nun, wie wär's, wenn ich Ihnen ein wenig helfe. Ich

erzähle Ihnen alles, was ich weiß, oder besser gesagt: alles, was ich in diesem Zusammenhang für relevant halte, und Sie stellen mir alle Fragen, die Ihnen im Laufe des Gesprächs in den Sinn kommen.“

„Ich danke Ihnen.“

Mr Faulkner legte die Fingerspitzen zusammen und dachte einen Moment nach.

„Zunächst ist es wichtig, dass Sie das Wesen der Familie besser verstehen, mit der wir es zu tun haben, und insbesondere die Persönlichkeit von Philip Haynes. Er ist der Mittelpunkt, um den sie sich alle − beinahe hätte ich gesagt, dass sie sich alle um ihn *gedreht haben*, aber eigentlich *drehen* sie sich nach wie vor um ihn, denn sein Einfluss ist bis heute spürbar. Sie haben sicher gehört, er sei ein schwieriger Mensch gewesen: launisch, sprunghaft und arglistig, und er habe seine Familie mit einer Kombination aus Einschüchterung und Manipulation beherrscht. Ich war einer seiner engsten Vertrauten und selbst ich kann einer solchen Beschreibung nicht widersprechen. Ob ich die Art und Weise, wie er seine Kinder erzogen hat, gutheiße oder nicht, ist unerheblich; Tatsache ist, dass sie in seiner Obhut aufgewachsen sind und sich so entwickelt haben, wie man es bei einem solchen Vater erwarten kann, nämlich mit Persönlichkeitsstörungen, die sich in der Vergangenheit auf unterschiedliche Weise manifestiert haben.“

„Wie ich sehe, interessieren Sie sich für Psychologie“, bemerkte Angela.

„In mehr als vier Jahrzehnten als Anwalt gelangt man unweigerlich zu einer gewissen Menschenkenntnis“, erwiderte der Anwalt lächelnd. „Als der alte Philip starb, hinterließ er jedenfalls eine Familie, die von Misstrauen und Rivalität - in einigen Fällen könnte man sogar von Feindschaft sprechen - geprägt war: John und Edward hegten eine tiefe Abneigung füreinander und ich glaube, auch die beiden Schwestern standen einander nicht sonderlich nahe."

„Die Mutter ist schon lange tot, nicht wahr?"

„Ja, und dann war da eine weitere Tochter, die von zu Hause weggelaufen und später gestorben ist. Man könnte sagen, sie hatte Glück im Unglück."

„Philip Haynes scheint also ein Exzentriker gewesen zu sein. Das erklärt die seltsame Klausel in seinem Testament."

„Eine seltsame Klausel? Was meinen Sie damit?" Mr Faulkner sah seine Besucherin verblüfft an.

„Ich meine die Bedingung, dass seine Kinder regelmäßig zweimal im Jahr in Underwood House zusammenkommen müssen, um das Erbe antreten zu können."

„Oh ja, natürlich, ich verstehe. Dergleichen lag in der Natur des Mannes. Er war boshaft, wissen Sie, der Typ, der auch nach seinem Tod noch Einfluss nehmen will. Vermutlich hatte er seine helle Freude bei der Vorstellung, dass sie gegen ihren Willen Zeit miteinander verbringen müssen."

„Als Testamentsvollstrecker können Sie mir sicher sagen, ob Philip Haynes genaue Anweisungen hinterlassen hat, wann diese Zusammenkünfte jedes Jahr stattfinden sollten. Die ersten beiden waren am 16. Februar und am 27. Mai letzten Jahres, das erste in diesem Jahr fand erneut am 16. Februar statt. Ist das nächste Treffen für den 27. Mai geplant?"

„Ja, ich glaube schon – darüber habe ich noch gar nicht nachgedacht. Übrigens habe ich heute Morgen gerade die Einladungen vorbereitet." Er öffnete eine Schublade an seinem Schreibtisch. „Lassen Sie mich sehen – ah ja! Hier sind sie." Er nahm ein kleines Bündel mit Papieren heraus, schob sich einen Kneifer auf die Nase und betrachtete stirnrunzelnd die oberste Seite. Von ihrem Platz aus konnte Angela sehen, dass er seinen Namen mit großem Schwung unter die Einladungen gesetzt hatte. „Ja", fuhr er fort, „das nächste Datum ist der 27. Mai 1927. Wie nachlässig von mir, diese Übereinstimmung nicht zu bemerken."

„Haben die beiden Daten irgendeine Bedeutung?", fragte Angela.

„Nicht, dass ich wüsste", antwortete Mr Faulkner. „Aber ich war nicht in alle Geheimnisse von Philip eingeweiht, sondern wurde lediglich angewiesen, etwa zwei Wochen vor dem eigentlichen Termin für die Zusammenkunft Briefe mit der Bitte um Teilnahme zu verschicken."

„Nur zwei Wochen vorher! Ist das nicht sehr kurzfristig?"

„So lauten meine Anweisungen", erwiderte der Anwalt.

„Wie haben Sie bei den letzten Treffen sichergestellt, dass alle wie gewünscht erscheinen? Ich nehme an, Sie fahren zu diesen Anlässen nicht selbst nach Underwood House?"

„Nein, wie ich der Polizei bereits gesagt habe, war ich an jenen drei Tagen anderweitig beschäftigt. Bei den Treffen im Februar und Mai des vergangenen Jahres war ich bei Sir Maurice Upton, dem Polizeipräsidenten des Bezirks, und beim letzten Mal war ich zu Gast bei Lord Willesden, dem ehemaligen Staatssekretär im Innenministerium, und seiner Frau in ihrem Haus in Somerset. Nein, ich habe meinen Sekretär Hawley zu den fraglichen Terminen nach Beningfleet geschickt. Er blieb nur, bis alle Familienmitglieder eingetroffen waren, und reiste dann ab. Ich hielt es nicht für nötig, dass er den ganzen Abend dort verbrachte - was auch immer Philip geplant hat: Ich sehe es nicht als meine Aufgabe an, zu überwachen, ob sie den

Abend tatsächlich zusammen verbringen. Was mich betraf, so hatten die Haynes mit dem Antritt der Reise die Bedingungen des Testaments erfüllt. Ob sie nach ihrer Ankunft länger dortblieben oder nicht, ging mich kaum etwas an."

„Ich verstehe."

„Und außerdem", fuhr er fort, „kannte ich sie von früher. So sehr sie einander hassten - es war undenkbar, dass einer von ihnen Schwäche zeigen und als Erster das Feld räumen würde. Eher wären sie dageblieben und hätten sich bis zum bitteren Ende gestritten." Er verstummte und fügte nach einem Moment kopfschüttelnd hinzu: „Oh je, das war ein wenig ungeschickt ausgedrückt."

„Wenn Sie damals nicht dabei waren, wissen Sie wohl nicht viel darüber, wie die drei gestorben sind", sagte Mrs Marchmont.

„Nein, ich weiß nur sehr wenig", antwortete Mr Faulkner. „Philippa Haynes ist an Herzversagen gestorben, so hieß es, aber das war angesichts ihres Gesundheitszustands nicht überraschend. Und die arme Winifred ist gestolpert und die Treppe hinuntergefallen, wie ich gehört habe. Auch das erschien mir nicht unwahrscheinlich. Sie war eine Träumerin und ich konnte mir gut vorstellen, dass sie den Halt verloren hat."

„Eigentlich ist sie nicht die Treppe hinuntergefallen, sondern über das Geländer gestürzt", korrigierte Angela ihn.

„Ah ja, natürlich, das hatte ich vergessen."

„Das passiert nicht, wenn man einfach den Halt verliert, meinen Sie nicht auch?"

„Ja, jetzt, wo Sie es sagen, fällt es mir wieder ein: War nicht die Rede davon, dass sie sich nach einer Lampe gereckt hat, die von der Decke hing, um irgendetwas daran zu richten? Vielleicht hatte sie einfach nur Pech."

„Vielleicht", wiederholte Angela. „Dann ist da noch Edward, der im See ertrunken ist, obwohl er nach allgemeinem Bekunden Wasser und Boote gehasst hat."

„Ja, es ist schwer vorstellbar, dass es ein Unfall gewesen sein soll. Aber das heißt nicht zwangsläufig, dass er ermordet wurde."

„Sprechen Sie von Selbstmord? Meines Wissens wurde diese Möglichkeit nicht in Betracht gezogen", bemerkte Angela erstaunt. „Hatte er einen Grund, sich umzubringen?"

„Ich weiß es nicht. Am besten fragen Sie Ursula Haynes - obwohl ich die Erfahrung gemacht habe, dass die Ehefrau meist als Letzte mitbekommt, wie unglücklich ihr Mann ist, daher ist selbst ein persönliches Gespräch mit ihr möglicherweise kaum hilfreich."

Angela dachte einen Moment über die Worte des Anwalts nach. Sie hatte das Gefühl, herzlich wenig herausgefunden zu haben.

„Dann wäre da natürlich noch die Frage nach dem Motiv", tastete sie sich vorsichtig an das heikle Thema heran. „Wenn alle drei Geschwister tatsächlich ermordet wurden, liegt die Vermutung nahe, dass es jemand geben muss, der von ihrem Tod profitiert."

Mr Faulkner zwinkerte ihr vergnügt zu.

„In der Tat, und ich bin mir selbstverständlich darüber im Klaren, dass mein Name ganz oben auf der Liste der Verdächtigen stehen muss, wenn man von einem finanziellen Motiv ausgeht. Aber wie ich bereits erwähnt habe, war ich nicht in Underwood House, als die drei gestorben sind. Und Habgier ist nicht der einzige Grund, den Tod eines Menschen herbeizuwünschen."

„Nein", pflichtete Angela ihm bei, „aber es ist der offensichtlichste. Ob es in diesem Fall weitere Motive geben könnte, bleibt abzuwarten."

„Aber es ist noch nicht bewiesen, dass überhaupt einer von ihnen vorsätzlich getötet wurde, geschweige denn alle drei. Sie gehen davon aus, dass, wenn Edward ermordet worden ist, Philippa und Winifred ebenfalls ermordet worden sein müssen. Haben Sie daran gedacht, dass es sich bei den ersten beiden Todesfällen möglicherweise um tragische Unglücksfälle gehandelt haben könnte?"

„Ja", antwortete Angela, „doch das macht die Sache nicht einfacher, fürchte ich."

„Ich beneide Sie ehrlich gesagt nicht um Ihre Aufgabe", sagte der Anwalt, „aber vielleicht finden Sie ja etwas Nützliches heraus. Sie strahlen Einfühlungsvermögen und Mitgefühl aus, wenn Sie mir diese Bemerkung erlauben, Mrs Marchmont. Menschen wie Ihnen vertraut man Geheimnisse an. Das könnten Sie ausnutzen."

„Nun, ich werde mein Bestes geben", seufzte Angela. „Oh, das hätte ich fast vergessen. Louisa sagte, Sie hätten Philips Testament. Könnte ich es sehen?"

„Aber natürlich, ich habe es hier in meinem Safe."

Er stand auf und ging durch Raum, blieb dann aber abrupt stehen. Bestürzt klopfte er sich auf die Jackentasche.

„Ach, wie dumm von mir", sagte er. „Mir ist gerade eingefallen, dass ich gestern Abend zu Hause meinen Safe-Schlüssel aus der Tasche genommen und es heute Morgen versäumt habe, ihn einzustecken. Es tut mir leid. Vielleicht ein andermal."

„Macht nichts", beruhigte Angela ihn. „Ich denke, dass ich die wichtigsten Punkte bereits kenne."

„Ja, ich glaube nicht, dass ich irgendetwas ausgelassen habe, was für Sie von Nutzen sein könnte, aber wenn Sie noch Fragen haben, bin ich Ihnen gerne behilflich, so gut ich kann."

„Ich danke Ihnen. Als Nächstes werde ich wohl versuchen, mehr über die Ereignisse an den drei fraglichen Tagen herauszufinden. Ich werde mit Louisa sprechen."

„Zumindest können Sie eine Person aus Ihren weiteren Ermittlungen ausschließen. Das sollte Ihnen ein wenig helfen. Und um ehrlich zu sein, ist das eine große Erleichterung für mich", bemerkte der Anwalt.

„Ja", antwortete Angela und erhob sich. „Sie scheinen ein wasserdichtes Alibi zu haben. Wer würde schon einen Staatssekretär und einen Polizeipräsidenten verdächtigen, zu lügen, um jemanden zu schützen."

Ihre Blicke trafen sich für einen Moment, dann lächelte Mr Faulkner und verbeugte sich zum Abschied.

Kapitel Fünf

ANGELA STAND GERADE auf der Treppe vor Underwood House, als die Tür aufgerissen wurde und ein hochgewachsener junger Mann in einem schäbigen Burberry und mit einer abgewetzten Reisetasche in der Hand mit finsterer Miene herauskam und eiligen Schrittes die Straße hinunterging. Er kam Angela bekannt vor, doch er war bald außer Sichtweite, ohne dass sie einen näheren Blick auf sein Gesicht hätte werfen können. Sie stieg die Treppe empor und betrat das Haus. In der Eingangshalle kam ihr Louisa Haynes entgegen.

„Da bist du ja, meine Liebe", begrüßte Louisa die Freundin. „Hast du Donald gesehen? Ich wollte mich von ihm verabschieden, doch ich fürchte, er war ziemlich schlecht gelaunt. Aber keine Sorge, er beruhigt sich bald wieder. So ist es immer. Er ist wirklich ein lieber Junge, nur leider scheint er sich mit Stella gestritten zu haben. Ich habe sie vor einer Weile nach oben laufen sehen. Ich hoffe, sie vertragen sich wieder. Sie streiten sich oft, dabei passen sie so gut zusammen."

„War das wirklich Donald?", fragte Angela erstaunt.

„Ich glaube, ich habe ihn zum letzten Mal gesehen, als er noch ganz klein war."

„Ja, ist er nicht groß geworden? Er arbeitet beim Handelsministerium. Ich weiß nicht genau, was er macht; er reist oft in andere Länder und verhandelt mit ausländischen Staatsmännern und dergleichen. Er muss jetzt seinen Zug erwischen, morgen nimmt er an einer wichtigen Konferenz in Den Haag teil. Ich wünschte nur, er und Stella wären nicht im Streit auseinandergegangen."

„Wer ist Stella?"

„Hast du sie noch nicht kennengelernt? Sie ist das älteste Kind meiner Schwester, aber seit dem Tod ihrer Eltern lebt sie die meiste Zeit bei uns. Sie arbeitet als private Krankenschwester, vorwiegend kümmert sie sich um ältere Patienten. Sie ist so lieb zu ihnen, dass einem ganz warm ums Herz wird, wenn man das sieht. Sie ist mit Donald verlobt."

„Er heiratet seine Cousine? Oh, ich hatte ganz vergessen, dass Donald nicht euer leiblicher Sohn ist, nicht wahr?"

„Nein", sagte Louisa, „wir haben ihn als Baby adoptiert, nachdem seine leiblichen Eltern vor über zwanzig Jahren gestorben sind. John kannte die Leute und brachte ihn eines Tages mit nach Hause. Es war furchtbar traurig, aber da uns nicht das Glück beschert war, eigene Kinder zu haben, waren wir froh, ihn bei uns aufzunehmen."

Sie standen immer noch in der Eingangshalle von Underwood House, einem hübschen luftigen Raum mit Eichenparkett und einer Treppe, die mit elegantem Schwung zu einer Empore führte. Licht fiel durch ein hohes Fenster und brach sich glitzernd in den Prismen des großen altmodischen Kronleuchters, der von der Decke hing. Angela betrachtete ihn aufmerksam.

„Hier muss Winifred gestorben sein", sagte sie und blickte sich um.

„Ja", bestätigte Louisa. „Wir haben sie dort auf dem Boden gefunden, mit ihrem Taschentuch in der Hand. Die arme Seele ist von oben herabgestürzt, hat sich das Genick gebrochen und war auf der Stelle tot."

„Das war am Nachmittag des 27. Mai letzten Jahres, nicht wahr? Erinnerst du dich, wie spät es war?"

„Es war kurz vor vier Uhr."

„Und niemand hat gesehen, was passiert ist?"

„Nein, wir waren alle woanders."

„Alle zusammen?"

„Nein, wir waren im ganzen Haus verstreut. Warum fragst du?"

„Es könnte wichtig sein, wenn es um die Überprüfung der Alibis geht - oder besser, um den Beweis, dass es ein Unfall war."

„Ich verstehe, was du meinst. Lass mich überlegen ..." Nach kurzem Nachdenken sagte Mrs Haynes: „Ich glaube, der größte Teil der Familie war schon eingetroffen. Ja - es müssen tatsächlich alle dagewesen sein, denn Mr Faulkners Sekretär hatte bereits seinen Besuch abgestattet und sich dann verabschiedet, nachdem er sich vergewissert hatte, dass wir vollzählig waren. Ich war im Salon, um die Besucher zu begrüßen, und Stella war bei mir. Oh, und Ursula und Edward ebenfalls. Ich weiß nicht mehr, wo Robin und Susan waren."

„Was ist mit John?"

„John war in seinem Arbeitszimmer. Dort bleibt er immer so lange es geht. Er sagt, das sei die einzige Möglichkeit, diese Treffen zu überleben, ohne jemanden umzubringen - oh je! So habe ich das nicht gemeint. Wie ungeschickt von mir!"

Angela lächelte verständnisvoll.

„Sind das alle?", fragte sie. „Wo war Donald?"

In diesem Moment ging die Haustür auf und ein gut aussehender junger Mann um die dreißig kam herein, der Mrs Haynes fröhlich begrüßte.

„Hallo", sagte er. „Hier ist es aber sehr ruhig. Don ist schon weg, nicht wahr? Ich dachte, ich hätte ihn gesehen, wie er in aller Eile in Richtung Bahnhof ging. Ich habe seinen Namen gerufen, aber er hat mich nicht gehört oder wollte mich nicht hören. Was ist los mit ihm?"

„Er hat sich wieder einmal mit Stella gestritten", antwortete Louisa.

Der junge Mann verzog das Gesicht.

„Oh nein, nicht schon wieder!", sagte er. „Wo ist sie?"

„In ihrem Zimmer. Ich gehe später hinauf und sehe nach ihr."

„Die Arme! Ich wünschte, Don hätte sich besser unter Kontrolle. Er hat kein Recht, sie derart aufzubringen."

„Nein, Guy, das ist nicht fair, wenn wir nicht wissen, worum es ging", sagte Louisa. „Angela, ich möchte dir Guy Fisher vorstellen. Er hat das Underwood-Anwesen schon zu Philips Lebzeiten geleitet und ich weiß nicht, wie wir ohne ihn zurechtkommen würden. Guy, das ist meine gute Freundin Mrs Angela Marchmont. Ich habe Ihnen von ihr erzählt, erinnern Sie sich? Sie versucht herauszufinden, was es mit Philippas, Winifreds und Edwards Tod auf sich hat."

Guy Fisher betrachtete Angela neugierig, während er ihre Hand schüttelte.

„Louisa hat Sie also überredet, sich damit zu befassen", sagte er. „Ob es Ihnen gelingt, das Geheimnis zu lüften - was meinen Sie?"

„Ich habe keine Ahnung", erwiderte Angela lachend. „Louisa scheint zu glauben, dass ich Licht in die Angelegenheit bringen könnte. Ich bin mir allerdings nicht sicher, ob ich ihre Zuversicht teile."

„Nun, ich helfe gerne, wenn ich kann."

„Waren Sie hier, als Winifred Dennison über das Treppengeländer gestürzt ist?"

„Nein, ich kam erst einige Zeit nach dem Vorfall dazu", antwortete der junge Mann. „Ich hatte meine Mutter besucht, es war ihr Geburtstag. Als ich nach Underwood House zurückkehrte, war das ganze Haus in Aufruhr. Susan war geradezu hysterisch, was man ihr nicht verdenken kann."

„Oh ja, das arme Ding." Mrs Haynes schüttelte betrübt den Kopf.

„Wer war nach Winifreds Sturz als Erster zur Stelle?", wollte Angela wissen.

„Ich bin mir nicht sicher", sagte Louisa vage. „Ich schätze, dass Stella, Ursula, Edward und ich gleichzeitig hier waren, denn wir waren zu diesem Zeitpunkt alle im Salon. Aber waren wir die Ersten?" Sie kniff nachdenklich die Augen zusammen. „Nein - nein, jetzt erinnere ich mich. Als ich in die Eingangshalle kam, sah ich als Erstes Robin, der sich über Winifred beugte. Er war ganz blass, als er aufblickte und sagte: ‚Sie ist tot'. Das war alles. Und ich fürchte, dann ist er nach draußen gelaufen und hat sich übergeben. Donald war auch da. Ich erinnere mich vor allem daran, dass Stella schrie: ‚Oh Don, nicht schon wieder!' Sie ist zu ihm gerannt und hat sich an ihn geklammert. Dann kam Susan aus ihrem Zimmer, warf einen Blick auf ihre arme Mutter und fiel auf dem Treppenabsatz in Ohnmacht. Ich habe mich sofort um sie gekümmert. Wann John aufgetaucht ist, weiß ich nicht mehr."

Angela schaute sich in der Halle um und versuchte, sich die Szene vorzustellen.

„Wie schnell bist du, nachdem du Winifreds Schrei gehört hattest, aus dem Salon gelaufen?", fragte sie.

„Oh, ich habe keinen Moment gezögert", antwortete Louisa. „Einen solchen Schrei kann man nicht ignorieren. Er geht einem durch Mark und Bein."

„Also hätte niemand Zeit gehabt, den Tatort zu verlassen. Ein Mörder, meine ich."

„Nein, ich glaube nicht."

„Darf ich?" Angela ging zur Treppe und stieg sie langsam hinauf, wobei sie sich aufmerksam umsah. Auf dem Treppenabsatz blieb sie an der Stelle stehen, von der aus Winifred gefallen sein musste. Sie nahm ein Taschentuch und beugte sich vorsichtig über die Brüstung, als wolle sie ein Staubkorn vom Kronleuchter fegen, der in einiger Entfernung hing.

„Sei vorsichtig", ermahnte Mrs Haynes sie.

„Sie muss sich sehr weit vorgebeugt haben, um das Gleichgewicht zu verlieren", sagte Angela.

„Ja, das ist richtig. Aber das Personal staubt den Kronleuchter immer nur halbherzig ab und sie hat sich ständig darüber beschwert."

„Nehmen wir an, sie ist nicht aus Versehen in die Tiefe gestürzt, sondern es hat jemand nachgeholfen. Hätte derjenige genug Zeit gehabt, die Treppe hinunterzulaufen und sich unter die anderen zu mischen, die in die Halle gerannt kamen? Was meint ihr?"

„Warum probieren wir es nicht aus?", schlug Guy Fisher eifrig vor.

„Nun -", setzte Angela an, aber er lief schon die Stufen hinauf und stand gleich darauf neben ihr auf dem Treppenabsatz.

„Louisa, Sie gehen in den Salon", befahl er. „Ich stoße einen markerschütternden Schrei aus und stürme dann so schnell ich kann die Treppe hinunter. Sie kommen in die

Halle gelaufen, sobald Sie mich schreien hören. Mrs Marchmont, Sie stellen sich an den Fuß der Treppe und machen sich Notizen."

Angela musste über seinen jugendlichen Enthusiasmus lachen.

„Also gut", stimmte sie zu. „Lass es uns versuchen, Louisa."

Ihre Freundin sah ein wenig überrascht aus, erklärte sich aber einverstanden, mitzumachen.

„Alles bereit?", fragte Guy. Angela stand weisungsgemäß am Treppenaufgang und Louisa war im Salon verschwunden. Der junge Gutsverwalter hob den Kopf und stieß einen gellenden Schrei aus, dann rannte er in halsbrecherischem Tempo die Stufen hinunter. Er war gerade unten angekommen und versuchte, sich möglichst lässig zu geben, als Mrs Haynes in die Eingangshalle stürmte.

„Da haben Sie's", sagte er.

„Sie haben es im letzten Moment geschafft", bemerkte Angela, „und außerdem sind Sie ein bisschen außer Atem. Louisa, weißt du noch, ob jemand auffällig nach Luft geschnappt hat, als du Winifred gefunden hast?"

„Daran kann ich mich beim besten Willen nicht erinnern", antwortete ihre Freundin.

„Was war das für ein furchtbarer Krach?", erklang eine Stimme vom oberen Ende der Treppe.

„Da bist du ja, meine Liebe", rief Louisa Haynes. „Ich wollte gleich hochkommen, um nach dir zu sehen."

Der Neuankömmling war eine selbstsicher wirkende, modern gekleidete junge Frau, die offenbar gerade aus ihrem Zimmer gekommen war.

„Hallo, Stella", begrüßte Guy sie. „Tut mir leid, dass ich so laut war. Haben wir dich geweckt?"

„Ich habe nicht geschlafen, du Dummkopf", sagte die

junge Frau, schien Guy aber nicht ernsthaft böse zu sein. Als sie näher kam, sah Angela, dass ihre Augen rot gerändert waren, als hätte sie geweint.

„Sie müssen Mrs Marchmont sein." Sie streckte Angela die Hand entgegen. „Ich bin Stella Gillespie. Tante Louisa sagt, Sie wollen das Rätsel von Underwood House lösen. War das der Grund für das Geschrei?"

„Wir wollten herausfinden, ob jemand Winifred über das Geländer gestoßen haben und dann die Treppe hinuntergelaufen sein könnte, um sich unauffällig unter die anderen Personen zu mischen, die herbeigestürmt kamen", erklärte Guy.

„Wäre es nicht wahrscheinlicher, dass derjenige in eines der Schlafzimmer am oberen Ende der Treppe gelaufen ist?", fragte Stella.

„Susan war zu diesem Zeitpunkt die Einzige im Obergeschoss", antwortete Mrs Haynes. „Alle anderen waren hier unten."

„Robin und Don waren am schnellsten hier", erklärte Guy. „Wir müssen herausfinden, wer von ihnen zuerst da war."

„Ja", murmelte Angela.

„Wie aufregend, eine echte Detektivin kennenzulernen!", sagte Stella zu Mrs Marchmont. „Haben Sie sich schon entschieden, wer von uns es war?"

Bevor sich Angela von dem Schreck erholt hatte, als „echte Detektivin" bezeichnet zu werden, ergriff Guy Fisher das Wort. „Entpuppt sich am Ende nicht immer derjenige als Mörder, mit dem man am wenigsten gerechnet hat? Zumindest ist das in den Büchern so, die ich gelesen habe. Also musst du es sein, Stella. Oder ich. Oder sogar Mrs Marchmont selbst." Er grinste verschmitzt. „Sie haben uns nicht gesagt, wo Sie waren, als die drei gestorben sind, Mrs Marchmont. Haben Sie ein reines Gewissen?“

„Mein Gewissen ist sicher nicht reiner als das anderer Leute“, antwortete Angela leichthin, „aber in diesem Fall plädiere ich auf nicht schuldig.“

„Lasst uns Tee trinken“, schlug Mrs Haynes vor, als sie den Salon betraten. „Läutest du bitte nach Annie, Stella?“

„Danach würde ich gerne einen Spaziergang zum See machen“, sagte Angela.

„Ja, natürlich“, sagte ihre Freundin. „Ich selbst werde nicht mitkommen, aber Stella begleitet dich, nicht wahr, meine Liebe?“

„Darf ich auch mitkommen?“, fragte Guy eifrig. „Das ist alles ungeheuer aufregend. Ich würde gerne ein paar Nachforschungen anstellen.“

„Selbstverständlich“, antwortete Angela höflich.

Sie trank schweigend ihren Tee, während die anderen fröhlich plapperten. Was sie als diskrete Untersuchung geplant hatte, schien sich plötzlich zu einem vergnüglichen Ausflug zu entwickeln, und der Gedanke gefiel ihr überhaupt nicht. Je weiter sie in die ganze Angelegenheit hineingezogen wurde, desto unbehaglicher fühlte sie sich.

Angenommen, es handelte sich tatsächlich um Mord - wie sollte sie herausfinden, wer es war, wenn sie ständig ein Tross von Leuten begleitete, der haarklein erklärt haben wollte, was sich ihrer Meinung nach zugetragen hatte? Und selbst wenn sie den Mörder fand, konnte sie unmöglich mit dem Finger auf einen von ihnen zeigen und sagen: „Du warst es.“

Angela, du Idiotin, dachte sie, warum in aller Welt hast du dich zu so etwas überreden lassen? Die ganze Sache gefällt mir ganz und gar nicht.

Kapitel Sechs

„Als Kinder haben wir im Sommer im See gebadet“, erklärte Stella, während sie dem Pfad durch den Wald folgten, sich unter Ästen hindurchduckten und über Baumwurzeln stiegen. „Wir Cousinen und Cousins, meine ich. Ich bin natürlich nicht blutsverwandt mit den Haynes, aber in den Ferien war ich immer bei Tante Louisa und Onkel John. So, da sind wir.“

Der Wald lichtete sich, als sie sich einem schmalen Kiesstrand näherten, der zu einem kleinen, von Bäumen gesäumten See abfiel. Vor ihnen lag ein alter, etwas baufälliger Steg, an dem mit einem ausgefransten Seil ein ebenso baufälliges Ruderboot befestigt war.

„Ist das das Boot?“, fragte Mrs Marchmont.

„Ja“, antwortete Stella.

„Dann sehen wir es uns einmal näher an.“

Zu dritt gingen sie den Steg entlang.

„Eigentlich gibt es nicht viel zu sehen“, bemerkte Guy, während sie auf das Boot hinunterstarrten, das sanft auf dem Wasser dümpelte.

„Nein“, stimmte Angela zu, „und ich kann mir vorstellen, dass die Polizei es schon genau auf Spuren untersucht hat – nach Fingerabdrücken und dergleichen.“

„Ja, das hat sie“, sagte Stella.

„Hat sie etwas gefunden?“

„Wenn ja, dann hat uns niemand etwas gesagt.“

„Bestimmt hätte die Polizei es uns mitgeteilt, wenn sie etwas entdeckt hätte“, meinte Guy.

Sie kehrten zum Ufer zurück.

„Was genau ist an jenem Abend passiert?“, fragte Angela.

Guy und Stella sahen sich an.

„Das weiß niemand“, erklärte Guy. „Es fing nach dem Abendessen mit einem heftigen Streit zwischen John und Edward an.“

„Aber es waren nicht nur die beiden, oder?“, fragte Stella. „Ich meine, John und Edward haben angefangen, doch dann haben sich Ursula, Susan und Don eingemischt und schon war der schönste Krach im Gange.“

„War das ungewöhnlich?“

„Ganz so hitzig wurden sie normalerweise nicht, aber ich würde nicht sagen, dass die Auseinandersetzung an sich ungewöhnlich war.“

„Nein“, pflichtete Guy ihr bei. „Für einen ordentlichen Streit hatten die Haynes immer schon etwas übrig.“

„Und dann sagte Edward, er werde sich das nicht länger gefallen lassen, und stürmte hinaus“, fuhr Stella fort. „Wir dachten, er sei auf sein Zimmer gegangen, aber wie sich später herausstellte, hat er wohl das Haus verlassen.“

„Ich kann mir nicht erklären, was in ihn gefahren ist.“ Guy schüttelte den Kopf. „Es war eine eiskalte Nacht.“

„Man hat ihn erst am nächsten Tag gefunden, nicht wahr?“, fragte Angela.

„Ja“, bestätigte Stella. „Wir hatten ihn den ganzen

Vormittag gesucht, ohne Erfolg. Dann fiel jemandem auf, dass das Boot abgetrieben war, und Onkel John ließ den See von ein paar Männern absuchen. Dabei haben sie seine Leiche entdeckt."

„Wie lange war er schon tot?"

„Das konnte der Arzt nicht genau sagen. Zwischen zwölf und achtzehn Stunden, das war alles, was er gesagt hat."

„Hm, das ist ziemlich vage", meinte Angela. „Er könnte kurz nach dem Verlassen des Hauses gestorben sein oder irgendwann im Laufe der Nacht. Alibis bringen uns in diesem Fall nicht viel weiter."

„Ja, wir sind an diesem Abend alle mal hierhin, mal dorthin gelaufen", sagte Guy. „Ich könnte Ihnen jedenfalls nicht sagen, was wer zu einer bestimmten Zeit gemacht hat. Ehrlich gesagt, weiß ich nicht einmal, was ich selbst gemacht habe."

„Sie waren also beim Abendessen anwesend?"

„Ja", antwortete Guy. „Ich nehme die Mahlzeiten normalerweise mit der Familie ein."

„Oh ja – wir könnten es einfach nicht ertragen, ohne ihn zu essen, wissen Sie", sagte Stella spöttisch. Sie setzte sich auf einen umgefallenen Baumstamm und zog die Mütze vom Kopf. Die frühe Mai-Sonne glitzerte auf ihrem goldenen Haar, während sie gedankenverloren auf den See hinausstarrte. Angela sah rasch zu Guy hinüber und ertappte ihn dabei, wie er das Mädchen eindringlich musterte. Als er merkte, dass sie ihn beobachtete, wurde er rot und senkte den Blick.

Eine Weile hingen sie schweigend ihren Gedanken nach. Dann wandte sich Angela dem Boot zu.

„Wenn ich jemanden im See ertränken wollte - wie würde ich es anstellen?", durchbrach sie die Stille.

Guy ergriff als Erster das Wort.

„Ich würde ihn nahe am Ufer überraschen und seinen Kopf unter Wasser halten", sagte er.

„Aber wieso hat man ihn dann in der Mitte des Sees gefunden?"

„Vielleicht wusste der Mörder, dass Edward nicht schwimmen konnte, hat ihn einfach mit dem Boot rausgefahren und über Bord gestoßen", schlug Stella vor.

Angela schüttelte den Kopf.

„Ein ziemlich gefährlicher Ansatz für einen Mörder, sich auf die Unfähigkeit seines Opfers zu verlassen, meinen Sie nicht?", wandte sie ein. „Was, wenn sich herausstellt, dass Edward doch ein bisschen schwimmen kann? Zumindest gut genug, um es ans Ufer zu schaffen? Und wenn er das Wasser derart verabscheut hat, wie man mir erzählt hat, hätte er sich kaum aus freien Stücken auf den See hinausrudern lassen. Er hätte sich mit aller Kraft gewehrt."

„Das stimmt", räumte Stella ein. „Dann muss er tot oder zumindest bewusstlos gewesen sein, als er in das Boot gelegt wurde. Aber warum hat der Mörder ihn auf den See hinausgerudert?"

„Um es wie einen Unfall aussehen zu lassen", sagte Guy. „Meinen Sie nicht auch, Mrs Marchmont?"

„Ja, das scheint mir die wahrscheinlichste Antwort zu sein", antwortete Angela. „Wenn wir davon ausgehen, dass alle drei Todesfälle zusammenhängen, dann hat sich der Täter große Mühe gegeben, sie wie Unfälle zu inszenieren." Sie ging langsam zurück zum Steg und versuchte, sich die Szene vorzustellen. „Gut, nehmen wir an, er wurde hier am Ufer ertränkt, der Mörder hat ihn dann ins Boot gehievt, ist mit der Leiche auf den See hinausgerudert und hat sie über Bord geworfen", überlegte sie. „Wie ist der Mörder zurück ans Ufer gelangt?"

„Muss er unbedingt mit Edward in dem Boot hinausgefahren sein?", fragte Stella. „Vielleicht hat er die Leiche nur hineingelegt, das Boot losgemacht und es treiben lassen." Dann schüttelte sie den Kopf und lachte. „Oh! Wie dumm von mir - natürlich musste jemand da gewesen sein, um die Leiche über Bord zu werfen."

„Ja", pflichtete Angela ihr bei. „Wenn es Mord war, dann ist jemand mit ihm auf den See hinausgefahren, unabhängig davon, ob Edward schon tot war oder noch gelebt hat."

„Der Mörder muss zum Ufer zurückgeschwommen sein", sagte Guy. „Oder vielleicht hatte er ein zweites Boot."

„Gibt es hier noch andere Boote?", fragte Stella.

„Nicht, dass ich wüsste", musste Guy eingestehen.

„Dann muss der Täter völlig durchnässt ins Haus zurückgekehrt sein."

„Und mit klappernden Zähnen", ergänzte Guy schaudernd. „Das Wasser ist eiskalt."

„Ja, also müssen wir nach jemandem suchen, der mit nassen Kleidern ins Haus gegangen ist", sagte Angela.

„Nicht unbedingt", bemerkte Stella. „Vielleicht hat er sich ausgezogen und seine Kleider am Ufer zurückgelassen, bevor er ins Boot gestiegen ist."

„Ja … hm …", sagte Angela langsam. Es schien, als wollte sie noch etwas hinzufügen, überlegte es sich dann aber anders.

Guy nahm einen Stein und warf ihn mit einer trägen Bewegung auf das Boot. Er prallte an einer Ruderdolle ab und landete mit leisem Platschen im Wasser.

„Und wenn es ein Unfall war?", fuhr Angela fort. „Nehmen wir an, dass Edward aus irgendeinem Grund ganz gegen seine Gewohnheit in einer kalten Winternacht freiwillig in ein Ruderboot gestiegen und auf den See hinausgefahren ist. Warum hat er das getan?"

„Um sich zu beruhigen und seine Gedanken zu

sammeln", schlug Stella vor. „Manche Leute werden ihre schlechte Laune durch körperliche Aktivität los."

„War er so ein Typ?"

„Eigentlich nicht, aber Menschen sind seltsam. Manchmal handeln sie ganz überraschend."

„Wie ist dann der Unfall passiert?"

„Das lässt sich leicht erklären", sagte Guy. „Wenn er wirklich kein geübter Ruderer war, dann hat er wahrscheinlich die Fangleine hinter sich hergezogen oder so etwas, und als sie sich in den Wasserpflanzen verheddert hat, hat er versucht, sie freizubekommen, ist über Bord gefallen und ertrunken."

„Ja, so könnte es gewesen sein." Angela blickte nachdenklich zu Boden und ließ die verschiedenen Möglichkeiten in Gedanken Revue passieren.

„Ich war immer gerne am See", sagte Stella, „aber jetzt ist alles anders. Es wird nie wieder so sein wie früher." Sie schauderte und stand auf. „Gehen wir lieber zum Haus zurück."

„Oh je, meine Schuhschnalle ist aufgegangen", sagte Angela plötzlich. Sie bückte sich, um sie zu schließen, und rief dann verärgert: „Ich glaube, sie ist kaputt. Gehen Sie schon mal vor, ich komme gleich nach."

Angela machte sich an ihrem Schuh zu schaffen, während Guy und Stella im Wald verschwanden. Sobald sie außer Sichtweite waren, richtete sie sich auf und ging leise zu dem umgefallenen Baumstamm hinüber, auf dem Stella gesessen hatte. Aus einer Spalte an der Unterseite lugte etwas hervor. Mit ein wenig Mühe gelang es ihr, es herauszuziehen Sie wischte den Schmutz ab und starrte es verwirrt an. Es war feucht und verblasst und ein Teil war abgerissen, doch es handelte sich unverkennbar um das Foto einer hübschen jungen Frau. Das Bild hatte offensichtlich einige Zeit in der Spalte im Baumstamm gesteckt und war stark beschädigt, sodass man unmöglich sagen konnte, wie alt es war, aber Angela vermutete, dass es vor einigen Jahren aufgenommen worden war. Das Gesicht kam ihr einen Moment lang irgendwie bekannt vor, doch das vage Gefühl verschwand ebenso schnell, wie es gekommen war, und sie schüttelte den Kopf.

Sie hörte die anderen nach ihr rufen, steckte das Bild kurzentschlossen in ihre Tasche und eilte ihnen nach. Hatte das Foto etwas mit den drei Todesfällen zu tun? Wenn ja, worin bestand die Verbindung? Und wer war die Frau?

Kapitel Sieben

„DA IST ONKEL JOHN", sagte Stella, als sie den Rasen
erreichten.

John Haynes war ein gradliniger, leutseliger Mann mit
grauem Haar und Schnurrbart. Er begrüßte sie freundlich.

„Ah, da bist du ja, Angela", sagte er. „Louisa hat mir
gesagt, du wärest hier draußen irgendwo. Sie lässt sich
einfach nicht von diesem Unsinn wegen Edward abbringen. Ich habe ihr gesagt, sie soll nicht auf Ursula hören –
ehrlich gesagt, die Frau ist verrückt, sie jagt einem Hirngespinst hinterher –, aber sie hat dich trotzdem in die Sache
hineingezogen. Warst du schon unten am See? Was hältst
du von Underwood House?"

Angela brachte ihre Bewunderung für das Haus und
das Gelände zum Ausdruck, wie er es offenbar von ihr
erwartete, und er nickte zufrieden.

„Ja, es ist ganz hübsch hier, nicht wahr? Ich weiß,
Sentimentalität ist nicht gerade in Mode, aber ich muss
gestehen, dass ich den alten Kasten liebe. Die anderen
wollten das Haus loswerden, sie haben gesagt, es sei uns
allen ein Klotz am Bein, aber ich – nun, ich würde einem

Verkauf nie zustimmen, auch wenn es ein Vermögen kostet, es zu halten. Ha! Jetzt können sie mich nicht mehr zwingen, es zu verkaufen, wie? Jetzt nicht mehr. Aber du wirst nichts ausgraben, das kann ich dir versprechen. Die arme Philippa war seit Jahren krank, ein Herzleiden, weißt du, und Winifred war schon immer eine Traumtänzerin - genau der Typ, der sich durch die eigene Unachtsamkeit das Genick bricht.“

Er unterbrach seinen erstaunlichen Wortschwall, um einen großen Retriever zu rufen, der in einem Gebüsch herumschnüffelte.

„Gehört das Haus jetzt dir?“, fragte Angela.

John Haynes gab ein ärgerliches Knurren von sich.

„Nein, nicht ganz. Ich habe Philippa überredet, mir in ihrem Testament ihren Anteil zu hinterlassen — mit dem Versprechen, einen Verkauf ernsthaft in Betracht zu ziehen. Dumme alte Närrin - ich weiß nicht, warum sie mir geglaubt hat. Nach Winifreds und Edwards Tod haben Susan und Ursula je ein Viertel geerbt, aber unter uns gesagt, bin ich ziemlich sicher, dass ich mich mit Susan einigen werde - ihre Mutter hat ihr ganzes Geld an irgendwelche spiritistischen Gesellschaften und Schulen für bedürftige Waisenkinder und dergleichen gespendet, sodass Susan ohne einen Penny dasteht. Ursula kommt damit nicht durch. Sie kann sich von mir aus auf den Kopf stellen, aber solange sie nicht bereit ist, ihren Anteil an mich zu verkaufen, gebe ich nichts auf ihr Gerede.“

„Du gehst also davon aus, dass die Todesfälle eine natürliche Ursache hatten.“

John schnaubte. „Natürlich tue ich das! Das sieht doch jeder Dummkopf! Warum meine Frau partout alles glaubt, was Ursula sagt, ist mir schleierhaft, aber so ist es nun mal - sie hat sich von ihr etwas einreden lassen und sieht nun hinter jedem Torpfosten schattenhafte Gestalten mit gezückten Dolchen lauern.“

„Aber findest du es nicht seltsam, dass dein Bruder in einer eiskalten Winternacht auf den See hinausfährt? Vor allem, wenn er das Wasser derart verabscheut hat, wie mir alle sagen.“

„Ursula behauptet das, aber ich kann mich nicht entsinnen, dass er es so sehr gehasst hat. Wenn du mich fragst, ist es ganz natürlich, dass ein wütender Mann beschließt, seinen Ärger bei einer Runde auf dem See abzureagieren. Das würde ich auch so machen.“

„Soweit ich weiß, war niemand dabei, als deine beiden Schwestern gestorben sind.“

„Nein, nicht, dass ich wüsste. Philippa hat sich einfach schlafen gelegt und ist nicht wieder aufgewacht. Bei Winifred habe ich die ganze Aufregung verpasst. Ich nehme an, sie ist mit einem ziemlichen Knall aufgeschlagen.“

„Onkel!“, rief Stella vorwurfsvoll.

John Haynes sah verlegen aus.

„Na ja, das war wohl ein bisschen geschmacklos, aber was hat es für einen Sinn, so zu tun, als hätten Winifred, Edward und ich uns nahegestanden? Philippa hatte ich allerdings ganz gern.“

„Louisa hat gesagt, dass du in deinem Arbeitszimmer warst, als Winifred gestürzt ist“, sagte Angela.

„Ja. Ich war gerade in eine Sache vertieft und habe eine Zeit lang gar nicht groß auf den Tumult in der Eingangshalle geachtet. Irgendwann konnte ich den Lärm nicht länger ignorieren, und als ich aus meinem Arbeitszimmer kam, um zu sehen, was los war, lag die gute Winifred mit gebrochenem Genick auf dem Boden und alle rannten durcheinander.“

„Ich verstehe“, sagte Angela.

„Vielleicht kann Robin Ihnen mehr darüber sagen“,

warf Guy ein. „Er stand über Winifreds Leiche gebeugt da, also muss er als Erster bei ihr gewesen sein."

„Ja, entweder er oder Donald", bemerkte Angela.

„Übrigens, Stella", sagte John, „was höre ich da über einen Streit zwischen dir und Don?"

Stella runzelte die Stirn.

„Das geht dich nichts an", antwortete sie unwirsch. „Aber da ich nie wieder mit ihm sprechen werde, kannst du ihm von mir ausrichten, dass er ein Idiot ist."

Guy hob die Augenbrauen.

„Oh je", sagte er. „Armer Don."

„Von wegen - ‚armer Don'!", schnaubte Stella. „Ich bin diejenige, die ihn und seine Launen ertragen muss. Nun, das hat jetzt ein Ende. Er kann sich eine andere dumme Pute suchen, die ihm nachläuft. Ich lasse mich nicht mehr von ihm beschwatzen."

Sie machte auf dem Absatz kehrt und stürmte davon.

„Was für ein Jammer." Guy sah ihr stirnrunzelnd nach. „Ich frage mich, worum es diesmal ging. Vermutlich wieder um ihre Arbeit."

„Um ihre Arbeit?", wiederholte Angela verwundert. „Louisa sagte, sie ist Krankenschwester."

„Ja, und zwar eine sehr gute, wenn das stimmt, was ich gehört habe", antwortete Guy. „Sie wollte eigentlich Ärztin werden, aber ihr Vater war dagegen, und so musste sie sich mit der Krankenpflege zufriedengeben. Don möchte, dass sie nach der Hochzeit damit aufhört, aber sie will weiterarbeiten. Darüber streiten sie sich ständig, das kann ich Ihnen sagen! Sie sind beide furchtbare Sturköpfe."

„Diese Streitereien sind albern", schaltete sich John ein. „Don sollte den Mund halten und ihr ihren Willen lassen. Das ist die einzige Möglichkeit, mit einer Frau fertigzuwerden. Solange Frauen glauben, dass sie die Oberhand haben, geben sie keine Widerworte, aber sobald man versucht, ihnen etwas zu verbieten, geht das Theater los. Ich wette, sie hört auf zu arbeiten, wenn erst einmal Kinder da sind. Ich muss mit ihm reden, wenn er zurückkommt, und ihn warnen. Stella ist ein liebes Mädchen und er wäre ein Narr, wenn er sie sich durch die Lappen gehen ließe."

„Er wird sich wieder beruhigen", behauptete Guy. „Darauf wette ich."

Dabei lag ein wehmütiger Ausdruck in seinen Augen, der Angela nicht entgangen war.

Sie verabschiedeten sich von John und gingen gemeinsam zum Haus.

„Hast du irgendwelche Hinweise gefunden?", fragte Louisa eifrig, als sie in den Salon kamen.

„Nein", musste Angela zugeben. „Aber damit hatte ich nach all der Zeit auch nicht gerechnet."

„Du hast recht", räumte Louisa ein. „Es ist jetzt schon Wochen her, und außerdem hat es den ganzen April über geregnet, sodass sämtliche Spuren längst vernichtet sind."

„Ja, aber ich kann mir jetzt alles besser vorstellen, also war es in dieser Hinsicht auf jeden Fall nützlich."

„Bist du zu irgendwelchen Schlussfolgerungen gekommen?", fragte Louisa zögernd.

„Nein, aber ich habe noch nicht mit allen gesprochen. Ich wollte noch mit Ursula reden."

„Ah, Sie wollen also mit Ursula reden?", meldete sich Guy mit einem boshaften Grinsen zu Wort. „Sie werden sie sicher sehr interessant finden. Und Robin auch."

Louisa warf ihm einen tadelnden Blick zu.

„Der alte Dick Trent war vorhin auf der Suche nach Ihnen", bemerkte sie. „Er sagte etwas von einem Stier, der auf die Straße gelaufen ist und alle Kühe mitgenommen hat. Ich glaube, Sie sollten nachsehen, was da los ist."

In Guys Miene spiegelte sich gespieltes Entsetzen.

„Oh nein", stöhnte er. „Nicht schon wieder. Dieser Bulle ist der Fluch meines Lebens. Wenn es dieses verfluchte Tier nicht gäbe, bräuchte ich nur zwei Vormittage in der Woche zu arbeiten und könnte den Rest der Zeit angeln gehen."

Er verabschiedete sich von den beiden Damen und ging davon.

„Er ist uns eine große Hilfe", seufzte Louisa, „aber manchmal muss man ihn daran erinnern, dass die Pflicht ruft."

Angela lachte.

„Darin unterscheidet er sich kaum von den meisten Männern in seinem Alter, nehme ich an", sagte sie. „Er ist recht jung für einen so verantwortungsvollen Posten, nicht wahr?"

„Ja, das ist er, aber er kennt das Anwesen in- und auswendig. Philip hat ihn vor etwa zehn Jahren irgendwo ausfindig gemacht. Er war gerade mit dem Studium fertig, er hatte ein Stipendium für Oxford, weißt du, und ist furchtbar schlau. Er hat lauter Preise gewonnen, weil er so fleißig war, aber auch für Boxen, Kricket, Schwimmen und alle möglichen anderen Sportarten."

„Ein vielseitig begabter junger Mann", staunte Angela. „Was meinte er mit seiner Bemerkung über Ursula? Allmählich kann ich es kaum erwarten, sie kennenzulernen."

Mrs Haynes lachte.

„Oh, das wirst du, meine Liebe. Sie und Robin leben in Datchet."

„Dann auf nach Datchet!", sagte Angela. „Ach, das hätte ich fast vergessen." Sie holte das Foto hervor. „Erkennst du diese junge Frau?"

Louisa nahm das Bild und betrachtete es verblüfft.

„Nein, ich glaube nicht, dass ich sie schon einmal

gesehen habe. Auf eine etwas altmodische Weise ist sie recht hübsch. Wer ist sie?"

„Ich habe keine Ahnung. Ich habe das Foto vorhin unten am See gefunden."

„Glaubst du, es hat etwas mit den Ereignissen hier tun? Ist es womöglich ein Hinweis?"

„Ich weiß es nicht", erwiderte Angela, „aber ich würde es sehr gerne herausfinden."

Sie verabschiedete sich von ihrer Freundin und war schon auf dem Weg zum Tor, das zur Straße führte, als ihr plötzlich ein Gedanke kam. Sie stellte sich auf den Rasen vor dem Haus und blickte zu den Fenstern im Obergeschoss hinauf.

„Immer noch hier?" John Haynes tauchte unvermutet neben ihr auf. „Hast du das Rätsel noch nicht gelöst?" Er schmunzelte über seinen eigenen Witz. „Nein, und das wirst du auch nicht. An deiner Stelle würde ich es sein lassen – reine Zeitverschwendung, wenn du mich fragst. Obwohl es natürlich sehr nett von dir ist, Louisa helfen zu wollen."

„Nun, wir werden sehen", antwortete Angela unverbindlich.

„Stimmt etwas mit unserer Fassade nicht?"

„Nein", antwortete Angela, „ich habe mich nur gefragt, wie euer Gärtner dem Efeu zu Leibe rücken will. Siehst du, wie er das obere Fenster zur Hälfte bedeckt?"

„Ja, ich muss einen der jüngeren Männer beauftragen, sich darum zu kümmern, obwohl der alte Briggs wahrscheinlich furchtbar beleidigt sein wird. Er kann nicht mehr so wie früher, aber ich sehe darüber hinweg, weil er ein treuer Geselle ist - er war schon zu Vaters Zeiten hier, vielleicht sogar noch länger."

„Wessen Zimmer ist das?"

„Ich bin mir nicht ganz sicher. Donalds, glaube ich.

Oder ist es das Gästezimmer nebenan? Jedenfalls ist es entweder das eine oder das andere."

Mit dieser ungenauen Angabe musste sich Angela zufriedengeben. Dann holte sie das Foto aus ihrer Tasche und zeigte es ihm.

„Weißt du, wer das ist?", fragte sie.

John schien für einen Moment zu erstarren.

„Na, das ist …", begann er und unterbrach sich dann. „Wo, sagtest du, hast du das gefunden?"

„An dem kleinen Strand am See."

„Ach? Was man heutzutage an den seltsamsten Orten findet!"

„Dann erkennst du es nicht?"

Er schüttelte den Kopf.

„Nein, nie gesehen. Vielleicht gehört es jemandem vom Personal oder einem unserer Pächter. Es könnte von überall her an den Strand geweht worden sein, wenn ich es mir recht überlege. Sogar aus London!" Er lachte. „Also, auf Wiedersehen."

Er ging davon, während Angela das Foto in ihre Tasche steckte. Sie dachte angestrengt nach. Sie war sich sicher, dass er die Frau erkannt hatte. Aber warum hatte er es geleugnet?

Kapitel Acht

Das Haus, in dem Ursula Haynes wohnte, befand sich am Ende einer ruhigen Gasse nicht weit vom Bahnhof. Es war ein modernes, unscheinbares Gebäude, in strahlendem Weiß gehalten, dem es zwischen üppigen Büschen und gepflegten, sanft zum Fluss hin abfallenden Rasenflächen auf seltsame Weise unbehaglich zumute zu sein schien.

Mrs Marchmont wurde von einem Dienstmädchen mit ernster Miene in eine in blassen Farben gestrichene Eingangshalle geführt, die kaum etwas von der Persönlichkeit ihrer Bewohner verriet, da sie nur spärlich möbliert und frei von jeglichem Zierrat war. Angela beäugte zweifelnd einen spindeldürren Rohrstuhl und überlegte, ob sie es wagen sollte, sich darauf zu setzen, als sich von oben Schritte näherten.

„Mrs Marchmont", erklang eine gebieterische Stimme. „Ich bin Ursula Haynes."

Angela blinzelte nach oben, aber wegen des hellen Sonnenlichts, das durch ein Fenster auf der halben Etage strömte, konnte sie lediglich einen geraden, schlanken Schatten sehen. Langes Schweigen dehnte sich aus, dann näherte sich die Gestalt Schritt für Schritt und das Gesicht kam in ihr Blickfeld. Angelas erster Eindruck war der vollkommener Starrheit. Ursula Haynes war nicht besonders groß, doch sie hielt sich so aufrecht, dass sie größer wirkte, als sie tatsächlich war. Ihre Figur war schmal, ihr Gesicht kalt und ohne die Spur eines Lächelns. Das kurze schwarze Haar mit den eisengrauen Strähnen war perfekt frisiert und ihr Kleid war zwar elegant, aber streng geschnitten. Alles in allem sah sie aus, als sei bei ihrer Konstruktion nicht ein einziges Molekül verschwendet worden.

Mrs Haynes musterte ihre Besucherin eine Sekunde lang, dann streckte sie die Hand aus und entspannte sich so weit, dass ein kleines Lächeln über ihre Lippen huschte.

„John und Louisa haben also endlich eingesehen, dass diese Angelegenheit untersucht werden muss", sagte sie. „Aber natürlich hätte eine Weigerung zu kooperieren sehr merkwürdig ausgesehen. Vermutlich haben sie deshalb eine Freundin gebeten, sich der Sache anzunehmen, anstatt einen Detektiv zu engagieren, der keine Verbindung zur Familie hat."

Auch wenn Angela sich nur ungern als Detektivin bezeichnen ließ, verspürte sie bei Ursulas Worten einen leichten Stich.

„Ich versichere Ihnen, dass man mich nicht gebeten hat, Partei zu ergreifen, falls Sie das meinen", widersprach sie. „Ich gehe an die Untersuchung so objektiv heran, wie es in meiner Position nur möglich ist. Ich habe nicht den Wunsch, den Schuldigen zu schützen - falls es tatsächlich einen Schuldigen gibt."

Ursula schnalzte ungeduldig mit der Zunge.

„Natürlich gibt es einen Schuldigen", sagte sie. „Nur ein Narr würde annehmen, dass drei Todesfälle, die sich innerhalb eines Jahres unter ähnlichen Umständen ereignet haben, nichts weiter als unglückliche Unfälle waren. Aber Louisa war immer schon - na ja, egal. Bitte kommen Sie hier entlang." Sie drehte sich um und ging voraus in einen großen, quadratischen Salon, der ebenso spärlich möbliert war wie der Eingangsbereich. „Setzen Sie sich."

Angela kam sich vor wie ein Schulmädchen, das von einer besonders mürrischen Lehrerin in französischer Grammatik geprüft werden sollte, und setzte sich zögernd auf den stabilsten Sessel, den sie finden konnte. Er hatte eine schräge Sitzfläche und einen sehr glatten Bezug, und es bedurfte einiger Anstrengung, um nicht Richtung Boden zu rutschen. Die großen Fenster, die auf den Garten hinausgingen, erlaubten einen Blick auf den Fluss, und wieder fiel Angela der Kontrast zwischen dem Haus und seiner Lage auf.

Ursula saß kerzengerade, die Hände ordentlich im Schoß gefaltet, auf der Sesselkante und sah ihre Besucherin erwartungsvoll an. Sie wartete offenbar darauf, dass Angela begann, und machte keine Anstalten, das Gespräch in Gang zu bringen.

Will sie mir das Gefühl geben, dass ich ihr gegenüber im Nachteil bin?, überlegte Angela insgeheim. Wenn ja, dann macht sie ihre Sache sehr gut. Sie war jedoch wild entschlossen, sich nicht geschlagen zu geben, also bat sie: „Sagen Sie mir, warum Sie glauben, dass der Tod Ihres Mannes kein Unfall war."

„Natürlich war es kein Unfall", erwiderte Ursula. „Das hat nichts mit ‚glauben' zu tun. Mrs Marchmont, mein Mann war ein Weichling. Er hasste die freie Natur und wäre nie auf die Idee gekommen, in ein Boot zu steigen, schon gar nicht in einer Winternacht in seiner Abendgarderobe."

Angela hob angesichts dieser Beschreibung die Augenbrauen.

„Ich verstehe", sagte sie. „Was denken Sie, was dann passiert ist?"

„Es ist ganz offensichtlich, was passiert ist. Jemand hat ihn bewusstlos geschlagen, ihn dann in das Ruderboot gepackt und mitten auf dem See über Bord geworfen. Er konnte nicht schwimmen, also ist er ertrunken. Ob er das Bewusstsein wiedererlangt hat, bevor er starb, kann ich nicht sagen. Ich kann nur hoffen, dass er nicht wusste, was mit ihm geschah."

Sie hätte eine Bestellung beim Metzger aufgeben können, so leidenschaftslos klang ihre Stimme.

„Sie haben Ihren Verdacht der Polizei mitgeteilt, nehme ich an."

Ursula schürzte empört die Lippen.

„Ja, das habe ich, aber ich hätte mir die Zeit und den Ärger auch sparen können. Lauter Einfaltspinsel, alle miteinander – völlig außerstande, das Offensichtliche zu erkennen, selbst wenn man sie mit der Nase darauf stößt."

„Aber soweit ich informiert bin, sind die Beamten der Sache nachgegangen. Sie müssen also überzeugt gewesen sein, dass Ihre Theorie nicht vollkommen aus der Luft gegriffen ist."

„Ganz und gar nicht. Ich habe keinerlei Zweifel daran, dass es ihnen lieber gewesen wäre, ich wäre gegangen und hätte die ganze Sache vergessen. Aber ich hatte nicht die Absicht, ihnen diesen Gefallen zu tun." Ein schmales Lächeln umspielte kurz ihre Lippen. „Sagen wir es so: Vonseiten der Polizei hatten die Ermittlungen weniger mit ihrer Überzeugung zu tun als mit der Tatsache, dass ich den Beamten so lange auf die Nerven gegangen bin, bis sie getan haben, was ich wollte."

Es war der erste Anflug von Humor, den Angela bei ihr entdeckt hatte, und er verschwand so schnell wie er gekommen war. Ursula fuhr fort: „Ich nehme an, Sie wissen, dass bei der amtlichen Untersuchung eine unbekannte Todesursache bescheinigt wurde. Ich würde Ihnen raten, das zu ignorieren. Ein Mangel an Beweisen bedeutet nicht, dass es nichts zu finden gibt."

In diesem Punkt konnte ihr Angela nur beipflichten.

„Wann kam Ihnen zum ersten Mal der Verdacht, dass hinter dem Tod von Philippa und Winifred mehr steckte, als es auf den ersten Blick schien?", fragte sie. „War das, bevor Ihr Mann starb?"

„Oh, ich erhebe keinen Anspruch auf überragende Intelligenz in dieser Hinsicht. Wie alle anderen war ich überzeugt, dass Philippa eines natürlichen Todes gestorben und dass Winifred einem tragischen Unfall zum Opfer gefallen war – was im Übrigen perfekt zu ihr passte. Erst als mein Mann getötet wurde, begann ich, die Ereignisse der beiden vorangegangenen Zusammenkünfte mit Argwohn zu betrachten."

„Wie lautet also Ihre Theorie?"

„Natürlich bin ich keine Expertin, aber ich weiß, dass Philippa seit vielen Jahren ein Digitalis-Präparat gegen ihre Herzbeschwerden genommen hat und dass sie damit sehr nachlässig umgegangen ist. Ständig hat sie Fläschchen mit dem Mittel im Haus herumliegen lassen – und sich immer beschwert, dass sie sie nicht finden könne. Nun weiß jeder, dass man mit Digitalin äußerst vorsichtig sein muss, da eine Überdosis tödliche Folgen haben kann. Was wäre also einfacher gewesen, als dass sich jemand in mörderischer Absicht etwas von ihrer Medizin beschafft und es ihr ins Essen oder in ein Getränk mischt?"

„Aber ich meine gehört zu haben, dass Digitalin einen sehr bitteren Geschmack hat. Hätte sie es nicht gemerkt?" Angela verstummte, als sie sich dunkel an etwas erinnerte, das Louisa erwähnt hatte. Was hatte sie gesagt? Irgendetwas darüber, dass Philippa sich über das Essen an diesem Abend beschwert hatte.

„Ich habe keine Ahnung", sagte Ursula. „Wie ich bereits erwähnte, bin ich keine Expertin."

„Also sind Sie vermutlich auch der Meinung, dass Winifred nicht aus Versehen über die Brüstung gefallen ist, sondern jemand nachgeholfen hat."

Ursula senkte den Kopf.

„Winifred war eine sehr dumme Person", erklärte sie, „aber nach reiflicher Überlegung bin ich zu dem Schluss gekommen, dass selbst sie nicht dumm genug war, sich dermaßen weit vorzubeugen, dass sie das Gleichgewicht verlieren würde."

„Aber ich habe es selbst versucht und hatte Angst, vornüber in die Tiefe zu stürzen."

„Sie sind groß", wandte Ursula ein. „Winifred maß nicht einmal ein Meter sechzig. Sie hätte mit dem Bauch auf der Balustrade lehnen und mit den Füßen in der Luft baumeln müssen, um aus Versehen zu fallen."

Diesen Punkt hatte Angela nicht bedacht.

„Sie glauben also, dass jemand sie gestoßen hat, während sie sich nach dem Kronleuchter gestreckt hat?", fragte sie.

„Entweder so oder - was wahrscheinlicher ist - man hat sie an den Knöcheln gepackt und in die Tiefe gekippt. Nichts einfacher als das. Sie hätte vermutlich nicht einmal gesehen, wer es war."

„Und wer war es Ihrer Meinung nach?"

Ursula erhob sich plötzlich und warf Angela einen boshaften Blick zu.

„Suchen Sie nach dem Motiv!", zischte sie.

„Ich ...", begann Angela verblüfft.

„Wer hatte am ehesten einen Grund, die drei zu töten? Ich nicht - Edwards Tod bringt für meinen Sohn und mich nur Nachteile mit sich, wir verlieren dadurch fünftausend Pfund. Dasselbe gilt für Susan, weil ihre Mutter ihr nichts hinterlassen hat. Wer profitiert also? Wer? Mrs Marchmont, kehren Sie nach Underwood House zurück und finden Sie heraus, was John Haynes verbirgt."

Bevor sich Angela sammeln und eine Antwort zurechtlegen konnte, öffnete ein junger Mann mit mürrischem Gesichtsausdruck die Wohnzimmertür.

Einen Moment blieb er unschlüssig stehen. „Ich bitte um Verzeihung", sagte er mit einem fragenden Blick zu Ursula.

„Robin", sagte Ursula, „das ist Mrs Marchmont. Sie ist eine Freundin von Louisa. Ich habe dir von ihr erzählt, wie du dich sicher erinnerst. Mrs Marchmont, das ist mein Sohn Robin." Sie hatte wieder ihre kühle Gelassenheit angenommen, als sei nichts gewesen.

Robin Haynes streckte dem Gast die Hand entgegen. Während er sie misstrauisch beäugte, hatte Angela das unangenehme Gefühl, wie eine unbekannte Spezies unter die Lupe genommen und klassifiziert zu werden. Offenbar war das Ergebnis der Untersuchung zufriedenstellend, denn auf seinem Gesicht deutete sich ein Lächeln an.

„Ah, ja", sagte er, „die Detektivin. Wir werden alle aufpassen müssen, was wir sagen, um uns nicht selbst zu belasten."

Trotz seines scherzhaften Tons lag etwas Gezwungenes in seinen Worten, und Angela musterte den jungen Mann neugierig, um sich ein Bild von dem Sohn zu machen, den Ursula hervorgebracht hatte. Robin Haynes wirkte schmal und kümmerlich, als bekäme er nicht genug zu essen. Seine Mundwinkel zeigten permanent nach unten, sodass er nörglerisch und übellaunig aussah. Mit seinem glatten dunklen Haar hatte er eine verblüffende Ähnlichkeit mit seiner Mutter, aber im Gegensatz zu Ursula, die den Raum mit ihrer Präsenz mühelos beherrschte, schien er sich so klein wie möglich machen zu wollen, um gegebenenfalls übersehen zu werden, wenn es ihm nötig erschien.

„Ich lasse Sie allein, dann können Sie meinen Sohn befragen", sagte Ursula und ging hinaus. Robin sah ihr nach und entspannte sich sichtlich.

„Was hat sie Ihnen erzählt?", fragte er unvermittelt.

„Ihre Mutter hat mir von ihrem Verdacht erzähl-", antwortete Angela. „Sie glaubt, dass Ihr Vater ermordet wurde. Was sagen Sie dazu?"

Die unumwundene Frage ließ Robin aufbegehren.

„Also wirklich!", rief er empört. „Ich habe nicht die leiseste Ahnung. Aber in diesen Dingen hat Mutter meistens recht und vermutlich hat sie gute Gründe für ihren Verdacht."

„Meinen Sie nicht, dass es untypisch für ihn war, auf den See hinauszufahren?"

„Woher soll ich das wissen? Wenn alle das sagen, dann muss es ja stimmen. Ich habe nicht viel darüber nachgedacht."

„Ich habe gehört, er konnte nicht schwimmen."

„Das hat Mutter auch gesagt. Vermutlich hat sie recht."

Hat dieser junge Mann wohl ab und zu eine eigene Meinung?, fragte sich Angela im Stillen. Laut fuhr sie fort: „Haben Sie ihn an jenem Abend hinausgehen sehen?"

„Ja, natürlich. Wir haben es alle gesehen."

„Wussten Sie, dass er das Haus verlassen hat?"

„Nein, das habe ich nicht mitbekommen."

„Sind Sie an diesem Abend selbst nach draußen gegangen?"

„Mitten in der Nacht? Im Februar? Auf gar keinen Fall!"

„Also gut." Angela begriff, dass er nichts über den Tod

seines Vaters sagen konnte oder wollte. „Ich möchte auch herausfinden, was mit Philippa und Winifred passiert ist. Louisa sagte, als Winifred über die Balustrade gestürzt ist und alle in die Eingangshalle stürmten, seien Sie und Donald Haynes als Erste bei ihr gewesen – angeblich haben Sie sich sogar über die Leiche gebeugt."

Robin sog scharf die Luft ein und funkelte sie wütend an.

„Ja, und? Was wollen Sie damit andeuten? Sie war meine Tante. Warum sollte ich mich nicht um sie kümmern, wenn sie gerade einen schrecklichen Unfall hatte? Das hätte wohl jeder getan, meinen Sie nicht?"

Oh je, das läuft gar nicht gut, dachte Angela. „Verzeihen Sie mir", sagte sie zu Robin. „Ich habe mich vorhin ungeschickt ausgedrückt. Ich wollte nur wissen, ob Sie gesehen haben, was passiert ist."

„Nein, ich habe nicht gesehen, was passiert ist. Niemand hat es gesehen, soweit ich weiß."

„Wo waren Sie, als sie gestürzt ist?"

„Irgendwo in der Nähe", sagte er mit einer vagen Handbewegung. „Ich weiß es nicht mehr."

„Sind Sie sicher? Vermutlich haben Sie den Aufprall gehört, sonst wären Sie nicht so schnell zu ihr gelaufen, wie Sie es getan haben. Versuchen Sie, sich zu erinnern, Mr Haynes."

„Nun, ich nehme an, ich war in der Bibliothek. Ja, ja, da war ich."

„Und Sie haben einen Schrei gehört und dann das Geräusch, wie etwas Schweres auf dem Boden aufgeprallt ist?"

Er erbleichte.

„Ja. Sie lag in der Eingangshalle. Als ich mich über sie gebeugt habe, fiel mir auf, dass ihr Kopf seltsam abgewinkelt war. Mir war sofort klar, dass da nichts mehr zu machen war. Meine Nerven sind nicht die stärksten, und mir war furchtbar übel."

„Wer war zuerst bei ihr, Sie oder Donald?"

Robin schnalzte ungeduldig mit der Zunge.

„Ich weiß es wirklich nicht mehr. Ist das wichtig?"

„Vielleicht, vielleicht auch nicht. Ich kann es im Moment nicht sagen."

„Nun …" Er überlegte. „Ich glaube, Don war vor mir da. Ja, da bin ich mir sicher. Ich kam aus der Bibliothek gerannt und er war schon da."

„Was hat er gemacht?"

„Er stand einfach da. Er sah sehr erschrocken aus und atmete schwer. Er war furchtbar blass - so wie ich wahrscheinlich."

„Haben Sie sonst noch jemanden gesehen? In der oberen Etage, zum Beispiel?"

„Das hätte ich wohl erwähnt, wenn es so gewesen wäre, meinen Sie nicht auch? Da war niemand. Zu der Zeit waren alle unten."

„Abgesehen von Ihrer Cousine Susan. Louisa sagte, sie sei aus ihrem Zimmer gekommen und in Ohnmacht gefallen, als sie gesehen hat, was passiert war."

„Ah ja, die hatte ich ganz vergessen. Ja, sie war im ersten Stock."

„Wissen Sie noch, wo John Haynes war?"

„Onkel John? Nein, keine Ahnung. Wahrscheinlich hat er sich irgendwo versteckt. Er hasst diese Familientreffen ebenso wie wir, also flüchtet er in sein Arbeitszimmer, wann immer er kann."

„Meinen Sie, dass Winifreds Tod beabsichtigt war? Ich weiß, dass Ihre Mutter das glaubt", setzte Angela eilig hinzu, als sie sah, dass er etwas sagen wollte, „aber was denken Sie?"

Robin blickte sich um, als wollte er sich vergewissern, dass seine Mutter wirklich nicht mehr im Raum war.

„Die ganze Sache erscheint tatsächlich seltsam, wenn man bedenkt, was mit meinem Vater passiert ist", räumte er schließlich ein, „aber ich kann Ihnen wirklich nichts dazu sagen. Ich habe nichts Verdächtiges gesehen."

„Und was ist mit Ihrer Tante Philippa?"

„Ich weiß, dass Mutter meint, sie sei vergiftet worden, aber sie war herzkrank. Wir waren also nicht überrascht, als sie gestorben ist."

„Erinnern Sie sich daran, wie der Abend verlaufen ist? Wissen Sie zum Beispiel, was es zum Abendessen gab?"

„Nein, natürlich nicht. Ich weiß kaum, was ich vor einer Woche zu Abend gegessen habe. Sie können doch nicht erwarten, dass ich mich an eine Mahlzeit von vor einem Jahr erinnere."

„Es gab Suppe." Ursulas Stimme ließ sie zusammenzucken. Sie war so leise ins Zimmer gekommen, dass sie sie nicht hatten kommen hören. „Es war eine Mulligatawny. Ich mag Mulligatawny nicht, daher erinnere ich mich daran. Was es sonst noch gab, kann ich Ihnen nicht sagen."

„Lamm", sagte Robin plötzlich, als hätte er gerade einen Geistesblitz. „Natürlich, es war Lamm. Und dazu ein eher uninteressantes Soufflé."

„Wie wurde die Suppe serviert?", fragte Angela.

„Ich verstehe nicht, was Sie meinen", sagte Ursula.

„Wurde sie in einer Terrine serviert oder bekam jeder einen vollen Teller?"

„Das weiß ich nicht mehr", sagte Ursula und Robin schüttelte den Kopf.

„Gab es nach dem Essen Kaffee?"

„Ich glaube schon", antwortete Ursula.

Angela unternahm einen weiteren Versuch.

„Louisa hat gesagt, Philippa habe sich über das Essen beschwert. Erinnern Sie sich daran?"

„Philippa hat sich ständig beschwert", erklärte Ursula. „Sie hatte ihren Spaß daran, an allem herumzunörgeln. Nach einer Weile hört man gar nicht mehr hin. Um Ihre Frage zu beantworten - nein, ich kann mich nicht erinnern, dass sie sich über etwas Bestimmtes beklagt hätte, aber das bedeutet nicht, dass sie es nicht getan hat."

„Und sie ist ganz normal zu Bett gegangen? Sie hat nicht über Unwohlsein geklagt?"

„Nicht mehr als sonst", antwortete Ursula. „Sie hat es immer weidlich ausgenutzt, wenn es ihr nicht gutging, wissen Sie – auch etwas, das man besser ignorierte. Sonst hätte man von morgens bis abends nach ihrer Pfeife tanzen müssen."

Die Sonne erfüllte das Wohnzimmer mit Licht und Wärme, als wollte sie alle, die sich drinnen versteckten, einladen, die Türen aufzureißen und in den Garten zu laufen. Die bedrückende Atmosphäre im Haus und die Unfreundlichkeit seiner Bewohner machten Angela allmählich müde.

„Ich habe nur noch eine Frage", sagte sie. „Erkennen Sie diese junge Frau?"

Sie reichte ihnen das Foto, das sie am See gefunden hatte. Robin betrachtete es neugierig.

„Nein, nie gesehen", sagte er.

Ursula sah sich das Bild ein wenig eingehender an und gab es dann kopfschüttelnd an Angela zurück.

„Diese Frau habe ich noch nie gesehen", erklärte sie. „Wer ist sie?"

„Das versuche ich herauszufinden", sagte Angela. Sie erhob sich. „Ich danke Ihnen für Ihre Hilfe."

„Es tut mir leid, dass Sie kaum Anhaltspunkte haben." Ursula klang nun beinahe freundlich. „Aber vielleicht gelingt es Ihnen, etwas herauszubekommen, was die Polizei übersehen hat."

„Vielleicht. Wenn Ihnen noch etwas einfällt, was mir weiterhelfen könnte, lassen Sie es mich bitte wissen."

„Das werde ich. Und vergessen Sie nicht, was ich gesagt habe."

Als Angela den Weg zum Tor hinunterging, wandte sie sich kurz um. Ursula und Robin standen nebeneinander am Fenster und sahen ihr mit finsteren Blicken nach. Als sie außer Sichtweite war, schauderte sie ein wenig und ließ das Haus so schnell sie konnte hinter sich.

Kapitel Neun

ALS MRS MARCHMONT in Waterloo aus dem Zug stieg, schien die Sonne immer noch und die Luft war so warm und angenehm, dass sie beschloss, zu Fuß nach Hause zu gehen, statt ein Taxi zu nehmen. Bei einem kurzen Spaziergang hätte sie außerdem Gelegenheit, über das nachzudenken, was sie bisher in Erfahrung gebracht hatte, und so machte sie sich in gemächlichem Tempo auf den Weg, blieb auf der Hungerford Bridge eine Weile stehen, um den weiten Blick auf die Stadt zu genießen, den man nur vom Fluss aus hat.

Auf der Northumberland Avenue geriet sie in eine Menschenmenge, die vor einem Theater darauf wartete, für die Nachmittagsvorstellung einer von den Londoner Kritikern hochgelobten Komödie eingelassen zu werden. Die Leute standen so dicht, dass sich bestenfalls ein breitschultriger Riese einen Weg durch die Masse hätte bahnen können. Für jemanden von Angela Marchmonts Statur gab es kein Durchkommen und nach mehreren erfolglosen Vorstößen beschloss sie, auf die andere Straßenseite zu wechseln.

Die nächsten Minuten verschwammen in einem wirren Durcheinander. Sie war sich jedoch ziemlich sicher, dass ihr jemand einen kräftigen Stoß in den Rücken versetzt hatte, doch dann wusste sie nur noch, dass sie mitten auf der Straße lag und hilflos auf einen großen Lieferwagen starrte, der unaufhaltsam auf sie zurollte. Einige Leute schrien und einer rief: „Vorsicht, Miss!“, dann ertönte ein lautes Kreischen, als der Lieferwagen, der glücklicherweise mit guten Bremsen ausgestattet war, wenige Zentimeter vor ihr zum Stehen kam.

„He! Sind Sie von allen guten Geistern verlassen?“ Der entrüstete Fahrer sprang behände aus seinem Führerhaus.

„Es tut mir furchtbar leid“, stammelte Angela benommen und setzte sich auf. „Ich weiß nicht, was passiert ist.“

„Sind Sie verrückt? Sich einfach vor meinen Wagen zu werfen! Was, wenn ich Sie überfahren hätte? Das wäre ein Ärger! Ich muss meine Runde machen, verstehen Sie? Und ich bin schon spät dran.“

„Lassen Sie sie in Ruhe“, wies ihn eine dicke Frau zurecht. „Sie sehen doch, dass sie verletzt ist!“

„Nein, nein, es geht mir gut“, entgegnete Angela und war sich fast sicher, dass es stimmte, was sie sagte. Sie stand vorsichtig auf und klopfte sich den Staub ab. Soweit sie es beurteilen konnte, war sie, abgesehen von aufgeschürften Händen und Knien und verletztem Stolz, unversehrt.

„Miss, Miss, er hat Ihre Tasche!“, rief plötzlich ein kleiner Junge. Aufgeregtes Stimmengewirr erhob sich.

„Er hat sie geschubst!“

„Lasst ihn nicht entwischen!“

„Schnell! Er hat ihre Handtasche!“

„Jemand muss ihn aufhalten!“

Mehrere Männer und ein paar Jungen lösten sich aus dem Gedränge und rannten alle in dieselbe Richtung, während Angela feststellte, dass die Tasche tatsächlich fehlte.

„Warten Sie's ab", bemerkte die dicke Frau zufrieden, „jetzt ist er dran. Geht es Ihnen etwas besser, Miss?"

„Ja, danke. Haben Sie beobachtet, was passiert ist?", fragte Angela, die inzwischen wieder alle Sinne beisammenhatte.

„Jemand hat Sie auf die Straße gestoßen und ist dann mit Ihrer Tasche weggelaufen", antwortete die Frau. „Das ist ein mieser Trick, wenn Sie mich fragen. Aber sie werden ihn schon erwischen, das können Sie mir glauben."

„Wer war es?"

„Das kann ich Ihnen nicht sagen, ich hab ihn nicht gesehen."

„'Tschuldigung, Miss, der Mann war richtig groß und er hatte einen Buckel", sagte der kleine Junge aufgeregt.

„Unsinn!", mischte sich eine abgespannt wirkende Frau ein. Zu Angela gewandt sagte sie: „Der Junge redet dummes Zeug. Der Mann war mittelgroß und dünn und hatte einen Bart. Und er hatte einen grauen Anzug an."

„Nein, er war groß, glauben Sie mir. Und sein Anzug war nicht grau, er war dunkelblau. Außerdem war es ein Schnäuzer, kein Backenbart", behauptete der Junge hartnäckig.

„Und er hatte eine Narbe auf der Wange", mischte sich ein Mann mittleren Alters ein, offenbar der Ehemann der müden Frau.

„Was soll das heißen, er hatte eine Narbe auf der Wange?", gab seine Gattin zurück. „Woher willst du das wissen? Du hast doch in die andere Richtung geschaut, wie immer. Du kriegst nie etwas mit, und wenn es direkt vor deiner Nase passiert. Und sieh dir all die anderen Männer an, die hinter ihm her sind. Warum hilfst du nicht mit? Du hättest ausnahmsweise mal ein Held sein können, statt wie ein ängstliches Karnickel dazustehen."

„Wie kann ich ihm nachjagen, wenn ich ihn angeblich gar nicht gesehen habe?", gab der Mann trotzig zurück.

„Du hast gesagt, er hätte eine Narbe auf der Wange, also musst du ihn gesehen haben."

„Und *du* hast gesagt, ich hätte in die andere Richtung geschaut. Beides zusammen geht nicht, oder?"

„Der hatte keine Narbe, Miss", sagte der Junge leise, der nicht in den Streit verwickelt werden wollte.

„Ich kann dazu nichts sagen", meinte die dicke Frau. „Bart, Schnurrbart, blauer Anzug, grüner Anzug – wie ich schon gesagt hab: Ich habe nichts gesehen."

Inzwischen hatte das Theater seine Türen geöffnet, aber die Wartenden zögerten. Die kostenlose Unterhaltung, die ihnen hier geboten wurde, war viel besser als jedes Theaterstück! Angela, die sich unter den neugierigen Blicken der versammelten Menge zunehmend unbehaglich fühlte, tat so, als würde sie die Schürfwunden an ihren Händen untersuchen, während sie zu entscheiden versuchte, was sie als Nächstes tun sollte. Ob ich sofort zur Polizei gehe?, überlegte sie. Wahrscheinlich ist es besser, hierzubleiben, bis die Männer wiederkommen. Aber ich glaube nicht, dass sie ihn schnappen.

In diesem Moment ertönte ein triumphierender Aufschrei und zu Angelas Überraschung teilte sich die Menge und gab den Blick auf eine kleine Gruppe von Leuten frei. Sie wurde von einem rotgesichtigen, keuchenden jungen Mann angeführt, der zu ihr trat und ihr schüchtern, aber stolz ihre Handtasche überreichte, die anscheinend unbeschädigt war.

„Haben Sie ihn erwischt?", fragte die dicke Frau.

Der junge Mann schüttelte den Kopf.

„Er ist in Richtung Covent Garden gerannt, dann ist er

in einer Gasse verschwunden und wir haben ihn aus den Augen verloren. Aber wir haben diese Tasche auf dem Boden gefunden. Ich schätze, die gehört Ihnen - oder wir haben aus Versehen die Tasche einer anderen Dame geklaut."

Die Umstehenden quittierten seine Bemerkung mit einem Lachen. Angela lächelte und warf einen Blick in die Handtasche. Es war tatsächlich ihre – und nichts schien zu fehlen.

„Verzeihen Sie, Miss, aber sie war offen, also habe ich kurz hineingeschaut, um zu sehen, ob der Mann vielleicht was geklaut hat. Ihr Portemonnaie scheint auf jeden Fall noch drin zu sein."

Angela bedankte sich überschwänglich und steckte dem jungen Mann zum Zeichen ihrer Dankbarkeit eine großzügige Gabe zu, woraufhin er sich strahlend und verlegen zugleich verabschiedete, während ihm alle anerkennend auf die Schulter klopften. Die Umstehenden stießen einen zufriedenen Seufzer aus, voller Genugtuung über den glücklichen Ausgang des nachmittäglichen Unterhaltungsprogramms. Sie verschwanden einer nach dem anderen im Theater, der Lieferwagenfahrer schüttelte mahnend den Kopf und setzte seinen Weg fort, nur der kleine Junge blieb zurück, offenbar in der Hoffnung, dass der hübschen Dame ein weiteres aufregendes Missgeschick zustieß.

„Gehen Sie zur Polizei, Miss?", fragte er.

„Nein", antwortete Angela. „Ich habe meine Tasche wieder, und abgesehen von ein paar blauen Flecken bin ich unverletzt. Ich denke, ich werde die Polizei heute nicht belästigen."

Der Junge machte keinen Hehl aus seiner Enttäuschung.

„Aber was ist mit dem Dieb?", fragte er. „Der kommt

ungeschoren davon. Vielleicht ermordet er in diesem Moment eine alte Dame in ihrem Bett - mit einer Axt!"

Angela konnte nicht anders: Angesichts der blutrünstigen Fantasie des Jungen brach sie in schallendes Gelächter aus.

„Das will ich nicht hoffen", erwiderte sie. „Also gut, ich sage dir, was ich tun werde. Ich habe einen Bekannten bei der Polizei, ein ganz hohes Tier, und wenn ich ihn sehe, melde ich ihm den Vorfall und bitte ihn, die Sache zu untersuchen. Was hältst du davon?"

„Oh ja!" Der Junge nickte energisch. „Ein hohes Tier bei der Polizei! Ist er Detective bei Scotland Yard, Ihr Freund?"

„Ja, und zwar ein sehr wichtiger", bestätigte Angela. Sie tippte sich geheimnisvoll an die Nase.

„Ehrlich?" Der Junge riss die Augen auf. „Jagt er Mörder und so?"

„Ja, Mörder, aber auch Diebe, Erpresser, Drogenhändler und Spione. Er hat mitgeholfen, die McBride-Bande vor Gericht zu bringen, und hat dabei sogar eine Schusswunde in der Seite davongetragen."

Der Junge klatschte aufgeregt in die Hände.

„Den würd ich gerne kennenlernen", sagte er sehnsüchtig. „Wenn ich groß bin, will ich auch so ein Detective werden wie er."

„Tatsächlich? Dann musst du sehr hart arbeiten und viel üben. Am besten fangen wir gleich damit an. Beschreib mir noch einmal den Mann, der meine Tasche gestohlen hat. Er war groß, hatte einen krummen Rücken und einen Schnauzbart, hast du gesagt."

Der Junge blickte zu Boden und scharrte verlegen mit den Füßen.

„Das dachte ich zuerst", räumte er ein. „Aber jetzt

frage ich mich, ob es der richtige Mann war. Es ging alles so schnell und vielleicht habe ich den Falschen erwischt."

„Dann würdest du also nicht beschwören, dass er so ausgesehen hat?"

Er schüttelte verlegen den Kopf.

Angela lächelte. „Mach dir keine Sorgen", beruhigte sie ihn. „Es ist gar nicht so leicht, genaue Beobachtungen anzustellen. Aber wenn du das nächste Mal Zeuge eines Verbrechens wirst, wirst du dich bestimmt an alles erinnern, was du siehst."

Der Junge sah erleichtert aus.

„Ich glaube, jetzt sehe ich zu, dass ich nach Hause komme", fuhr sie fort.

„Soll ich Ihnen ein Taxi rufen, Miss?", fragte der Junge.

„Ja, bitte", antwortete Angela. Sie fühlte sich immer noch ein wenig zittrig und hielt es für besser, den Rest des Weges nicht zu Fuß zurückzulegen.

Das Taxi kam an und Angela stieg ein.

„Vergessen Sie nicht, Ihrem Detective-Freund Bescheid zu sagen", erinnerte der Junge sie. „Er wird den Kerl fangen, ganz bestimmt!"

„Mach ich!", versprach Angela und zwinkerte ihm zum Abschied zu.

„Meine Güte", dachte sie, als das Taxi losfuhr, „eine Schusswunde in der Seite! Also wirklich! Es muss mit dem Sturz zusammenhängen, dass ich einen derartigen Unfug erzählt habe." Dann lehnte sie sich in ihrem Sitz zurück und lachte, bis ihr die Tränen über das Gesicht kullerten.

Kapitel Zehn

NACH EINEM HEISSEN Bad und einer leichten Mahlzeit fühlte sich Angela viel besser und ließ sich ohne große Widerrede von ihrem Mädchen Marthe herumkommandieren, die entsetzt die Hände über dem Kopf zusammengeschlagen hatte, als sie von ihrem Abenteuer erfuhr.

„Aber *Madame*", rief sie, „Sie hätten nicht allein in der Stadt herumlaufen dürfen. Sie ist voll von *méchants* und Mördern - bösen Männern, die hinter jeder Ecke auf der Lauer liegen, um einem die Kehle durchzuschneiden. Das sage ich Ihnen immer wieder, nicht wahr? Und jetzt ist es passiert! Sehen Sie sich nur Ihre armen Hände an! Und Ihre Seidenstrümpfe! Völlig zerfetzt!" Sie schnalzte empört mit der Zunge und schüttelte den Kopf. „Versprechen Sie mir, dass Sie nie wieder alleine ausgehen, ohne einen Mann, der Sie beschützt."

Angela lachte. „Seien Sie nicht albern, Marthe", sagte sie. „Wenn man Sie hört, könnte man meinen, London sei der siebte Kreis der Hölle. Ich hatte heute Nachmittag nur Pech. Ein Dieb hat die Gelegenheit beim Schopf ergriffen, weil er dachte, er könne bei mir reiche Beute machen, das ist alles. Natürlich werde ich in Zukunft vorsichtiger sein."

Marthe riss verzweifelt die Hände hoch.

„Was soll nur aus Ihnen werden, *Madame*? Nun gut, ich habe Sie gewarnt, aber ich bitte Sie - gehen Sie kein Risiko ein."

„Keine Sorge, das werde ich nicht", versprach Angela. „Und jetzt bringen Sie mir bitte einen Kaffee und Papier und Bleistift. Ich möchte eine Weile nachdenken."

Sie setzte sich an einen eleganten kleinen Tisch am Fenster, von dem aus sie gerne die Passanten bei ihren täglichen Verrichtungen beobachtete. Da sie einen großen Teil ihres Lebens in New York verbracht hatte, zog sie Großstädte den kleineren Städten vor und schätzte die Lage ihrer Wohnung, von der aus sie eine hervorragende Sicht auf die Straße hatte. Heute hatte sie jedoch keinen Blick für das geschäftige Treiben dort draußen, denn ihre Gedanken waren mit ganz anderen Dingen beschäftigt. Sie saß da und starrte ins Leere, während ihr Kaffee abkühlte und die Sonne zu sinken begann. Nach einer Weile schüttelte sie sich, nickte entschlossen, nahm Papier und Stift zur Hand und begann zu schreiben. Ab und zu hielt sie inne, um ihre Gedanken zu sammeln oder etwas durchzustreichen. Schließlich warf sie den Stift beiseite, nahm das Papier in die Hand und las, was sie notiert hatte:

John Haynes

Motiv: Wollte das Haus nicht verkaufen. Der Tod seiner Schwestern und seines Bruders machte es ihm leichter, es zu behalten.

Gelegenheit: ? im Fall von P und E nicht bekannt (war er wirklich in seinem Arbeitszimmer, als W gestürzt ist?).

Ursula Haynes

Motiv: behauptet, keines zu haben, obwohl sie das Geld von E erbt.

Gelegenheit: keine im Fall von W, da sie im Salon war, als W stürzte.

Robin Haynes

Motiv: siehe oben. Finanzskandal (siehe Inspector J).

Gelegenheit: behauptet, nach DH am Ort des Sturzes von W gewesen zu sein.

Susan Dennison

Motiv: unbekannt (wollte sie ihre Mutter aus dem Weg räumen, um sich mit John über den Verkauf von Underwood House einigen zu können?)

Gelegenheit: einzige bekannte Person, die am richtigen Ort war, um W. zu töten.

Donald Haynes

Motiv: ?

Gelegenheit: Laut Robin war er als Erster am Tatort, als W. starb.

Mr Faulkner

Motiv: Geld, und zwar sehr viel! Er erbt von jedem der drei fünftausend Pfund.

Gelegenheit: offenbar keine. Hat für jeden Todesfall ein Alibi (Inspector J fragen, um sicherzugehen).

1) Mehr darüber herausfinden, was die einzelnen Personen zum Zeitpunkt von Ps und Es Tod getan haben. Außerdem:

- Wie wurde die Suppe am Abend vor Ps Tod serviert? Gab es Kaffee?

- Wer kann schwimmen?

2) Mit Donald und Susan sprechen.

3) Testament ansehen.

ANGELA BETRACHTETE IHR WERK ERNÜCHTERT.

„Ist das wirklich alles, was ich in den letzten Tagen herausgefunden habe?", murmelte sie kopfschüttelnd. „Schäm dich, Angela! Das muss besser werden. Ach ja, einen Punkt hätte ich fast vergessen."

Sie nahm den Bleistift zur Hand und fügte in großen Buchstaben hinzu: „WER IST DIE FRAU AUF DEM FOTO?"

Und vielleicht sollte ich dazuschreiben: ‚Warum hat John gesagt, er würde sie nicht erkennen?', überlegte sie.

Sie stand auf und ging zu ihrer Handtasche. Das Bild war ihr bekannt vorgekommen, als sie es zum ersten Mal betrachtet hatte. Vielleicht fiel ihr doch noch ein, wo sie die Frau schon einmal gesehen hatte, wenn sie es erneut betrachtete. Sie öffnete die Tasche und tastete darin herum, konnte aber das Foto nicht finden. Stirnrunzelnd leerte sie die Tasche aus, dann richtete sie sich verwirrt auf und rief ihr Mädchen.

„Marthe, haben Sie in meiner Manteltasche das Foto einer Frau gefunden?", fragte sie.

„*Mais non, Madame*", lautete die Anwort. „In den Manteltaschen befand sich einiges, was eine Dame *à la mode* nicht mit sich herumtragen sollte - wie oft habe ich Ihnen das schon gesagt? Ich habe ein Taschenmesser, ein Stück Schnur und Lakritzbonbons gefunden. Aber ein Foto war nicht dabei."

Derart gemaßregelt entließ Angela die junge Frau und

durchwühlte erneut ihre Sachen, allerdings ohne Erfolg. Das Bild war verschwunden.

„Merkwürdig", sagte sie. „Aber wie -"

Sie hielt inne, als sie an ihr Abenteuer in der Northumberland Avenue am Nachmittag zurückdachte. War das Foto herausgefallen, als der Dieb die Flucht ergriff, oder war es absichtlich herausgenommen worden? Aber warum sollte jemand das Geld und das goldene Zigarettenetui in der Handtasche ignorieren und stattdessen ein altes Foto stehlen? Zum ersten Mal kam ihr der Gedanke, dass sie vielleicht nicht das Opfer eines Gelegenheitsdiebes, sondern eines gezielten Angriffs geworden war.

Aber wer war es? Und warum? fragte sie sich. War es der Besitzer des Fotos? Wollte er es nur mit allen Mitteln zurückholen, oder hatte er auch die Absicht, mir Schaden zuzufügen? Hätte der Lieferwagen auch nur eine Sekunde später angehalten, hätte ich schwere Verletzungen davongetragen oder wäre vielleicht sogar ums Leben gekommen.

Bei der Erinnerung an das Fahrzeug, das unerbittlich auf sie zugerast kam, erschauderte sie. Bisher hatte sie nicht ernsthaft in Erwägung gezogen, die Polizei zu informieren, doch nun hatte sie das Gefühl, sich Rat holen zu müssen. Die Schmerzen an ihren aufgeschürften Händen und Knien flammten plötzlich auf und ließen sie zusammenzucken. Es war fast so, als würden ihr die Wunden beipflichten.

„Also gut", sagte sie. Sie nahm den Telefonhörer ab, doch dann hielt sie inne und fügte mit einem schiefen Lächeln hinzu: „Aber Marthe sage ich nichts davon."

Scotland Yard teilte ihr mit, dass Inspector Jameson in einem Fall unterwegs sei und erst am nächsten Tag zurückerwartet werde. Mrs Marchmont hinterließ eine Nachricht, wandte sich erneut ihren Notizen zu und fügte ein paar Anmerkungen hinzu.

Ich denke, ich esse früh zu Abend und gehe dann zu Bett, überlegte sie und so machte sie es.

Am nächsten Morgen rief sie ihren Chauffeur William zu sich. Sie neigte den Kopf zur Seite und betrachtete ihn einen Moment lang.

„Ich habe einen Auftrag für Sie, William, von dem ich hoffe, dass Sie ihn annehmen, auch wenn er nicht zu Ihren normalen Aufgaben gehört", erklärte sie.

William spitzte neugierig die Ohren.

„Sie wissen, dass ich immer gerne behilflich bin, Ma'am", sagte er in seinem üblichen gedehnten Tonfall. „Ein Wort von Ihnen und ich stehe bereit."

„Warten Sie lieber ab, bis Sie hören, worum es geht, bevor Sie sich festlegen. Eine Freundin hat mich gebeten, drei mögliche Morde in der Familie ihres Mannes zu untersuchen, und ich möchte, dass Sie mir dabei helfen."

William hob überrascht die Augenbrauen, dann breitete sich ein strahlendes Lächeln auf seinem sommersprossigen Gesicht aus.

„Mord? Das würde mir schon Spaß machen, Ihnen bei Ihren Ermittlungen zu helfen."

„Sehr gut. Ich schätze, es ist nur fair, Sie vorher zu warnen, dass es gefährlich werden könnte. Sie haben sicher gehört, was mir gestern zugestoßen ist. Ich kann nicht mit Sicherheit sagen, ob diese Attacke mit diesem Fall zu tun hat oder nicht, aber Sie sollten unbedingt auf der Hut sein."

Williams Lächeln wurde noch breiter.

„Gefährlich? Klar, ich bin dabei!", war alles, was er sagte.

Angela konnte sich ein Lachen über seine Unbekümmertheit nicht verkneifen.

„Wie ich sehe, ist Ihnen ein riskanter Auftrag lieber als ein ungefährlicher", sagte sie. „Nun denn, Ihre erste

Aufgabe ist denkbar banal. Ich fahre heute Morgen nach Underwood House, und Sie kommen mit. Während wir dort sind, möchte ich, dass Sie mit dem Personal ins Gespräch kommen und ein, zwei Dinge herausfinden. Meinen Sie, das schaffen Sie?"

„Und ob ich das schaffe!", rief der junge Mann. „Wenn's weiter nichts ist."

Angela erklärte ihm, was er in Erfahrung bringen sollte. Er hörte aufmerksam zu und nickte.

„Das dürfte nicht allzu schwierig sein", sagte er.

„Ja, ich bin sicher, zumindest bei den Dienstmädchen müssten Sie mit Ihrem Charme allerhand ausrichten können", lächelte Angela. „Ihr amerikanischer Akzent wird ihnen den Kopf verdrehen."

„Danke für das Kompliment", antwortete William, wobei sein Akzent noch ausgeprägter klang als sonst.

„Dass Sie in Peckham zur Welt gekommen sind, brauchen Sie meines Erachtens nicht zu erwähnen", fügte Angela mit verschmitztem Lächeln hinzu, als er sich anschickte, den Raum zu verlassen.

Williams Grinsen wurde so breit, dass es sein Gesicht in zwei Hälften zu teilen schien, und seine Wangen nahmen eine leichte Rosafärbung an.

Kapitel Elf

DAS WETTER HIELT sich gut und Mrs Marchmont, die es sich auf dem Rücksitz des Bentley bequem gemacht hatte, erfreute sich am Anblick der Hauptstraße von Beningfleet, durch die sie gerade fuhren. Die verwinkelten Häuser mit ihren kleinen Läden schienen sanft im Sonnenschein zu dösen, während die Dorfbewohner ihren täglichen Verrichtungen nachgingen. William war bester Laune und sie hörte seinen amüsanten Anekdoten mit halbem Ohr zu, während sie im Kopf müßig verschiedene Szenarien durchspielte.

Sie wurde jäh aus ihren Gedanken gerissen, als ihr Blick auf Mr Faulkner fiel, den Anwalt der Haynes, der zielstrebig auf seine Kanzlei in einem der schöneren Gebäude unweit des Dorfplatzes zuging.

„Halt!", sagte sie. „Ich möchte aussteigen."

William gehorchte.

„Warten Sie hier auf mich", wies sie ihn an und eilte Mr Faulkner hinterher.

„Guten Morgen, Mrs Marchmont", begrüßte der Anwalt sie freundlich, als sie seinen Namen rief. „Prächtiges Wetter heute, nicht wahr? Und wie läuft Ihre kleine Untersuchung?"

„Leider ergebnislos", antwortete Angela. „Ich war gerade auf dem Weg zu Mrs Haynes, als ich Sie sah. Hätten Sie einen Moment Zeit für mich? Ich wollte einen Blick in das Testament von Philip Haynes werfen, da Sie bei meinem letzten Besuch die Safeschlüssel nicht dabeihatten."

„Ah, das Testament. Ich muss gestehen, dass ich gar nicht mehr daran gedacht habe, aber - oh! Ja, natürlich, das erinnert mich an etwas, das ich Ihnen bei unserem letzten Gespräch sagen wollte, das mir aber völlig entfallen ist. Die unvermeidliche Folge des Alters! Zuerst schien es nicht wichtig zu sein, und ehrlich gesagt habe ich es nicht sehr ernst genommen, als sie mir davon erzählt hat, aber inzwischen ist mir klar geworden, dass es möglicherweise mit diesem Fall zu tun haben könnte."

„Ach?" Angelas Neugierde war geweckt.

„Ja. Wollen wir uns hierhersetzen? Es ist ein so schöner Morgen, dass es eine Schande wäre, sich in meinem stickigen alten Büro zu verkriechen, als hätten wir Angst vor ein wenig Sonnenschein."

Er deutete auf eine Bank, auf der müde Wanderer ausruhen und den erholsamen Blick auf die Downs jenseits des Dorfes genießen konnten. Sie setzten sich und Angela blickte ihn erwartungsvoll an, doch vorerst schien er sein Vorhaben vergessen zu haben, denn er strich sich nachdenklich übers Kinn und runzelte verwirrt die Stirn. Schließlich besann er sich und wandte sich mit einem schiefen Lächeln an Angela.

„Ich bitte um Verzeihung", sagte er. „Aber ich frage mich, ob es nicht doch ein Fehler ist, Ihnen das zu erzählen, denn ihre Geschichte war äußerst vage und hat letzten Endes wahrscheinlich überhaupt nichts mit der Sache zu tun. Ich möchte Sie nur ungern auf eine falsche Fährte locken.“

Angela lachte.

„Wenn Sie meine Neugierde auf diese Weise zügeln wollen, ist es Ihnen leider nicht gelungen“, sagte sie. „Jetzt möchte ich erst recht erfahren, worum es geht. Machen Sie sich wegen falscher Fährten keine Sorgen, ich werde keinesfalls übereilt handeln.“

Die Augen des Anwalts funkelten zustimmend.

„Ja, ich hätte daran denken sollen, dass man das Interesse einer Dame am ehesten weckt, indem man behauptet, es gebe nichts zu erzählen. Also gut, aber bedenken Sie bitte, dass möglicherweise gar nichts daran ist. Bei der Person, von der ich spreche, handelt es sich um Winifred Dennison. Vor einiger Zeit kam sie mit einer verworrenen Geschichte zu mir, in der sie eine oder mehrere Personen, deren Namen sie nicht nennen wollte, beschuldigte, sie um eine große Geldsumme betrogen zu haben.“

„Tatsächlich?“

„Vermutlich habe ich es bereits erwähnt, und wahrscheinlich haben Sie auch von anderen gehört, dass Winifred eine äußerst weltfremde Frau war. Sie war der Typ, der auf jede Geschichte von Leid und Unglück hereinfiel, die man ihr erzählte, und deshalb wurde sie häufig von Scharlatanen, Betrügern und anderen fragwürdigen Charakteren angegangen, die sie für gute Zwecke aller Art gewinnen wollten. Ich muss gestehen, dass ich ihrer Schilderung wenig Beachtung geschenkt habe, weil ich annahm, dass sie wieder einmal von einem gerissenen Hochstapler mit einer glaubhaften Geschichte übers Ohr gehauen worden war, wie man so schön sagt. Erst als man nach ihrem Tod feststellte, dass ihr gesamtes Geld verschwunden war, kam mir der Gedanke, dass vielleicht doch etwas dran war.“

„Erinnern Sie sich, was genau sie gesagt hat? Und wann sie zu Ihnen gekommen ist?"

„Es muss ungefähr ein Jahr her sein - nicht lange vor ihrem Tod. Es war am späten Nachmittag und ich wollte gerade nach Hause gehen, was, wie ich zu meiner Schande gestehen muss, meine Handlungen - oder vielmehr deren Ausbleiben - beeinflusst haben mag. Sie kam in meine Kanzlei, wobei sie auf ihre eigentümliche Art Tücher und Hutnadeln verstreute, und sagte, sie wolle mich in einer privaten Angelegenheit konsultieren. Ich wollte gerade dezent andeuten, dass wir vielleicht einen geeigneteren Zeitpunkt finden sollten, an dem wir uns in Ruhe unterhalten könnten, als sie unvermittelt einen äußerst verworrenen Bericht begann. Dabei ging es um einen angeblich vielversprechenden Investmentfonds, in den sie auf Anraten einer Person, die sie nicht namentlich nennen wollte, eine große Summe Geld investiert hatte. Angeblich war der Fonds absolut sicher und man hatte ihr gesagt, dass sie ihr Geld jederzeit abheben könne. Sie hatte gehofft, ihr Kapital beträchtlich zu vermehren, da es eine Reihe von Wohltätigkeitsorganisationen gab, die auf ihre Unterstützung angewiesen waren. Sie hatte zunächst zugestimmt, das Geld für ein Jahr bei dieser Person zu belassen. Dafür sollte sie eine Rendite von dreißig Prozent erhalten."

Angela spitzte die Lippen zu einem Pfiff, hielt sich aber im letzten Moment zurück. „Du meine Güte!", sagte sie stattdessen.

„Ganz recht", sagte Mr Faulkner. „Jedenfalls ergab es sich, dass eines ihrer Projekte schneller als erwartet finanzielle Hilfe benötigte, und so bat sie darum, einen Teil des Geldes vor Ablauf des Jahres abheben zu können. Dieses Ansinnen war jedoch gar nicht nach dem Geschmack des geheimnisvollen Gegenspielers, der sie zunächst davon abzubringen versuchte und ihr dann einredete, sie sei gesetzlich verpflichtet, das Geld auf dem Konto zu lassen. Wenn man ihrer Schilderung glauben darf, blieb sie standhaft - ganz untypisch für sie, würde ich sagen - und wies darauf hin, dass sie keinen Vertrag unterschrieben habe und daher durchaus im Recht sei, wenn sie ihr Geld zurückbekommen wolle, wann immer es ihr passe."

„Sie hat nichts unterschrieben!", rief Mrs Marchmont entgeistert.

„Anscheinend nicht. Nachdem er sie noch eine Weile mit Ausflüchten hingehalten hatte, erklärte sich Winifreds namensloser Berater schließlich bereit, ihr die gewünschte Summe zu zahlen. Sie wartete einen Monat, aber das Geld kam nicht, und, was noch schlimmer war: Die Person schien sie zu meiden, ihre Briefe blieben unbeantwortet und auch telefonisch erreichte sie sie nicht, obwohl sie es mehrmals versuchte. Schließlich wandte sie sich an mich, aber wie ich bereits erwähnte, schenkte ich der Angelegenheit nicht die Aufmerksamkeit, die sie vielleicht verdient hätte. Im Gegenteil", fügte er hinzu, „ich muss einräumen, dass ich versuchte, das Verhalten der Person zu entschuldigen, und ihr riet, noch ein oder zwei Wochen zu warten. Vierzehn Tage später war sie tot."

„Und Sie haben keine Ahnung, wer diese Person war?"

„Nicht die geringste. Allerdings könnte die Tatsache, dass sie nicht bereit war, den Namen zu nennen, recht vielsagend sein."

„Ja, daraus könnte man schließen, dass es sich um einen Freund oder ein Familienmitglied gehandelt hat. Warum sollte sie sich sonst weigern, den Namen zu nennen?"

Mr Faulkner legte den Kopf schief.

„Das sieht mir nach einer vernünftigen Schlussfolgerung aus", bemerkte er. „Aber alles Weitere wäre reine Spekulation."

Angela wollte gerade noch einmal darum bitten, das Testament sehen zu dürfen, als der Anwalt, der an ihr vorbei die Straße hinuntergeblickt hatte, plötzlich aufschreckte und auf seine Uhr schaute.

„Du liebe Zeit! Nun habe ich mich so von dem schönen Wetter und der reizenden Gesellschaft hinreißen lassen, dass ich meinen Termin ganz vergessen habe. Ich bin schon fünf Minuten über der Zeit und Sie müssen wissen, dass ich es mir zur Regel gemacht habe, nie einen Klienten warten zu lassen."

Er erhob sich und Angela tat es ihm gleich.

„Ich muss mich leider verabschieden", sagte er. „Sie verzeihen mir hoffentlich? Aber natürlich tun Sie das. Stellen Sie sich vor, wie ich inmitten meiner muffigen alten Papiere hocke, während Sie die Schönheit dieses herrlichen Tages genießen." Mit einer ausladenden Geste deutete er auf die Downs in der Ferne. „Wenn Sie Zeit haben, empfehle ich Ihnen einen Ausflug nach Beningsdown Hill. Von dort oben hat man eine wunderbare Aussicht."

„Danke für den Tipp, aber wann kann ich Philips Testament sehen?"

„Ein anderes Mal, ein anderes Mal", antwortete er schnell. „Immer gern zu Diensten." Er verabschiedete sich mit einer knappen Verbeugung und hastete davon.

Nachdenklich kehrte Angela zum Bentley zurück, wo William ohne große Begeisterung die Kühlerhaube polierte. Er stand stramm, als er sie kommen sah.

„William", sagte sie, „Sie haben sicher den Herrn gesehen, mit dem ich gerade gesprochen habe, nicht wahr?"

„Ja, Ma'am."

„Ist Ihnen die Dame aufgefallen, die kurz vor ihm in seine Kanzlei gegangen ist?"

„Ja, ich glaube schon. Hielt sich kerzengerade und sah aus wie eine Furie. Meinen Sie die?"

Angela lächelte über die treffende Beschreibung.

„Das ist sie", bestätigte sie. „Ich möchte, dass Sie das Gebäude im Auge behalten, bis sie herauskommt, und wenn der Anwalt sie begleitet, versuchen Sie bitte, herauszufinden, worüber sie sprechen. Sie haben doch nichts dagegen, Leute zu belauschen?"

„Belauschen? Ich würde es nicht als Lauschen bezeichnen, wenn ich zufällig ein Gespräch zwischen zwei Personen mithöre? Noch dazu in aller Öffentlichkeit."

„Genau, so sehe ich es auch", bestätigte Angela. „Es ist ein Schuss ins Blaue und ich bin nicht sicher, ob etwas Interessantes dabei herauskommt, aber einen Versuch ist es wert. Ich gehe derweil zu Fuß nach Underwood House. Sie kommen später nach."

Mit einem leisen Lächeln machte sie sich auf den Weg. Es war seltsam, überlegte sie. Dass Ursula Haynes den Anwalt aufsuchte, war an sich nicht verdächtig, aber Mr Faulkner war so sehr darauf bedacht gewesen, ihre Aufmerksamkeit auf die Schönheit der Landschaft zu lenken, dass sie sofort misstrauisch geworden war. Vielleicht gab es eine harmlose Erklärung für sein Verhalten, doch sie nahm sich vor, die beiden in Zukunft im Auge zu behalten.

Kapitel Zwölf

Im Sonnenschein wirkte Underwood House geradezu anmutig und die graue Fassade, die an bewölkten Tagen einen dunklen, abweisenden Eindruck machte, schien ihre gewohnte Düsterkeit abgeschüttelt zu haben und alle Besucher freundlich anzulächeln. Ein paar Männer gingen mit Leitern und Gartengeräten bewaffnet über den Rasen auf das Haus zu, als Mrs Marchmont ankam, und sie beobachtete, wie sie unter dem halb mit Efeu zugewachsenen Fenster Halt machten, auf das sie John Haynes hingewiesen hatte. Einer der Männer hatte ein runzeliges Gesicht und ging gebückt. Als sie sich näherte, tippte er höflich an seinen Hut.

„Guten Morgen", begrüßte Angela ihn. „Wie ich sehe, wollen Sie sich das Efeu vornehmen.

„Ja, Ma'am", antwortete der alte Mann. „Kaum dreht man dem Zeug den Rücken zu, schießt es wie verrückt ins Kraut. Diese Kletterpflanzen muss man im Auge behalten, sonst dringen sie in jede Ritze im Mauerwerk und ehe man sich versieht, stürzt das ganze Haus ein. Sollte man nicht unterschätzen, das Efeu."

„Sie scheinen kein Freund von Kletterpflanzen zu sein.“

Der alte Mann wähnte sich in Gesellschaft einer Seelenverwandten.

„Nein, bin ich nicht und werde es auch nie sein“, bestätigte er. „Eklige, heimtückische Gewächse sind das und Efeu ist besonders schlimm. Bei einer Rose oder einer schönen Buchsbaumhecke – da wissen Sie, woran Sie sind. Wenn Sie denen zeigen, wer Herr im Haus ist, tun sie, was Sie wollen. Aber Efeu schleicht sich von hinten an und erwürgt Sie, bevor Sie es merken. Den kann man nicht besiegen, man kann nur versuchen, ihn im Zaum zu halten.“

„Aber es ist so viel! Was machen Sie mit dem ganzen Grünschnitt?“

„Den lassen wir eine Weile trocknen und machen dann ein schönes großes Lagerfeuer“, antwortete er genüsslich.

Die Leiter war inzwischen aufgestellt worden und einer der jüngeren Männer machte sich daran, hinaufzuklettern.

„Wissen Sie, wessen Fenster das ist, Briggs? Sie heißen doch Briggs, nicht wahr?“, fragte Angela.

Der Gärtner strahlte und richtete sich mühsam zu seiner vollen Größe auf.

„Ganz recht, Ma‘am. Bin seit fast sechzig Jahren bei den Haynes in Underwood House. Mr John hab ich schon gekannt, da war er noch ein Dreikäsehoch. Ich kannte auch seinen Vater, als er noch ein junger Mann war.“ Sein Gesicht verfinsterte sich. „Es steht mir nicht zu, das zu sagen, aber er ist von uns gegangen - Sie können sich denken, wohin - also werde ich es tun. Er war ein schlechter Mensch.“

„Philip Haynes?“

„Genau der.“

„Inwiefern war er ein schlechter Mensch?“

„Ich weiß nicht recht, wie ich es ausdrücken soll, Ma'am, bin ja nicht gerade sehr belesen. Aber er hat mit den Menschen gespielt, wenn Sie verstehen, was ich meine."

„Mit Menschen gespielt?"

„Ja, genau. Als wären sie Puppen oder Spielzeugsoldaten oder Figuren auf einem Spielbrett. Er hat die einzelnen Mitglieder seiner Familie gegeneinander ausgespielt, nur so, weil er seinen Spaß daran hatte, wenn sie sich gestritten haben. Man konnte fast sehen, wie er sich jedes Mal zurückgelehnt und sich die Hände gerieben hat, wenn er es wieder einmal geschafft hat. Er hat mich immer an einen Mann erinnert, den ich früher gekannt hab und der jedes Jahr nach Beningfleet kam, als ich noch ein kleiner Junge war. Er hatte ein Puppentheater und alle Kinder sind gekommen und haben sich das angesehen. Es war wirklich raffiniert, wie er die Puppen miteinander hat reden lassen, so wie richtige Menschen und nicht wie Puppen, die jemand hinter einem Vorhang herumgetragen hat. Genau so war der alte Mr Haynes."

„Haben Sie nie überlegt, woanders zu arbeiten?"

„Nein. Er hat mich immer freundlich behandelt, ich kann mich nicht beklagen. Es war seine Familie, die er drangsaliert hat, nicht das Personal. Außerdem mochte ich Mrs Haynes, Gott hab sie selig. Wer weiß, welches Unglück sie in all den Jahren auf sich nehmen musste, in denen sie mit ihm verheiratet war. Aber sie ist jetzt an einem besseren Ort, und das ist eine Gnade. Sieh zu, dass du so viel wie möglich erwischst, Tom, so ist es richtig", rief er dem jungen Mann auf der Leiter zu, der mit dem Efeu kämpfte.

„Hoffentlich fällt er nicht herunter", sagte Angela.

„Ist noch gar nicht so lange her, da bin ich selbst raufgeklettert, aber Mr John erlaubt es nicht mehr", sagte Mr Briggs bedauernd.

„Und das ist richtig so", sagte Angela. „Es ist viel besser, wenn Sie die jungen Leute von hier unten aus anleiten."

„Wahrscheinlich haben Sie recht", erwiderte er. „Ich kann nicht leugnen, dass ich mittlerweile ein bisschen steif im Rücken bin. Erst zu viel Arbeit, dann zu viel Lehnsessel, das ist es. Rheumatismus sagt der Arzt dazu, aber nennen Sie's, wie Sie wollen, es läuft doch auf eins hinaus: nämlich aufs Alter, und dagegen ist kein Kraut gewachsen. Jetzt weiter nach links", rief er dem Mann auf der Leiter zu.

„Wessen Zimmer ist das, sagten Sie?"

„Das da? Das ist das Schlafzimmer von Mr Donald. Er ist gerade von einer Reise ins Ausland zurück. Wo war er noch? In Den Hack. Komischer Name, aber bei Ausländern weiß man ja nie."

„Das ist also Donalds Zimmer?", fragte Angela.

„Ja, jetzt ist es seins. Früher war es das von Miss Christina."

„Wer ist Miss Christina?"

„Sie war die älteste Tochter. Die, die weggelaufen ist."

„Die Tochter von Philip Haynes? Ich glaube, ich habe von einem Mädchen gehört, das gestorben ist."

„Ja, das ist sie", pflichtete Briggs ihr bei. „Schrecklich traurig war das. Sie war schon als Kind eigensinnig, kein Wunder, dass sie sich mit ihrer Familie zerstritten hat, als sie erwachsen war."

„Wann war das?"

Er kratzte sich am Kopf.

„Ach, ich weiß es nicht mehr genau, aber es ist an die dreißig Jahre oder länger her. Damals saß die alte Königin noch auf dem Thron, daran erinnere ich mich." Er senkte die Stimme. „Man sagt ..."

Leider war es Angela nicht vergönnt zu erfahren, was „man" sagt, denn in diesem Moment ertönte fröhliches Rufen. Stella Gillespie hatte die Besucherin von einem Fenster im Erdgeschoss aus gesehen und kam nun in Begleitung von Guy Fisher heraus, um sie zu begrüßen. Mr Briggs tippte noch einmal an seinen Hut und widmete sich dann ganz der Beaufsichtigung seiner Mitarbeiter.

„Da sind Sie ja", sagte Stella. „Wir haben uns schon gefragt, wo Sie bleiben."

„Bin ich zu spät? Ich bitte um Verzeihung", entschuldigte Angela sich. „Ich bin im Dorf zufällig Mr Faulkner begegnet und habe mich mit ihm unterhalten."

„Mr Faulkner? Das ist der Anwalt, nicht wahr?", fragte Guy. „Er war früher oft hier, bevor der alte Mr Haynes starb, aber ich habe ihn schon lange nicht mehr gesehen."

„Ich mag ihn nicht", sagte Stella. „Er ist gerissen. Er hat etwas Hinterhältiges an sich."

„Meinst du wirklich?", fragte Guy interessiert. „Ja, jetzt, wo du es sagst, muss ich dir recht geben. Vielleicht liegt es daran, dass er einem nie direkt in die Augen schaut, sondern einen immer von der Seite anguckt, als wollte er nicht, dass man sieht, was er denkt."

„Kann sein, aber es ist nicht nur das. Ich habe immer das Gefühl, dass er etwas über mich weiß, was ich lieber nicht preisgeben möchte, und dass er mich genau beobachtet, um zu entscheiden, wie sich dieses Wissen am besten ausnutzen lässt", sagte Stella.

„Nein, wirklich?" Guy schien erstaunt. „Soll das heißen, dass du ein dunkles Geheimnis hast? Heraus damit, mein Kind, Onkel Guy kannst du alles erzählen. Es bleibt natürlich unter uns, das verspreche ich dir, auch wenn wir uns vielleicht eine nette kleine Erpressung erlauben.“

„Du Kindskopf“, sagte Stella. „Mrs Marchmont versteht, was ich meine, nicht wahr, Mrs Marchmont?“

„Ich glaube schon“, antwortete Angela lächelnd.

„Und sind Sie mit mir einer Meinung?“

„Ich würde sagen, dass Mr Faulkner sehr wohl weiß, was er tut“, erwiderte Angela vorsichtig.

„Zweifellos“, sagte Guy, „aber das spielt jetzt keine Rolle. Ich bin gespannt, wie unsere Detektivin mit ihren Ermittlungen vorankommt.“

„Oh ja!“, rief Stella. „Haben Sie mit Ursula gesprochen? Was hat sie gesagt? Hat sie behauptet, dass wir alle unter einer Decke stecken?“

„Nicht direkt“, antwortete Angela.

„Mögen Sie sie?“, erkundigte sich Guy boshaft.

„Ich fand sie sehr interessant“, gab Angela zurück.

„Siehst du, Stella? Ich habe dir doch gesagt, dass sie uns nichts erzählt. Dafür ist sie viel zu diskret.“

„Natürlich bin ich verschwiegen wie ein Grab“, sagte Angela, die tatsächlich nicht die Absicht hatte, irgendetwas über den Fortgang ihrer Nachforschungen preiszugeben, wenn es sich irgendwie vermeiden ließ.

„Don ist übrigens wieder da“, berichtete Guy. „Er ist gestern Abend angekommen. Sie können ihn jetzt befragen.“

Stella warf ihm einen Blick zu, sagte aber nichts, und Angela ahnte, dass sie und Donald sich noch nicht versöhnt hatten.

„Ich würde ihm gern ein paar Fragen stellen“, sagte Angela. „Sollen wir reingehen?“

Guy machte Anstalten, sie zu begleiten, aber Stellas Worte ließen ihn innehalten.

„Ich denke, ich mache einen Spaziergang“, verkündete

sie. In ihren Augen lag ein entschlossenes Leuchten. „Kommst du mit, Guy?" Sie wandte sich um und ging davon, ohne seine Antwort abzuwarten.

Guy zögerte, offensichtlich hin- und hergerissen zwischen den beiden.

„Gehen Sie ruhig, wenn Sie möchten", ermunterte Angela ihn. „Ich finde mich allein zurecht."

„Macht es Ihnen bestimmt nichts aus?", fragte Guy. Sein Ton klang locker, aber sein Blick folgte Stella, die sich rasch entfernte.

„Natürlich nicht."

Mit einem erleichterten Grinsen lief er der jungen Frau hinterher.

„Oh je", sagte Angela leise. „Hoffentlich bricht sie ihm nicht das Herz." Sie wandte sich um und ging ins Haus.

Kapitel Dreizehn

BEI IHREM LETZTEN Besuch hatte Angela nur einen kurzen Blick auf Donald Haynes erhascht und so war sie überrascht, wie außerordentlich gut er aussah. Junge Männer seines Typs bezeichneten romantisch gesinnte Schriftsteller als „düster", mit dunklen Augen, eindringlichem Blick und dichten, oftmals dräuend zusammengezogenen Augenbrauen. Seine für gewöhnlich ernste Miene hellte sich gelegentlich auf und dann verzog er die Lippen zu einem ansteckenden Grinsen, das ihn völlig verwandelte. Angela schätzte ihn als leidenschaftlich und empfindsam zugleich ein und fragte sich, warum er mit Stella gestritten hatte.

Er war sofort bereit, Mrs Marchmonts Fragen nach bestem Wissen zu beantworten.

„Frag ruhig", sagte er. „Aber du wirst sehen, dass ich kaum etwas beitragen kann. Um ehrlich zu sein, weiß ich nicht, was Mutter sich dabei gedacht hat, sich die wilden Anschuldigungen dieser dummen Person anzuhören. Sie hatte schon immer eine Schraube locker und diese Sache liefert ihr den perfekten Vorwand, ein Riesentheater zu veranstalten."

„Meinst du deine Tante Ursula?"

„Wen sonst? Wie ich gehört habe, hast du sie bereits kennengelernt, also konntest du dich mit eigenen Augen überzeugen, wie verrückt sie ist."

„Du glaubst das wirklich? Als verrückt würde ich sie nicht bezeichnen. Im Gegenteil: Auf mich wirkte sie ganz vernünftig."

„Das mag dir als Außenstehender so erscheinen. Ich für meinen Teil habe das Gefühl, dass sie in letzter Zeit ständig unvermutet auftaucht und geheimnisvolle Andeutungen macht."

„Was für Andeutungen?"

Er machte eine ungeduldige Handbewegung.

„Ich weiß nicht, worauf sie hinauswill. Sie scheint irgendetwas entdeckt zu haben, von dem ich angeblich nicht möchte, dass es jemand erfährt. Ich habe nicht die leiseste Ahnung, was sie meint."

„Sie sagt, sie habe etwas über dich herausgefunden?"

„Ja, das behauptet sie."

„Und du weißt nicht, was es sein könnte?"

„Nein, ich habe nicht die leiseste Ahnung. Vielleicht solltest du Mutter und Vater fragen. Anscheinend kennen sie das Geheimnis ebenfalls."

„Ach?"

„Lass mich überlegen - was hat sie gleich gesagt? So etwas wie: ‚Ich weiß alles über dich und deine Mutter. John hat all die Jahre versucht, es geheim zu halten, aber ich habe schon seit einiger Zeit einen Verdacht. Mach dir nichts vor - ich könnte alles erzählen, wenn ich wollte, aber vorerst sehe ich davon ab. Ich muss entscheiden, wie ich es angehe.' Siehst du? Sie ist komplett verrückt."

„Hast du oder hat deine Mutter irgendwelche dunklen Geheimnisse, von denen niemand erfahren soll?", fragte Angela leichthin.

„Ich habe überhaupt keine Geheimnisse, es sei denn, sie meinte die Tatsache, dass ich Schulden bei meinem Schneider habe. Aber das hat Mutter letzte Woche herausgefunden - ziemlich unangenehm, das kannst du mir glauben! Was Mutter betrifft, so fragst du sie am besten selbst. Vielleicht hat sie eine dunkle Vergangenheit, von der keiner etwas ahnt, aber das weißt du wahrscheinlich besser als jeder andere. Du kennst sie ja schon lange."

Angela lächelte, dann fragte sie: „Könnten ihre Andeutungen mit ihrem Verdacht zu tun haben, dass es beim Tod deiner Tanten und deines Onkels nicht mit rechten Dingen zugegangen ist?"

„Ich nehme an, dass es etwas damit zu tun hat. Mir wäre es indessen lieber, sie würde klar sagen, was sie meint. Sie macht keinen Hehl daraus, dass sie ein Geheimnis wittert oder jemanden verdächtigt, aber das Einzige, was sie sagt, ist, dass Vater es weiß. Ansonsten belässt sie es bei vagen Andeutungen, und das nützt niemandem. So finden wir nie heraus, was passiert ist."

„Nun, das ist der Grund, weshalb ich hier bin: um die Wahrheit herauszufinden. Fangen wir mit deiner Tante Philippa an. Ursula hat angedeutet, sie könne durch Digitalin vergiftet worden sein, da die Art und Weise ihres Todes auf einen Herzinfarkt schließen lässt. Soweit ich weiß, gab es an diesem Abend Mulligatawny-Suppe, danach Lamm und Soufflé und dann Kaffee. Ich habe zwar noch nie jemanden vergiftet, aber vermutlich wäre es am einfachsten, das Gift entweder in die Suppe oder in den Kaffee zu mischen."

„Das glaube ich auch", stimmte er zu.

„Aber war es in der Suppe oder im Kaffee? Das hängt davon ab, wer wann welche Gelegenheit hatte, das Gift unterzumischen. Wie wird hier übrigens die Suppe serviert? In einer Terrine oder in einzelnen Suppentassen?"

„Für Suppen haben wir eine große Terrine, aus der portionsweise geschöpft wird."

„Sehr gut. Das heißt also, dass unser hypothetischer Mörder das Gift irgendwie in Philippas Suppe gemischt haben müsste, nachdem sie ihr serviert worden war, sonst wären alle davon betroffen gewesen. Erinnerst du dich, wer an diesem Abend neben ihr am Tisch gesessen hat?"

„Wahrscheinlich ich", antwortete Donald. „Das war mein angestammter Platz. Ich weiß aber nicht mehr, wer auf ihrer anderen Seite war. Und ich habe ihr nichts in die Suppe getan."

„Nein. Ich könnte mir vorstellen, dass es ziemlich schwierig ist, jemandem das Essen zu vergiften, ohne dass er es merkt. Bleibt nur noch der Kaffee, der mir übrigens viel wahrscheinlicher erscheint. Wie wurde er serviert?"

„Auf der Kredenz steht immer eine gefüllte Kaffeekanne bereit. Daraus kann sich jeder bedienen oder jemand anderem einen Kaffee holen."

„Und weißt du noch, wer wem an diesem Abend Kaffee eingeschenkt hat?"

„Nein, es ist zu lange her."

„Das dachte ich mir - und den anderen wird es genauso gehen. Deine Mutter erwähnte, dass Philippa sich über das Essen beschwert hat. Kannst du dich daran erinnern?"

„Nein. Tante Philippa war eigentlich immer unzufrieden, sodass man meist gar nicht mehr hingehört hat, wenn ihr etwas nicht passte."

„Nun gut, dann kommen wir jetzt zu deiner Tante Winifred. Wie ich gehört habe, warst du nach ihrem Sturz als Erster bei ihr."

„War ich das? Daran erinnere ich mich nicht."

„Jedenfalls behauptet dein Cousin Robin das."

„Dann wird es wohl stimmen. Ja - jetzt, wo du es sagst,

meine ich mich zu erinnern, dass ich gesehen habe, wie alle aus dem Salon in die Eingangshalle gestürmt sind. Dann werde ich vermutlich vor ihnen da gewesen sein, nicht wahr?"

„Was hast du in der Halle gemacht?"

„Hm, ich habe natürlich den Schrei gehört. Ich hatte Vater im Arbeitszimmer gesucht, aber er war nicht da, und als ich herauskam, sah ich sie auf dem Boden liegen. Ich rannte zu ihr und - Moment mal ..." Er hielt inne. „Natürlich, jetzt weiß ich wieder, wie es war. Ich war gar nicht der Erste. Robin war vor mir da, denn er kniete schon neben ihr, als ich ankam."

„Bist du dir da sicher?"

„Ganz sicher. Ich erinnere mich ganz genau."

„Was hat er gemacht?"

„Er hat ihren Puls gefühlt, nehme ich an. Als er mich sah, richtete er sich schnell auf und sagte: ‚Ich weiß nicht, wie das passiert ist, Don.' Dann kamen alle anderen angerannt, und er beugte sich wieder über sie und sagte: ‚Sie ist tot!' Dann wurde ihm schlecht und er musste sich eine Weile hinlegen."

„Also gingen alle davon aus, dass es ein Unfall war. Und warum hättest du etwas anderes vermuten sollen? Erst nach Edwards Tod kamen die ersten Verdächtigungen auf. Fast könnte man sagen, dass man den Verlust von zwei Verwandten als ein Unglück durchgehen lassen kann, aber drei zu verlieren, sieht aus wie – wie was, Donald?"

„Ich weiß nicht, was mit Onkel Edward geschehen ist", antwortete Donald. „Niemand weiß es. Und ich bezweifle, dass wir es je herausfinden werden."

„Dann hältst du also nichts von der Theorie, dass alle drei ermordet wurden?"

Donalds Miene verfinsterte sich, sein Gesicht nahm einen seltsamen Ausdruck an.

„Ich habe meine eigenen Vermutungen", sagte er, „aber ich glaube, ich stehe damit so ziemlich alleine da."

„Wie meinst du das?" fragte Angela. Die plötzliche Eindringlichkeit in seiner Stimme verblüffte sie.

„Hast du schon einmal überlegt, dass ein Haus eine eigene Persönlichkeit haben könnte?"

„Nun, ich -"

„Underwood House ist mehr als hundertfünfzig Jahre alt", fuhr Donald eifrig fort. „Denk nur an all die Dinge, die es in dieser Zeit erlebt hat! Geburten und Todesfälle, Eheschließungen, Liebe und Hass - vielleicht sogar Gewalt. Vielleicht hältst du mich für verrückt, Angela, aber ich glaube, dass ein Gebäude den Einfluss oder die Energie derer, die in ihm leben, absorbieren kann, und dass es im Laufe der Zeit eine Zuneigung zu denen entwickelt, die es am meisten lieben. Tante Philippa und Tante Winifred und Onkel Edward mochten Underwood House nie. Sie hatten sich gegen das Haus verschworen, um es loszuwerden. Und so hat es sich gerächt."

„Willst du damit sagen, das Haus selbst habe sie getötet?"

Er winkte ab.

„Nein, so einfach ist es nicht. Ich glaube nicht, dass ein Gebäude jemandem Gift in den Kaffee rühren oder ihn über eine Brüstung stoßen kann. Das wäre absurd. Nein, so verrückt bin ich nicht. Aber ich bin überzeugt, dass es Sympathien gibt. Ich weiß nicht, was genau passiert ist, aber ich bin mir sicher, dass ein mysteriöser Einfluss am Werk war, den wir nicht verstehen - und vielleicht nie ergründen werden."

Ein beinahe fanatisches Leuchten glomm in seinen Augen und Angela stellte erschrocken fest, dass seine distanzierte Art einer glühenden Leidenschaft gewichen war.

„Ich nehme an, du magst Underwood House?", fragte sie.

„Ist es nicht normal, dass man Zuneigung für das Haus empfindet, in dem man aufgewachsen ist?", gab Donald zurück. „Bei meinem Vater ist es genauso."

„In deinem Fall kann ich es nachvollziehen", erwiderte Angela, „weil du hier von liebevollen Eltern aufgezogen wurdest, die dich bis zu einem gewissen Grad vor dem Einfluss deines Großvaters schützen konnten, aber ich hatte den Eindruck, dass dein Vater in Underwood eine unglückliche Kindheit verlebt hat. Und wenn seine Geschwister das Haus loswerden wollten, kann man wohl davon ausgehen, dass sie keine große Zuneigung zu ihrem Zuhause empfunden haben."

„Ich glaube nicht, dass Vater so sehr gelitten hat wie die anderen. Er ist von Natur aus viel gelassener und war normalerweise vernünftig genug, zu verschwinden, wenn sich Streit anbahnte. Seine Schwestern und Edward waren jünger und nahmen sich die Dinge mehr zu Herzen. Außerdem hat er sich der Idee verschrieben, dass er als ältester Sohn dafür verantwortlich ist, den Familiennamen weiterzuführen und das Anwesen zu vererben. Du weißt ja sicherlich, dass ich adoptiert wurde? Ich kann dir versichern, dass ich das nie zu spüren bekam - kein leiblicher Sohn hätte mehr Freundlichkeit und Güte erfahren können. Aber trotzdem muss es für Vater immer eine schmerzliche Enttäuschung gewesen sein, dass er und Mutter keine eigenen Kinder haben konnten, obwohl er das als wahrer Ehrenmann nie aussprechen würde. Und ich weiß, dass es ihn tief getroffen hat, als Großvater Underwood allen vier Kindern hinterließ, nicht Vater allein. Ich glaube, er hat darin den versteckten Vorwurf gesehen, dass er das Haus nicht an einen *echten* Haynes weitergeben kann. Aber ich bin genauso ein Haynes wie alle anderen", fuhr er fort und wieder leuchtete der feurige Glanz in seinen Augen. „Und wenn das Haus eines Tages mir gehört, wird es jeder wissen."

„Du rechnest also damit, das Haus zu erben? Ich dachte, Ursula und deine Cousine Susan hätten ebenfalls einen Anspruch darauf?"

„Oh ja. Ich glaube, Susan hat bereits eingewilligt, ihren Anteil an Vater zu verkaufen, und er hofft, dass Tante Ursula sich ebenfalls dazu entschließt, obwohl ich fürchte, dass sie sich nicht kampflos fügen wird."

In diesem Moment kam Louisa Haynes herein.

„Hat jemand Stella oder Guy gesehen?", fragte sie verwirrt. „Es ist fast Mittagszeit. Angela, meine Liebe, du bleibst doch zum Essen, nicht wahr?"

„Ich glaube, sie wollten im Park spazieren gehen", antwortete Angela, „und ja, danke."

„Diese Kinder haben die schreckliche Angewohnheit, kurz vor den Mahlzeiten zu verschwinden. Dabei habe ich ihnen schon so oft gesagt, dass sie pünktlich sein sollen", seufzte Louisa. „Nun ja, es lässt sich nicht ändern. Gleich ertönt der Gong, und wenn sie nicht rechtzeitig zurück sind, müssen sie eben ohne auskommen."

Angela fiel auf, dass Donalds Miene sich verfinsterte, aber er sagte nichts. Machte er sich Sorgen wegen Stella und Guy? Sie beobachtete ihn unauffällig, während sie über ihr Gespräch nachdachte. Er hatte Robins Schilderung, wer nach dem Sturz als Erster bei Winifred gewesen war, klar widersprochen. Wer von den beiden sagte die Wahrheit? Und dann war da noch etwas Seltsames: John hatte behauptet, er sei zum Zeitpunkt des Sturzes in seinem Arbeitszimmer gewesen, aber nach Donalds Aussage hatte er seinen Vater dort nicht angetroffen. Wo war John also gewesen?

Kapitel Vierzehn

„DA SEID IHR JA", rief Louisa, als Stella und Guy lachend das Esszimmer betraten. Ihre Wangen waren gerötet, als seien sie gerannt. „Warum in aller Welt seid ihr eine halbe Stunde vor dem Mittagessen davongelaufen?"

„Es tut mir leid, Tante Louisa", entschuldigte Stella sich und nahm ihren Platz am Tisch ein. „Ich habe vergessen, meine Uhr anzulegen, und habe nicht gemerkt, wie spät es war."

„Sie sagt die Wahrheit und nichts als die reine Wahrheit", bestätigte Guy. „Und natürlich würde ich als echter Gentleman die Schuld auf mich nehmen, wenn es nicht in diesem Fall ganz allein die Schuld der Dame gewesen wäre."

„Du Mistkerl", schimpfte Stella. „Du hättest selbst die Uhrzeit im Auge behalten können."

„Leider nein", erwiderte Guy bedauernd. „Du vergisst, dass die guten Leute bei Asprey mir erst gestern mitgeteilt haben, dass meine Uhr nicht mehr zu retten ist, dass sie in die Ewigkeit abberufen wurde - kurz, dass sie nicht repariert werden kann. Jetzt muss ich warten, bis sich eine reiche Witwe meiner erbarmt und mir eine neue kauft.“

„Statt bei Asprey eine Uhr für dreißig Pfund zu kaufen, könntest du dir woanders eine für sechs Pfund besorgen“, stichelte Stella.

„Was für ein lächerlicher Gedanke!“ Guy schauderte. „Man muss immer den Schein wahren, auch wenn das bei einem knappen Gehalt wie dem meinen nicht so einfach ist.“ Seine tugendhafte Miene wies ihn als ein Musterbeispiel für mit Demut ertragene Armut aus.

„Das soll vermutlich ein Wink mit dem Zaunpfahl sein“, sagte John lachend.

„Ganz und gar nicht, Sir“, wehrte Guy ab, als sei ihm der Gedanke nie in den Sinn gekommen.

„Übrigens, Angela“, erkundigte sich Louisa, „hast du jemals herausgefunden, wer die Frau auf dem Foto war?“

„Nein“, räumte Angela ein. „Ich habe es Ursula und Robin gezeigt, aber sie haben sie auch nicht erkannt.“

„Welches Foto?“, fragte Stella neugierig. „Darf ich es sehen?“

„Leider nein, ich habe es nämlich gestern verloren.“

Sie erzählte ihnen, was ihr zugestoßen war, wobei sie die Gefahr herunterspielte, um Louisa nicht zu beunruhigen. Trotzdem waren alle voller Mitgefühl.

„Aber ich verstehe das nicht“, sagte Stella. „Warum hat er das Foto genommen und sonst nichts? Sind Sie sicher, dass sonst nichts gefehlt hat, Mrs Marchmont?“

„Ziemlich sicher.“

„Haben Sie eine Theorie?“, fragte Guy.

Angela lächelte.

„Ich bin mir sehr sicher, dass das Foto gar nicht gestohlen wurde“, erklärte sie. „Die Umstehenden haben sofort begeistert die Verfolgung aufgenommen, als der Dieb mit meiner Handtasche davongerannt ist. Er hatte also nur ein, zwei Augenblicke Zeit, sie zu durchwühlen, bevor er gezwungen war, sie fallenzulassen und zu fliehen. Die Verfolger fanden die Tasche offen auf dem Boden liegend, ohne dass etwas anderes fehlte. Und da der Dieb keinen Grund gehabt haben kann, ein altes Foto zu stehlen, muss es aus der Tasche gefallen und einfach weggeweht sein."

Bildete sie es sich ein oder entspannte sich die Atmosphäre im Raum fast unmerklich, während sie sprach? Hatte da vielleicht jemand einen leisen Seufzer der Erleichterung ausgestoßen? Sie glaubte nicht eine Sekunde lang, dass das Foto weggeweht war, aber natürlich würde sie den Leuten, die am meisten mit dem Fall zu tun hatten, kaum ihre wahren Gedanken offenbaren. War es vorstellbar, dass einer ihrer Tischgenossen, die lachend und plaudernd zusammensaßen, sie tatsächlich mit solcher Wucht vor einen herannahenden Lieferwagen gestoßen hatte?

Nach dem Mittagessen schlug Louisa vor, dass sie und Angela sich in den kleinen Salon setzen sollten. John hatte auf dem Anwesen zu tun, Guy war an seine Arbeit zurückgekehrt und Stella war verschwunden, um einen Brief zu schreiben. Donald, der in mürrischem Schweigen in seinem Essen gestochert hatte, murmelte, er müsse einige Konferenzunterlagen durchsehen, und ging in die Bibliothek. Im Hinausgehen grinste er Angela fröhlich zu, die noch nicht an seine blitzschnellen Stimmungswechsel gewöhnt war und deshalb ein wenig erschrocken reagierte.

Sie hatten sich kaum gesetzt, als Louisa aufgeregt rief: „Nun, meine Liebe, du musst mir genau erzählen, was du bisher herausgefunden hast. Ich kann es kaum erwarten. Oder bist du zu diskret, um mich einzuweihen?"

Angela lachte, obwohl sie mit einem Mal die ganze Tragweite der ihr anvertrauten Aufgabe erkannte und ihr das Herz schwer wurde, als sie in das erwartungsvolle Gesicht ihrer Freundin blickte.

„Ich weiß nicht, ob ich dir viel sagen kann", erklärte sie. „Ich habe ein, zwei Dinge herausgefunden, die auf etwas hindeuten könnten, aber keineswegs schlüssig sind. Ich würde sie gerne näher untersuchen, bevor ich etwas Definitives sage oder unternehme. Schließlich möchte ich keinen unnötigen Ärger verursachen, und natürlich ist die Situation ziemlich heikel."

Trotz ihrer Enttäuschung pflichtete Louisa ihr bei: „Natürlich, das verstehe ich."

„Ich bin jedoch auf eine recht mysteriöse Sache gestoßen", fuhr Angela fort. „Sag mal, weißt du etwas darüber, was mit Winifreds Geld geschehen ist?"

„Nein, natürlich nicht. Ich dachte immer, dass sie es vor ihrem Tod für wohltätige Zwecke ausgegeben hat. Die arme Susan ist praktisch leer ausgegangen."

„Dann hat sie dir gegenüber nie erwähnt, dass sie einem Betrug zum Opfer gefallen ist?"

„Betrug? Was für ein Betrug? Nein, davon habe ich nichts gehört."

„Offenbar hat jemand, den sie kannte, sie überredet, eine große Summe in einen Investmentfonds einzuzahlen, mit der Versicherung, dass sie das Geld jederzeit abheben könne. Als sie jedoch um die Rückzahlung ihres Geldes bat, hat sich ihr Finanzberater - wer auch immer er war – nicht mehr gemeldet. Zwei Wochen später ist sie gestorben, ohne ihr Geld zurückbekommen zu haben."

„Ach du meine Güte! Nein, davon wusste ich überhaupt nichts. Wie hast du davon gehört?"

„Mr Faulkner hat es mir erzählt. Er sagte, sie sei zu ihm gekommen, um sich zu beschweren und sich Rat zu holen. Er hat ihr empfohlen, noch ein wenig zu warten, bevor sie weitere Schritte unternahm."

„Oh je! Und wo ist das Geld jetzt?"

„Ich weiß es nicht", antwortete Angela, „allerdings habe ich keinen Beweis dafür, dass die Geschichte stimmt. Ich habe sie von Mr Faulkner, der sie wiederum von Winifred hat, und ich vermute, dass sie nicht gerade die Zuverlässigste war, wenn es um Fakten ging."

„Ja, das stimmt leider", seufzte Mrs Haynes. „Aber es muss doch irgendwo ein Dokument geben, eine Vereinbarung oder einen Zahlungsbeleg? Sicher hätte Susan Bescheid gesagt, wenn sie in den Sachen ihrer Mutter etwas gefunden hätte."

„Laut Mr Faulkner hat Winifred behauptet, nichts unterschrieben zu haben. Offenbar handelte es sich um eine recht informelle Vereinbarung, was die Theorie untermauert, dass ihr vermeintlicher Berater jemand war, der ihr nahestand. Das würde auch erklären, warum keine schriftlichen Beweise gefunden wurden."

„Ich verstehe", sagte Louisa nachdenklich. „Nun, es ist ganz offensichtlich, dass es - hast du eine Ahnung, wer -", sie hielt inne, sah Angela aber mit einem hoffnungsvollen Ausdruck in den Augen an. „Ich will dich natürlich nicht beeinflussen", setzte sie hinzu.

„Du denkst an Robin, nicht wahr?", sagte Angela.

Louisa sah erleichtert aus.

„Weißt du, man will natürlich niemanden zu Unrecht beschuldigen", erklärte sie, „aber Robin ist der Erste, der mir einfällt. Er wollte von mir ebenfalls Geld haben."

„Wirklich? Wann war das?"

„Das muss ungefähr zu der Zeit gewesen sein, als er Winifred angesprochen hat. Es scheint, als hätte er bei ihr mehr Erfolg gehabt als bei mir – wenn Winifreds Geschichte stimmt."

„Dann hast du also beschlossen, nicht zu investieren?"

„Ja. Es war nicht so, dass ich ihm nicht vertraue - er ist bei

Peake, weißt du, und hat ständig mit Anleihen und Aktien und anderen komplizierten Angelegenheiten zu tun. Er wollte, dass ich ihm Geld gebe, das er in eine Art Fonds investieren wollte. Der sollte eine viel höhere Rendite abwerfen als alles, was ich bei der Bank bekommen kann. Er hat versucht, mir zu erklären, wie so ein Fonds funktioniert, und ich fürchte, ich konnte ihm nicht ganz folgen. Ehrlich gesagt klang das alles ein wenig unseriös. Aber du kennst ja viele Leute, die so etwas machen, also verstehst du es vielleicht besser als ich."

„Finanzielle Angelegenheiten sind manchmal schwer zu durchschauen", räumte Angela ein.

„Jedenfalls habe ich ihm gedankt, habe ihm aber gesagt, dass ich kein Geld in etwas investieren will, das ich nicht verstehe. Nach dem, was du erzählt hast, sieht es so aus, als hätte ich das Richtige getan."

„Weißt du, ob er es noch bei anderen versucht hat? Bei John, zum Beispiel? Oder Philippa?"

„John? Auf keinen Fall", antwortete Louisa. „Der hätte ihm ordentlich den Kopf gewaschen! Aber womöglich hat er Philippa gefragt. Meinst du, das könnte ein Motiv sein?"

„Es sieht danach aus", überlegte Angela. „Wenn wir davon ausgehen, dass Robin das Geld angenommen und dann verloren hat - vielleicht bei einer riskanten Investition - und dass Winifred ihm keine Ruhe gelassen und möglicherweise gedroht hat, seine Missetaten aufzudecken, dann wäre das ein Mordmotiv, ja. Das erklärt jedoch nicht den Tod von Philippa oder Edward, es sei denn, sie sind ebenfalls Opfer derselben Betrugsmasche geworden. Und hätte Edward seinen eigenen Sohn verraten?"

„Ich verstehe, was du meinst. Aber ich weiß es nicht. Ich bezweifle, dass er ohne Ursulas Zustimmung etwas unternommen hätte, und ich kann mir nicht vorstellen, dass sie riskiert hätte, dass Robin im Gefängnis landet.

Und soweit wir wissen, war Philippas Erbe bei ihrem Tod noch intakt."

Angela nickte.

„Du siehst also, es ist nicht ganz so einfach, wie es scheint", sagte sie.

„Wirst du die Wahrheit herausfinden? Was meinst du, Angela?", fragte Louisa plötzlich.

„Ich weiß es nicht."

„Gibt es überhaupt eine Wahrheit, die es herauszufinden gilt?"

„Ich glaube allmählich, dass es eine geben muss. Da ist nichts Konkretes und dennoch …"

„Und dennoch?"

„Ich bin mir nicht sicher. Alle haben meine Fragen bereitwillig beantwortet, aber ich habe den Eindruck, dass sie etwas verschweigen. Ich spüre, dass sich unter der Oberfläche etwas abspielt, das ich nicht zu fassen kriege - dass es eine Facette des Geheimnisses gibt, die ich noch nicht berücksichtigt habe. Und auch auf die Gefahr hin, dass du mich für abergläubisch hältst: Ich habe das seltsame Gefühl, dass mir jemand meine Anwesenheit hier übel nimmt."

„Meinst du Robin? Wenn er Leute um ihr Geld betrogen hat, muss er panische Angst haben, dass seine Machenschaften aufgedeckt werden. Es wäre also nachvollziehbar, dass er dich nicht hier haben will."

Angela senkte den Blick. Wie sollte sie ihrer Freundin erklären, dass der Eindruck, unerwünscht zu sein, nicht von Ursula oder Robin ausging, sondern von jemandem in diesem Haus? Sie konnte die Person oder die Personen, die dahintersteckten, nicht benennen, aber sie war sich ganz sicher, dass das unangenehme Gefühl unmittelbar mit Underwood House zu tun hatte.

„Louisa, möchtest du wirklich, dass ich diese Untersuchung fortsetze?", fragte sie schließlich.

„Natürlich will ich das", antwortete ihre Freundin.

„Aber was ist, wenn ich etwas herausfinde - etwas Unangenehmes?"

Mrs Haynes saß einen Moment reglos da, dann straffte sie die Schultern.

„Was könnte unangenehmer sein als Mord?", sagte sie mit fester Stimme. „Angela, du kannst mir glauben, dass ich darüber nachgedacht habe - was ans Licht kommen könnte, meine ich. Ich weiß sehr wohl, dass wir alle unter Verdacht stehen - auch ich. Aber Mord ist ein schreckliches Verbrechen, und wenn sich jemand des Mordes schuldig gemacht hat, dann muss er vor Gericht gestellt werden. Das ist besser, als wenn wir uns alle für den Rest unseres Lebens gegenseitig misstrauisch beäugen. Mach dir bitte keine Sorgen um mich. Ich glaube an die Menschen, die ich am meisten liebe, und ich vertraue darauf, dass du mit deiner Intelligenz und deinem gesunden Menschenverstand die Wahrheit herausfindest."

„Wenn du so denkst, dann gibt es nichts hinzuzufügen", entgegnete Angela. „Ich hoffe nur, ich kann dein Vertrauen in mich rechtfertigen."

Sie ließ ihren Wagen vorfahren und verabschiedete sich von ihrer Freundin. Sie versprach ihr, sofort Bescheid zu geben, sobald sie neue Beweise gefunden hatte.

„Nun, William", sagte sie, als der Bentley sanft die Auffahrt hinunterfuhr. „Haben Sie etwas für mich?"

„Hm ... ich bin mir nicht ganz sicher, Ma'am", antwortete er. „Das müssen Sie selbst beurteilen."

„Ich bin gespannt."

„Also gut. Ich habe getan, worum Sie mich gebeten haben, und mich draußen aufgehalten - ich weiß nicht genau, wie lange, es wird ungefähr eine halbe Stunde gewesen sein. Ich glaube, der Bentley ist noch nie so gründlich poliert worden wie heute Morgen! Jedenfalls kam nach einer Weile die steife Dame heraus, zusammen mit dem Anwalt, der aussah, als wolle er sich vergewissern, dass sie wirklich ging. Er machte eine dieser altmodischen Verbeugungen, hat aber offenbar keinen Eindruck auf sie gemacht. Sie hat ihn mit großen Augen angestarrt und etwas gesagt, das ich nicht verstanden hatte. Ich ging ein bisschen näher ran und hab gehört, wie er verwirrt gesagt hat: ‚Meine liebe Mrs Haynes, wie ich schon wiederholt gesagt habe, bin ich ratlos …‘. Aber wieso er so ratlos war, habe ich nicht herausbekommen, sie hat ihn nämlich gar nicht ausreden lassen, sondern fiel ihm ins Wort und sagte: ‚Glauben Sie nicht, Mr Faulkner, dass Sie mich so einfach abspeisen können. Mein Sohn und ich sind auf unehrliche Weise um unser Erbe gebracht worden, und ich werde einen Weg finden, es zurückzubekommen. Sie verbergen die Wahrheit vor mir, aber glauben Sie mir, Sie werden nicht obsiegen.‘ Dann drehte sie sich um und ging davon.“

„Und konnten Sie erkennen, wie er aussah?“

„Ich habe einen Blick auf ihn erhascht. Ich würde sagen, er sah wachsam und irgendwie … argwöhnisch aus.“

„Wachsam und irgendwie argwöhnisch“, wiederholte Angela nachdenklich, als der Wagen das Dorf hinter sich ließ und Richtung London rollte. Was hatte das alles zu bedeuten? Was wusste Mr Faulkner, das für Ursula anscheinend so wichtig war? Vermutlich hatte es etwas mit dem Testament von Philip Haynes zu tun - dem Testament, das Angela noch nicht zu Gesicht bekommen hatte. Ärgerte sich Ursula, weil Mr Faulkner in den Genuss von Philips Vermögen kam, oder zumindest eines Teils davon? Vor Edwards Tod hatten sie die Zinsen eingestrichen, die diese Summe abwarf, und die fielen nun weg. Sie gehörte sicher nicht zu den Frauen, die Niederlagen kampflos hinnahmen. Verdächtigte sie den Anwalt, der auf unehrliche Weise an das Geld gekommen war - dass er die Abfassung von Philips Testament in irgendeiner Weise beeinflusst hatte? Oder glaubte sie gar, dass er die Morde begangen hatte? Angela erinnerte sich, wie sehr Mr Faulkner bemüht gewesen war, ihr seine Alibis für die drei fraglichen Abende darzulegen. Waren sie wirklich so wasserdicht, wie sie schienen? Sie musste Inspector Jameson danach fragen.

Mrs Marchmont seufzte insgeheim. Was war die Lösung des Geheimnisses von Underwood House? Wer steckte hinter den mysteriösen Todesfällen - denn inzwischen war sie sich fast sicher, dass weder der Tod von Winifred und noch der von Edward ein Unfall war. Es war verlockend einfach, auf Robin als naheliegendsten Verdächtigen zu tippen, vor allem, wenn er seiner Tante tatsächlich eine stattliche Summe abgeluchst hatte. Die Angst, entlarvt zu werden, wäre sicherlich ein starkes Motiv für einen Mord, und - ob sie es sich nun eingestehen mochte oder nicht - er war von allen, mit denen sie bisher gesprochen hatte, der am wenigsten Einnehmende.

Hinzu kam die Tatsache, dass Louisa hoffte, Robin sei der Täter. Ja, Robins Schuld wäre sicherlich der einfachste Ausweg. Und dennoch - Angela war nicht überzeugt. Irgendwie konnte sie sich Robin nicht als Mörder vorstellen. Warum sollte er etwa seinen Vater umbringen? Dafür gab es keinen offensichtlichen Grund. Der junge Mann mochte unansehnlich und unsympathisch sein, aber gewalttätig? Es war schwer vorstellbar, dass er den Kopf seines Vaters unter Wasser hielt, während dieser sich wehrte, oder dass er seine Tante über das Treppengeländer hievte und in den Tod stürzen ließ. Vielleicht hätte er Philippa vergiftet - das schien eher zu ihm zu passen -, aber warum?

Angela schüttelte den Kopf. Ihr war leider nur zu deutlich bewusst, dass es vor allem einen Menschen gab, der mehr zu wissen schien, als er preiszugeben bereit war, und sie fragte sich, wie in aller Welt sie ihm beikommen sollte. John Haynes hatte das Haus unmittelbar nach dem Mittagessen verlassen, sodass sie ihn nicht befragen konnte, aber wenn sie ehrlich war, hatte sie eine gewisse Erleichterung verspürt. Wie fragte man den Ehemann einer Freundin, ob er ein dunkles Geheimnis verbarg, ohne sowohl den Ehemann als auch die Freundin vor den Kopf zu stoßen?

„Darüber mache ich mir ein andermal Gedanken", dachte sie.

„Sehr weise, Ma'am", ertönte Williams Stimme vom Fahrersitz.

Angela zuckte zusammen. Ihr war gar nicht aufgefallen, dass sie ihren Gedanken ausgesprochen hatte.

„Manche Leute haben Bedienstete, die sich nicht anmaßen, die Entscheidungen ihrer Herrschaft zu kommentieren", bemerkte sie scheinbar beiläufig.

William grinste.

„Tatsächlich, Ma'am?", fragte er. „Verzeihen Sie, aber sind das zufällig dieselben Leute, die ihre Bediensteten nicht beauftragen, potenzielle Mörder zu belauschen?"

Angela öffnete den Mund, um etwas zu erwidern, schloss ihn dann jedoch mit einem knappen „Hm!" und sah für den Rest der Fahrt aus dem Fenster.

Kapitel Fünfzehn

„Heute besuche ich eine Künstlerin, Marthe", verkündete Mrs Marchmont. Sie stand vor dem bodenlangen Spiegel in ihrem Schlafzimmer und betrachtete ihr Spiegelbild nüchtern. „Was meinen Sie, was ich am besten anziehen sollte?"

Marthe überlegte kurz.

„Das Kleid aus pfirsichfarbenem Crêpe Marocain dürfte zu förmlich wirken", sagte sie. „Oh, ich weiß, wie diese Künstlerinnen aussehen. Sie sind nicht schick, sondern verstecken sich gerne unter hässlichen, ausladenden Kleidern und wollen alle glauben machen, dass sie sich ganz ihrer Kunst hingeben und keine Zeit haben für *la toilette*. Pah!" Sie rümpfte angewidert die Nase. „Wie dumm! Sich gut zu kleiden, auch das ist eine Kunst. Nun gut, vielleicht das dunkelblaue Tunikakleid aus *mousseline de soie*, mit dem silbernen Anhänger und den Ohrringen, mit denen *Madame* so elegant aussieht."

„Perfekt!", sagte Angela. „Und natürlich haben Sie vollkommen recht. Man sollte sich immer passend kleiden.

Ich bin froh, dass Sie mir mit Rat und Tat zur Seite stehen, Marthe."

Marthe nahm das Lob huldvoll entgegen, um sich dann zügig ihren Pflichten zuzuwenden. Angela ließ sich zur Zufriedenheit des Mädchens herausputzen und trat schließlich mit einem ziemlich gewagten neuen Turban vor die Tür, den sie sich vor Kurzem auf einer Reise nach Paris gegönnt hatte, trotz des sagenhaften Preises.

Susan Dennison - oder Euphrosyne Dennison, wie sie in Künstlerkreisen genannt wurde - lebte und arbeitete in einer Remise in einem heruntergekommenen Teil von Chelsea, der als das Zentrum der englischen Boheme galt. Angela wurde drei steile Treppen hinauf in ein geräumiges und luftiges Dachgeschoss geführt, das an einem klareren Tag zweifellos in helles Sonnenlicht getaucht wurde. Der Raum sah aus, wie man sich ein Künstleratelier vorstellte, mit bloßen schmutzigen Holzdielen, Fenstern ohne Vorhänge und allerlei Gerümpel, das sich in den Ecken stapelte. Pinsel und Wassergläser bedeckten alle erreichbaren Oberflächen und an den Wänden lehnten Leinwände in verschiedenen Stadien der Bearbeitung. Der Geruch von Terpentin und Ölfarbe war allgegenwärtig. Angela ging zu einer Staffelei, auf der vermutlich Miss Dennisons neuestes Werk zu sehen war, und betrachtete es mit kritischem Blick. Es war in modernem Stil gemalt und schien einen prallen und prachtvollen Akt mit grünlich schimmernder Haut darzustellen, der von sich windenden Schlangen umgeben war, die sich wiederum über einen Haufen faulender Früchte hermachten. Angela war keine Expertin, aber soweit sie es beurteilen konnte, ließ die Künstlerin durchaus Anzeichen von Talent erkennen.

„Das ist meine Neue Eva", tönte eine tiefe Stimme hinter ihr. „Ich hoffe, dass es für eine Ausstellung fertig wird, die ich für den Sommer plane."

Angela wandte sich zu der Sprecherin um. Wenn sie überhaupt an Euphrosyne Dennison gedacht hatte, hatte sie sich eine zierliche junge Frau mit knabenhafter Figur und einer ätherischen Ausstrahlung vorgestellt. Umso überraschter war sie, sich einer kleinen, stämmigen Frau mit kräftigen Augenbrauen und kantigem Kiefer gegenüberzusehen. Sie war in ein durchsichtiges Gewand aus Seide und Tücher in grellen Farben gehüllt, die ihr das Aussehen eines plumpen, exotischen Vogels verliehen. Ihre unerwartet schlanken Hände waren mit Farbe beschmiert. Angela musste an Marthe denken und unterdrückte ein Lächeln.

„Sie sind Mrs Marchmont", bemerkte Miss Dennison ganz richtig, stellte sich selbst jedoch nicht vor. „Bitte, setzen Sie sich. Sie haben sicher nichts dagegen, wenn ich während unseres Gesprächs weiterarbeite."

Angela sah sich um, doch die einzige Sitzgelegenheit, die sie erkennen konnte, war ein alter Umzugskarton. Sie ließ sich vorsichtig darauf nieder und fragte sich, ob die offenkundige Abneigung gegen bequeme Stühle eine Marotte der Familie Haynes war. Euphrosyne Dennison ließ sich nicht anmerken, ob sie sich der Unzulänglichkeiten ihrer Unterkunft bewusst war, sondern nahm Pinsel und Palette zur Hand und begann, mit heftigen Stößen auf die Leinwand zu tupfen.

„Ist es bald fertig?", fragte Angela.

Miss Dennison beugte den Oberkörper zurück, kniff ein Auge zu und nahm ihr Werk in Augenschein.

„Ich bin mir noch nicht sicher", antwortete sie. „Es hat etwas, das mir nicht gefällt. Technisch gesehen kann ich keine Fehler erkennen, verstehen Sie - ja, meine Kräfte kommen in diesem Werk unvermindert zum Ausdruck — aber ... ich weiß es nicht. Vielleicht hat es die Muse diesmal versäumt, ihren süßen Zauber über meine Bemühungen zu breiten. Ich fürchte, es fehlt das, was man den göttlichen Funken nennen könnte."

„Du liebe Zeit, wie ärgerlich", antwortete Angela höflich.

Miss Dennison schnalzte ungeduldig mit der Zunge, dann nahm sie das Bild von der Staffelei und stellte es an die Wand.

„Ich arbeite später daran weiter", beschloss sie. Sie nahm ein anderes unfertiges Bild, stellte es auf die Staffelei und machte sich ans Werk.

„Tante Louisa hat mir erzählt, dass Sie sich mit dem Tod meiner Mutter befassen", sagte sie.

„Das stimmt", erwiderte Angela, „aber auch mit dem Tod Ihrer Tante Philippa und Ihres Onkels Edward."

„Und was haben Sie bis jetzt herausbekommen?"

„Sehr wenig, was konkrete Beweise angeht", erklärte Angela. „Allerdings habe ich ein oder zwei interessante Einzelheiten. Zum Beispiel habe ich herausgefunden, dass sich Ihre Mutter von einem Freund oder Verwandten um ihr gesamtes Geld betrogen fühlte."

Euphrosyne Dennison blickte überrascht auf.

„Ach ja?", fragte sie scharf. „Von wem?"

„Das wollte sie nicht sagen. Ich habe es von Mr Faulkner, dem Anwalt, erfahren. Er sagte, Ihre Mutter sei ein oder zwei Wochen vor ihrem Tod mit dieser Geschichte zu ihm gekommen. Der Unbekannte hatte sie überredet, ihr gesamtes Geld bei ihm anzulegen, und war mit der Rückzahlung im Verzug. Wussten Sie davon?"

Miss Dennison hatte sich inzwischen wieder gefangen und wandte sich erneut ihrem Gemälde zu. Sie zuckte beiläufig mit den Schultern.

„Nein, davon wusste ich nichts", sagte sie, „und wenn

ich es gewusst hätte: Warum hätte es mich interessieren sollen? Meiner Mutter stand es völlig frei, mit ihrem Geld zu tun, was immer sie wollte."

„Aber es würde jetzt Ihnen gehören, wenn diese geheimnisvolle Person es nicht an sich genommen hätte", gab Angela zu bedenken.

„Ich verachte Geld", erklärte Miss Dennison mit theatralischer Geste. „Ich stehe über solchen Dingen. Natürlich erwarte ich nicht, dass andere den Sinn der Kunst verstehen, Mrs Marchmont, aber es ist ja allgemein bekannt, dass sich ihre wahren Anhänger auf eine höhere Ebene begeben, auf der das Materielle in seiner ganzen Bedeutungslosigkeit entlarvt wird."

„Aber selbst eine Künstlerin wie Sie braucht Geld, um zu leben. Wie können Sie sonst Ihre Farben und Leinwände bezahlen? Und diese Remise - Sie müssen doch sicher Miete zahlen?"

Susan sah sie wütend an.

„Ich habe Freunde, die mir helfen", antwortete sie von oben herab, „und wie ich höre, bringen meine Bilder eine Menge Geld ein, auch wenn ich die Einzelheiten nicht kenne."

„Dann hat es wohl keinen Sinn, Sie nach dem Testament Ihres Großvaters und den sonderbaren Verfügungen zu fragen", sagte Angela.

„Oh! Großpapa!", rief Miss Dennison. Sie zog ein Taschentuch hervor und tupfte sich die Augen. „Verzeihen Sie", sagte sie, „aber die Trauer über sein Ableben überwältigt mich immer wieder."

Damit hatte Angela nicht gerechnet. Sie war davon ausgegangen, dass Philips Tod niemandem in der Familie Haynes nahegegangen war, aber anscheinend hatte sie sich geirrt.

„Es tut mir leid", entschuldigte sie sich. „Ich hatte keine Ahnung, dass Sie so an ihm gehangen haben."

„Ja", sagte Susan. „Ich war sein Liebling, wissen Sie. Wir haben viele Stunden zusammen verbracht, als ich klein war. Ich habe ihm all meine Klein-Mädchen-Geheimnisse anvertraut, und er hat mir einige von seinen Geheimnissen erzählt. Ich war untröstlich, als er starb - wirklich untröstlich."

„Hat er Ihnen denn gesagt, warum er so viel von seinem Geld seiner Familie nur unter Vorbehalt vermacht hat? Warum es an Mr Faulkner gehen soll, falls einer von ihnen stirbt?"

„Großvater hatte einen sehr ausgeprägten Sinn für Humor", erklärte Miss Dennison. „Er hat es geliebt, anderen Streiche zu spielen. Vielleicht hat es etwas damit zu tun. Und er hat immer wieder neue Testamente gemacht. Ich erinnere mich, dass er mir die letzte Version gezeigt hat, kurz nachdem er sie verfasst hatte - oder zumindest den Teil, in dem stand, dass das Geld an Mr Faulkner fallen würde. ‚Das mag für dich nicht nach viel aussehen, mein Mädchen', hat er gesagt, ‚aber glaub mir: Es wird für reichlich Ärger sorgen, wenn ich nicht mehr bin.'"

„Wissen Sie noch, was genau im Testament stand? Mir kommt das alles ziemlich geheimnisvoll vor."

„Da war nichts Geheimnisvolles dabei. Es war klar und deutlich formuliert, obwohl ich mich nicht mehr daran erinnere - nur, dass Mr Faulkner das Geld zu den ihm mitgeteilten Bedingungen erhalten sollte, falls eines von Großvaters Kindern stirbt."

„Zu den ihm mitgeteilten Bedingungen", wiederholte Angela nachdenklich. „Sind Sie sicher, dass er es so formuliert hat?"

„Ich erinnere mich nicht an den genauen Wortlaut, aber so ähnlich muss es gewesen sein."

„Ich frage mich, was er gemeint hat."

„Ich habe keine Ahnung. Vielleicht hatten sie untereinander vereinbart, dass das Geld für einen bestimmten Zweck verwendet werden sollte. So habe ich es jedenfalls verstanden", sagte Miss Dennison, während sie eine Farbe mischte. Zu Angelas Erstaunen spuckte sie plötzlich auf die Palette.

„Ich finde, ein Gemälde ist erst dann wirklich vollständig, wenn es die Essenz des Künstlers selbst enthält", erklärte sie, während sie ihren Speichel in die Farbe rührte. „Ich füge jedem meiner Werke einen Teil von mir selbst hinzu - und nicht nur Speichel, verstehen Sie, sondern auch …"

Sie brach ab, um sich auf einen heiklen Teil des Bildes zu konzentrieren, sehr zu Angelas Erleichterung. Sie lenkte die Aufmerksamkeit wieder auf den eigentlichen Grund ihres Besuchs, aber Susan hatte wenig oder gar nichts zu den drei Todesfällen zu sagen.

„Ich hörte Geräusche auf dem Flur, aber ich hatte keine Vorahnung von der Tragödie, die sich anbahnte", sagte sie mit einem dramatischen Schaudern, als Mrs Marchmont sie nach ihren Beobachtungen beim Tod ihrer Mutter fragte. „Ich hörte ihre Tür schlagen, als sie aus ihrem Zimmer kam, dann einen Schrei, der jäh verstummte, und einen dumpfen Schlag. Arme Mutter." Miss Dennison machte erneut von ihrem Taschentuch Gebrauch.

Angela stand auf. Es war Zeit, sich zu verabschieden.

„Sie sagen mir bitte Bescheid, wenn Sie etwas über das Geld Ihrer Mutter herausfinden, nicht wahr?", bat sie.

Euphrosyne Dennison wedelte mit einem Pinsel, was

man als Zustimmung werten konnte. Ansonsten schenkte sie ihrer Besucherin keine weitere Beachtung mehr.

Da ihre Gastgeberin keine Anstalten machte, sie zur Tür zu begleiten, beschloss Angela, ohne weiteres Zeremoniell zu verschwinden.

Kapitel Sechzehn

Als Mrs Marchmont am späten Nachmittag in ihre Wohnung zurückkehrte, fand sie eine Nachricht von Inspector Jameson vor, der angerufen hatte, während sie unterwegs war. Sie griff sofort zum Telefon und bat das Fräulein vom Amt, sie mit Scotland Yard zu verbinden. Der Inspector begrüßte sie munter.

„Und wie kommen Ihre Nachforschungen voran?", erkundigte er sich.

„Langsam und ereignislos", antwortete sie. „Ich habe ein oder zwei interessante Dinge herausgefunden, aber nichts, was eine polizeiliche Ermittlung rechtfertigen würde. Eigentlich hätte ich Sie gar nicht angerufen, wenn nicht neulich jemand versucht hätte, mich umzubringen."

Der Inspector war auf der Stelle hellwach.

„Jemand hat versucht, Sie zu umzubringen? Sind Sie sicher?"

„Ich kann es nicht mit letzter Sicherheit sagen, aber ich glaube schon."

„Das ist äußerst beunruhigend. Und es tut mir sehr leid. Glauben Sie mir, Mrs Marchmont, wenn ich gewusst hätte, dass Sie in Gefahr geraten könnten - ich hätte nicht im Traum daran gedacht, Sie um Ihre Mithilfe zu bitten!"

„Machen Sie sich keine Sorgen, mir geht es gut", beruhigte Angela ihn und hatte das Gefühl, dass sie vielleicht zu viel Aufhebens um den Vorfall machte. „Wie ich schon sagte, kann ich nicht sicher sein, dass man mich wirklich umbringen wollte."

„Erzählen Sie mir, was passiert ist."

Kaum hatte Angela mit ihrem Bericht begonnen, unterbrach er sie.

„Nein, nein - vielleicht besser nicht am Telefon. Wir sollten das persönlich besprechen. Hätten Sie etwas dagegen, mich bei Scotland Yard aufzusuchen? Wie spät ist es denn? Was, schon so spät? Nein, kommen Sie nicht hierher. Aber ..." er zögerte, dann fuhr er fort, „... ich nehme nicht an, dass Sie heute Abend Zeit haben? Würden Sie es als sehr ungehörig empfinden, wenn ich Sie zum Essen einlade?"

„Ganz und gar nicht", antwortete Angela. „Es wäre mir ein Vergnügen. Ich habe heute Abend keine Verpflichtungen, die ich nicht absagen kann, und ich würde den Fall sehr gerne mit jemandem besprechen, denn ich fürchte, dass ich mich verrenne."

„Gut, abgemacht", sagte er entschlossen. „Ich hole Sie um sieben Uhr ab, wenn das nicht zu früh ist. Wir Polizisten haben anständige Arbeitszeiten, wissen Sie."

„Das klingt perfekt."

„Dann bis später. Ach, und übrigens", fügte er hinzu, „wenn ein Mordversuch Ihre Definition von ereignislos ist, würde es mich sehr interessieren, was Sie als aufregend bezeichnen würden."

Angela lachte und legte auf.

Jameson kam wie versprochen, um sie abzuholen, und auf Angelas Vorschlag hin gingen sie in ein ruhiges

Restaurant in Mayfair, wo sie ungestört reden konnten. Der Inspector hörte aufmerksam zu, als Angela ihm alles erzählte, was in den letzten Tagen geschehen war, und schien sich besonders für Winifreds Betrugsvorwürfe zu interessieren.

„Aber sehen Sie", bemerkte Angela, „ich habe keinen Beweis, dass sie tatsächlich um ihr Geld betrogen wurde. Sie hat sich geweigert, Mr Faulkner den Namen ihres Kontakts zu nennen, und anscheinend hat sie nichts unterschrieben. Selbst ihre Tochter behauptet, sich nicht für das Schicksal ihres Erbes zu interessieren - aber bei Susan Dennison könnte es sich auch um Effekthascherei handeln. An dieser Stelle kommt eine Amateurdetektivin nicht weiter. Ich habe keine Möglichkeit, ihre finanziellen Verhältnisse zu untersuchen. Dafür bräuchte ich Ihre Hilfe."

„Nun, wir können sicherlich einige Nachforschungen bei ihrer Bank anstellen", sagte Jameson. „Ich werde morgen einen meiner Leute darauf ansetzen. Sie sagen also, Louisa Haynes hat Robin in Verdacht?"

„Ja, und nach dem, was Sie mir im Zug erzählt haben, muss ich gestehen, dass das auch mein erster Gedanke war."

„Was halten Sie von ihm?"

„Nicht gerade ein sympathischer Typ", antwortete Angela freimütig. „Ich kann nicht leugnen, dass er und seine Mutter mir einen Schauer über den Rücken gejagt haben, als ich bei ihnen war. Vor allem Ursula möchte ich nicht zur Feindin haben."

„Ja, sie ist nicht ohne, nicht wahr?", pflichtete der Inspector ihr bei. „Und ich schätze, es ist an der Zeit, Robin Haynes einen weiteren Besuch abzustatten."

„Was ist mit den dubiosen Börsengeschäften in der City? Haben Sie noch etwas darüber erfahren?"

„Nein, in letzter Zeit scheint es dort ruhig geworden zu sein", antwortete Jameson, „aber wie ich schon sagte: Es kann jederzeit wieder losgehen. Ich nehme nicht an, dass Sie so etwas lesen, aber die Presse hat bereits von Gerüchten Wind bekommen, die auf Probleme bei Peake hindeuten, obwohl die Firma nicht namentlich erwähnt wurde."

Angela hatte den fraglichen Artikel tatsächlich gelesen. Nach ihrem Gespräch mit dem Inspector hatte sie eins und eins zusammengezählt und dafür gesorgt, dass sie keine Gelder bei Peake deponiert hatte.

„Und Sie sind ganz sicher, dass Sie die Person nicht gesehen haben, die Sie auf die Straße gestoßen hat?", fragte Inspector Jameson.

„Leider nein", sagte Angela. „Der Stoß kam völlig unerwartet. Vielleicht habe ich bisher ein allzu behütetes Leben geführt, aber wenn ich das Haus verlasse, rechne ich im Allgemeinen nicht damit, von einem mysteriösen Angreifer vor einen herannahenden Lieferwagen geschubst zu werden, daher habe ich kaum auf meine Umgebung geachtet. Und natürlich hat er abgewartet, bis er im Schutz einer großen Menschenmenge unbemerkt entkommen konnte. Es war Pech für ihn, dass er entdeckt und verfolgt wurde."

„Und da das Foto verschwunden ist, konnten Sie nicht herausfinden, wer die Frau darauf war?"

„So ist es, aber ich habe eine leise Ahnung. Das erzähle ich Ihnen später, weil ich im Augenblick keine Beweise habe und nicht weiß, ob es einen Zusammenhang mit den Todesfällen gibt."

Inspector Jameson sah sie eindringlich an.

„Seien Sie bitte vorsichtig, Mrs Marchmont", sagte er. „Ich frage mich jetzt, ob ich Sie wirklich hätte bitten sollen, sich umzuhören. Ich wollte Sie nicht in Gefahr bringen, aber es scheint, als hätten Sie jemanden aufgescheucht. Vielleicht sollten Sie die ganze Sache aufgeben."

„Ich kann jetzt nicht aufgeben - ich habe Louisa versprochen, dass ich weitermache. Und außerdem habe ich keine Angst. Nach reiflicher Überlegung bin ich zu dem Schluss gekommen, dass der wesentliche Zweck des Angriffs wahrscheinlich darin bestand, das Foto zurückzubekommen, obwohl mein Widersacher gleichzeitig versucht hat, mich aus dem Weg zu räumen. Machen Sie sich keine Sorgen, Inspector - meine Freunde werden Ihnen sagen, dass ich viel zu selbstverliebt bin, um mein Leben wissentlich aufs Spiel zu setzen. Ich verspreche Ihnen, von nun an ein wachsames Auge auf alles zu haben, was mir verdächtig erscheint."

„Nun, wie ich sehe, Sie sind fest entschlossen, weiterzumachen", sagte Jameson, „und das wundert mich nicht im Geringsten. Ich habe in letzter Zeit viel über Sie gehört, Mrs Marchmont, und Ihr Name steht in gewissen Kreisen für Hartnäckigkeit.

„Ach ja?", fragte Angela fasziniert. „Welche Kreise sind das?"

„Sagt Ihnen ‚Blue Iris' etwas?"

Angela erstarrte für einen Moment und beäugte ihn dann misstrauisch.

„Wie ...?", begann sie, hielt dann inne und schien plötzlich zu verstehen. „Ah! Ihr Name kam mir bekannt vor. Mal sehen, ob ich richtig kombiniere: Ich schätze, dass Sie einen Bruder oder vielleicht einen Cousin im Außenministerium haben. Stimmt's?"

Der Inspector lächelte.

„Einen Bruder, ja", sagte er. „Henry lässt Sie herzlichst grüßen. Er hat Sie in den höchsten Tönen gelobt, und glauben Sie mir: Um Henry aus seiner gewohnten dumpfen Schläfrigkeit zu rütteln, braucht es einiges."

„Wir haben uns seit Ewigkeiten nicht gesehen", sagte Angela. „Er war immer sehr nett zu mir und hatte viel mehr Vertrauen in meine Fähigkeiten als ich selbst. Ich behaupte nach wie vor, dass ich sehr wenig getan habe."

„Die maßgeblichen Stellen sind anderer Meinung. Nach ihrer Darstellung ist es im Wesentlichen Ihnen zu verdanken, dass sich die USA zur Unterstützung der Alliierten entschlossen haben."

„Unsinn", widersprach Angela lebhaft, jedoch nicht ohne eine gewisse Verlegenheit. „Aber lassen wir das – es ist alles schon so lange her, dass ich das meiste vergessen habe. Ich richte den Blick eher auf die Gegenwart. Ich wollte Sie nach den Alibis von Mr Faulkner fragen."

„Sie meinen, für die Zeiten, als Philippa, Winifred und Edward gestorben sind?"

„Ja. Eigentlich habe ich keinen Grund, daran zu zweifeln, aber er hat ein so überzeugendes Mordmotiv und schien so bemüht zu sein, mir von den wichtigen Persönlichkeiten zu erzählen, mit denen er die fraglichen Abende verbracht hat, dass ich es für ratsam hielt, Sie zu fragen. Vielleicht wollte er nur seine Unschuld unter Beweis stellen, bevor ich ihn grundlos verdächtige, aber der Vollständigkeit halber möchte ich mich vergewissern, dass mit seinen Alibis alles in Ordnung ist. An zwei der Abende war er mit derselben Person zusammen. Ist das reiner Zufall?"

„Soweit ich weiß, ja. Sowohl Sir Maurice Upton als auch Lord Willesden schwören, dass Mr Faulkner jeweils mit ihnen zusammen war. Ob er diese Termine absichtlich so arrangiert hat, kann ich allerdings nicht sagen."

„Ich muss noch einmal zu ihm, weil ich mir das Testament von Philip Haynes ansehen will", sagte Angela. „Bisher ist immer etwas dazwischengekommen, aber ich würde es sehr gerne mit eigenen Augen sehen."

„Vermuten Sie, es könnte einen Hinweis enthalten?"

„Ich weiß es nicht, aber die testamentarischen Bestimmungen sind so merkwürdig, dass ich mich frage, ob es nicht der Schlüssel zu der ganzen Sache ist. Der Gedanke kam mir, als ich mit Susan Dennison gesprochen habe. Philip hat ihr das Testament kurz vor seinem Tod gezeigt und eine recht mysteriöse Bemerkung dazu gemacht."

„Was hat er gesagt?"

„Susan zufolge bezog er sich auf die Klausel, die Mr Faulkner zum Erben berechtigt, und sagte, dass sie einmal für reichlich Ärger sorgen werde."

„So ist es auch eingetreten. Das ist kein Geheimnis."

„Ja, es war der Wortlaut der Klausel, der mir seltsam vorkam. Da hieß es, dass Mr Faulkner das Geld zu den ihm mitgeteilten Bedingungen erhalten solle. Ich frage mich, ob Philip und sein Anwalt eine private Vereinbarung getroffen haben, wie das Geld verwendet werden soll. Haben Sie schon mal von so etwas gehört?"

„Nein, ich glaube nicht. Es klingt tatsächlich ziemlich merkwürdig - aber Philip war eben ein Sonderling. Meinen Sie, es könnte wichtig sein?"

„Ich weiß es nicht. Vielleicht ist es nur ein unbedeutendes Detail, aber ich werde mir sein Testament auf jeden Fall ansehen. Wenn ich es mir recht überlege, ist es wohl am einfachsten, wenn ich dafür nach Somerset House fahre. Dort sind alle Testamente hinterlegt und der Öffentlichkeit frei zugänglich."

Nachdem Jameson die Rechnung beglichen hatte, traten sie in den kühlen Abend hinaus.

„Ich begleite Sie nach Hause", sagte er. „Auch wenn Sie meine Bedenken herunterspielen: Mir behagt der Gedanke nicht, dass Ihnen jemand etwas Böses will. Versprechen Sie mir, dass Sie von nun an sehr vorsichtig sein werden?"

„Keine Sorge, das werde ich", antwortete Angela. „Ich

versichere Ihnen, dass keine Frau mehr um ihr eigenes Wohlbefinden und ihre Sicherheit besorgt ist als ich."

„Wenn Henry mir nicht etwas anderes erzählt hätte, würde ich Ihnen sogar glauben", sagte Jameson.

„Ach ja, der Leichtsinn der Jugend …", erwiderte Angela vage. „Außerdem habe ich William, der mit Argusaugen über mich wacht."

„Wer ist William?"

„Mein Chauffeur und Mädchen für alles. Ich habe ihn vor ein paar Jahren in Amerika kennengelernt. Er ist ganz schön respektlos, aber sehr loyal."

„Nun, seien Sie bitte auf jeden Fall vorsichtig." Jameson schien nicht überzeugt zu sein, aber Angela beteuerte erneut, gut auf sich aufzupassen.

Die Mount Street war nur fünf Gehminuten entfernt, und wie versprochen geleitete Inspector Jameson sie sicher ins Haus. Dann verabschiedete er sich von ihr, nicht ohne ihr einzuschärfen, dass sie ihn jederzeit anrufen solle, wenn sie Hilfe benötigte. Nachdem er gegangen war, eilte Angela in ihre Wohnung. Sie ging durch den schwach beleuchteten Salon in das dahinter liegende Schlafzimmer, das im Dunkeln lag. Vorsichtig zog sie einen Vorhang zur Seite und spähte hinaus. Zuerst blieb alles ruhig, doch nach einigen Augenblicken schob sich eine schattenhafte Gestalt aus dem gegenüberliegenden Hauseingang und ging die Straße hinunter. Von ihrem Platz am Fenster konnte sie unmöglich erkennen, wer es war. Angela ließ den Vorhang sinken und dachte angestrengt nach.

Kapitel Siebzehn

Die Räumlichkeiten der Anwaltskanzlei Addison, Addison und Gouch verbargen sich diskret hinter einer unscheinbaren schwarzen Eingangstür in der Bedford Row. Mrs Marchmont läutete und wurde sogleich in das behagliche Büro von Mr Addison Junior geführt (Mr Addison Senior hatte sich schon lange aus der Praxis zurückgezogen). Mr Addison, ein gut gelaunter, rundlicher Mann, der zu seinem großen Bedauern eher wie ein Milchmann und weniger wie ein Anwalt aussah, schüttelte seiner Besucherin strahlend die Hand und deutete auf einen Stuhl vor seinem Schreibtisch.

„Wie schön, Sie wiederzusehen, Mrs Marchmont", sagte er. „Es tut mir schrecklich leid, dass ich heute Morgen nicht mehr Zeit für Sie habe, aber Mr Gouch hat sich leider den Arm gebrochen, und ich muss seine Fälle für die nächsten ein, zwei Wochen übernehmen."

„Aber nein, ich bin Ihnen sehr dankbar, dass Sie mich so kurzfristig empfangen. Ich werde Sie nicht lange aufhalten."

„Sie sagten, es gehe um eine Erbschaft."

„Ja", antwortete Angela. „Ich will Sie nicht mit der ganzen Geschichte langweilen, aber ich habe mir das Testament eines gewissen Philip Haynes angesehen, der vor anderthalb Jahren gestorben ist und einige recht seltsame testamentarische Verfügungen hinterlassen hat."

Sie erläuterte die Bestimmungen in Philips Testament und die Aufteilung seines Erbes. Mr Addison hörte aufmerksam zu.

„Das ist in der Tat ungewöhnlich", sagte er schließlich stirnrunzelnd. „Und, wie Ihnen sicher nicht entgangen ist, bringt es den Anwalt in eine einflussreiche Position - erstens natürlich, weil er als Endbegünstigter insgesamt zwanzigtausend Pfund erbt, und zweitens, weil er als Testamentsvollstrecker in der Lage ist, den Lauf der Dinge bis zu einem gewissen Grad zu diktieren."

„Ja, das ist mir auch aufgefallen. Der Inhalt des Testaments scheint die Nachkommen von Philip Haynes nicht sonderlich zu überraschen; sie kannten ihn als exzentrisches Schlitzohr, das ihnen gerne böse Streiche spielte, aber als Außenstehende bin ich neugierig, wie ich gestehen muss. Warum hat er festgelegt, dass das Geld nach dem Tod eines seiner Kinder ausgerechnet an seinen Anwalt fallen soll? Seine Nachkommen können sich nicht leiden, und wenn er wirklich Zwietracht unter ihnen hätte säen wollen, wäre es aus seiner Sicht sicher sinnvoller gewesen, sie gegeneinander auszuspielen. Er hätte zum Beispiel das Geld, das normalerweise an ein bestimmtes Familienmitglied gehen würde, einem verhassten Verwandten vermachen können."

„Ich verstehe, was Sie meinen", sagte Mr Addison.

„Ich habe eine sehr lebhafte Fantasie, es ist also durchaus möglich, dass ich mir etwas zusammenreime, wo gar nichts ist", wandte Angela ein, „aber als die Enkelin von Philip Haynes mir gegenüber eine bestimmte Formulierung im Testament erwähnt hat, wurde ich hellhörig. Deshalb bin ich gestern nach Somerset House gefahren, um mir im Archiv das Dokument selbst anzusehen. Ich habe es mehrmals genau gelesen, aber so sehr ich auch suchte, ich konnte keine Spur dieses Satzes oder einer ähnlichen Formulierung finden. Die Enkelin war sich ganz sicher, dass der Satz vorkam, aber sie sagte auch, dass ihr Großvater sein Testament immer wieder geändert hat, sodass ich vermute, dass das in Somerset House hinterlegte Testament durch eines ersetzt wurde, das später verfasst und unterschrieben wurde. Trotzdem wüsste ich gerne, was es bedeutet. Mr Addison, was würden Sie davon halten, wenn Sie ein Testament lesen, in dem jemandem ein Vermächtnis zu den ihm mitgeteilten Bedingungen hinterlassen wird?"

Mr Addison spitzte die Ohren.

„War das die fragliche Formulierung?", fragte er. „,Zu den ihm mitgeteilten Bedingungen'. Das ist sehr interessant und aufschlussreich. Oh ja", fuhr er begeistert fort, „ich habe von solchen Vereinbarungen gehört, bin ihnen aber selbst noch nie begegnet. Ich glaube, sie sind heutzutage ziemlich selten."

„Was meinen Sie?", fragte Angela.

„Es hört sich so an, als habe Philip Haynes einen geheimen Treuhandfonds gründen wollen."

Er stand auf und ging zu einem Bücherregal, zog ein gewichtiges Nachschlagewerk heraus und kehrte damit an seinen Schreibtisch zurück. Angela wartete, bis er die gewünschte Seite gefunden hatte.

„Hmm-hmm. Ah, ja", murmelte er. „In der Tat sehr interessant. Sind Sie mit dem Konzept des geheimen Treuhandfonds vertraut?" fragte er.

„Überhaupt nicht", gestand Angela.

„Geheime Treuhandfonds werden seit Jahrhunderten

verwendet, wenn ein Erblasser einer bestimmten Person Vermögenswerte vermachen will, ohne sie im Testament namentlich zu erwähnen. Sie sind seit jeher ein bequemes Mittel, um für Mätressen und uneheliche Kinder vorzusorgen, ohne die rechtmäßige Familie in Verlegenheit zu bringen. Ich werde Sie nicht mit den Feinheiten des Urteils McCormick gegen Grogan oder Rochefoucauld gegen Boustead langweilen, aber kurz erläutern, wie es funktioniert: Angenommen, A möchte B eine bestimmte Summe vermachen, ohne dass die Familie von A davon erfährt. Er verfasst ein Testament, in dem er diese Summe angeblich C hinterlässt, nachdem er zuvor unter der Hand die Zustimmung von C eingeholt hat, als Treuhänder zu fungieren. Rechtlich gesehen gilt das als die Gründung eines Treuhandfonds. Nach dem Tod des Erblassers erhält C das Vermächtnis, so wie es der offenkundige letzte Wille des Erblassers vorsieht, ist dann aber gesetzlich verpflichtet, es treuhänderisch für B zu verwalten."

„Und das wird im Testament durch die Formulierung ausgedrückt, die mir Philips Enkelin genannt hat?"

„Ja, durch diese oder eine ähnliche Formulierung, aus der auf jeden Fall für jeden klar hervorgeht, dass C hinsichtlich der endgültigen Bestimmung des Vermögens gesonderte Anweisungen erhalten hat."

„In diesem Fall ist die Existenz des geheimen Treuhandfonds bekannt, aber nicht, wem er zugutekommen soll?"

„So ist es, ja."

„Es hört sich jedenfalls so an, als hätte Philip einmal die Absicht gehabt, das Geld einer oder mehreren unbekannten Personen zu vermachen", sagte Angela. „Vermutlich hat er es sich aber später anders überlegt."

Der Anwalt strahlte sie an.

„Ah, aber jetzt kommen wir zu dem interessantesten

Punkt - wir können nicht sicher sein, dass er seine Meinung geändert hat. So unglaublich es auch klingen mag: Das Gesetz erlaubt die Errichtung eines geheimen Treuhandfonds, ohne dass dieser im Testament erwähnt wird. Nehmen wir an, dass A seiner Geliebten B etwas Geld vermachen möchte, aber nicht will, dass seine Frau davon erfährt. In diesem Fall könnte er einfach sagen: ‚Ich vermache C tausend Pfund‘, und niemand würde jemals erfahren, dass er und C tatsächlich eine geheime Vereinbarung getroffen haben, wonach C das Geld an B weitergeben soll.“

„Niemand außer C und möglicherweise B, nehme ich an“, sagte Angela. „Ist es nicht sehr riskant, einen geheimen Treuhandfonds zu gründen, ohne dies im Testament zu erwähnen? Was ist, wenn C beschließt, das Geld zu behalten?“

„Ah!“ Der Anwalt nickte energisch. „Ich sehe, Sie haben den größten Schwachpunkt dieses Konstrukts entdeckt. Ja, es wäre für den Treuhänder ein Leichtes, das Geld zu behalten. Da geheime Treuhandschaften meist mündlich vereinbart werden - es liegt in der Natur der Sache, dass sie mündlich vereinbart werden -, können sie zu allen möglichen Streitigkeiten führen. Ohne Zeugen kann es sehr schwierig sein, zu beweisen, dass eine entsprechende Vereinbarung je existiert hat. Ich kann mir vorstellen, dass schon so mancher, der als Begünstigter vorgesehen war, um sein rechtmäßiges Erbe betrogen worden ist.“

„Um auf den vorliegenden Fall zurückzukommen … Ist es möglich, dass Philip Haynes nach der Änderung seines Testaments die Vereinbarung mit seinem Anwalt, einen geheimen Treuhandfonds zu gründen, beibehalten hat, sie aber in der späteren Fassung nicht ausdrücklich erwähnt hat?“

„Das mag durchaus sein, aber wir haben keine Möglichkeit, das herauszufinden, ohne mit dem Anwalt selbst zu sprechen - und wenn er zur Verschwiegenheit verpflichtet ist, wird er Ihnen kaum Auskunft geben.“

In diesem Moment trat ein Angestellter auf leisen Sohlen ein und warf Mr Addison einen vielsagenden Blick zu. Der Anwalt schaute auf seine Uhr und nickte.

„Hätten Sie sonst noch irgendwelche Fragen?“, sagte er höflich.

„Nein, ich denke, das ist alles“, antwortete Angela. Sie erhob sich und reichte ihm die Hand. „Sie haben mir sehr geholfen, vielen Dank.“

Mr Addison schüttelte ihr die Hand und bedachte sie mit einem weiteren strahlenden Lächeln.

„Rufen Sie mich an, wenn Ihnen noch etwas einfällt, das Sie wissen möchten“, forderte er sie auf.

Angela trat auf die Straße und wandte sich in Richtung Holborn, in der Absicht, nach Hause zu gehen. Doch der Tag war schön, und so beschloss sie, einen kleinen Abstecher nach Lincoln‘s Inn Fields zu machen, um die Sonne zu genießen. Sie setzte sich auf eine Bank und ging in Gedanken noch einmal die Informationen durch, die sie von Mr Addison erhalten hatte.

Es gab zwar kaum Beweise dafür, aber es sah so aus, als könnte hinter Philips Testament mehr stecken, als man auf den ersten Blick sah. Es war ihr von Anfang an seltsam erschienen, dass Philip seinen Kindern nur einen lebenslangen Anteil an dem vermacht hatte, was eigentlich ihr Geburtsrecht war. Und dann zu bestimmen, dass das Geld nach ihrem Tod an seinen Anwalt ging? Das war unerklärlich, ganz und gar unerklärlich. Aber wenn Philips wahre Absicht darin bestanden hatte, eine andere Person zu versorgen - vielleicht einen Verwandten, den die Familie nicht kannte oder nicht kennen wollte -, dann würde das manches erklären.

Aber warum hatte er eine so umständliche Methode gewählt? Bestimmt wäre es einfacher gewesen, Mr Faulkner unmittelbar etwas Geld zu vermachen, das er treuhänderisch für die betreffende Person hätte verwahren sollen. Warum seinen Kindern eine lebenslange Beteiligung an dem Geld gewähren, nur um es ihren Familien nach ihrem Tod zu entreißen?

Es schien fast so, als wolle Philip seinen Enkeln einen Teil ihres rechtmäßigen Erbes vorenthalten. Vor allem Susan war nach Winifreds unseligen Finanzspekulationen leer ausgegangen, obwohl sie behauptet hatte, die Lieblingsenkelin des alten Philip gewesen zu sein. Und was war mit dem Wortlaut des Testaments? Mr Addison schien überzeugt, dass die frühere Fassung die Absicht verriet, einen geheimen Treuhandfonds einzurichten. Hatte Philip seine Meinung hinsichtlich des Fonds geändert? Oder hatte er das Testament absichtlich umgeschrieben, um sicherzustellen, dass die Vereinbarung mit Mr Faulkner ganz und gar geheim blieb?

Angela seufzte. Die ganze Angelegenheit machte nur eins sehr deutlich: Philip Haynes war ein äußerst unleidlicher Zeitgenosse gewesen.

„Ich bin froh, dass ich ihn nicht kennenlernen musste", sagte sie zu sich selbst. „Was für ein schwieriger Mann! Kein Wunder, dass seine Familie so geworden ist, wie sie heute ist. Eigentlich ist es unbegreiflich, dass John es geschafft hat, von all dem relativ unberührt zu bleiben. Ich nehme an, das hat er zum großen Teil Louisa zu verdanken."

Und überhaupt – John … Zum ersten Mal wurde Angela bewusst, dass er als das älteste Kind seine jüngeren Schwestern und seinen Bruder überlebt hatte. Hätte er ihnen mehr Zuneigung entgegengebracht, hätte er ihr leid-getan, aber er schien ihr Mitleid nicht zu brauchen. War er womöglich selbst in Gefahr? Wenn Philippa, Winifred und Edward tatsächlich ermordet worden waren - sei es wegen ihres Geldes oder aus einem anderen Grund -, dann müsste er als Philips letztes verbliebenes Kind logischer-weise das nächste Opfer sein. Wer auch immer hinter den Morden steckte, war skrupellos und würde vor nichts Halt machen, um seine Ziele zu erreichen. Vielleicht sollte sie John vor dieser potenziellen Gefahr warnen.

Steckte vielleicht noch mehr dahinter? Sie hatte schon lange das Gefühl, dass er etwas verheimlichte, und auch Ursula schien zu glauben, dass er etwas wusste, das er nicht preisgeben wollte. Könnte es das Undenkbare sein? Angela zwang sich nun, sich einer Frage zu stellen, der sie bisher aus dem Weg gegangen war: War John der Mörder? Seine Liebe zu Underwood House und sein Wunsch, es zu behalten, gaben ihm ein hinreichendes Motiv. Er hatte Philippa überredet, ihm ihren Anteil an dem Haus zu überlassen - und kurz darauf war Philippa gestorben. Winifred hatte Underwood loswerden wollen, und auch sie war gestorben und hatte ihren Anteil Susan vermacht, mit der sich eher reden ließ. Sie war bereit, an John zu verkau-fen. Damit blieb nur noch Edward übrig - und nach seinem Tod Ursula. Und nach dem Gespräch zu urteilen, das William zwischen Ursula und Mr Faulkner belauscht hatte, machte ihr der Verlust von Edwards fünftausend Pfund noch immer zu schaffen. Vielleicht wäre sie jetzt eher bereit, ihren Anteil am Haus an John zu verkaufen. Hatte John darauf spekuliert? An Motiven mangelte es gewiss nicht. Aber hatte er auch die Gelegenheit gehabt, die Morde zu begehen? Wenn Donald die Wahrheit sagte, war John entgegen seiner Behauptung nicht in seinem Arbeitszimmer gewesen, als Winifred von der Galerie im

Obergeschoss in die Tiefe stürzte. Und was Philippa und Edward betraf, so wäre es fast unmöglich, für den Zeitpunkt ihres Todes ein Alibi vorzulegen.

Angelas Unbehagen wuchs von Minute zu Minute. Ihr logischer Verstand sagte ihr, dass es keinen Sinn hatte, zu leugnen, was längst offensichtlich war: Wenn alle drei Todesfälle auf einen einzigen Täter zurückgingen, war John der Hauptverdächtige. Ursula schien derselben Meinung zu sein, auch wenn sie es - aus welchen Gründen auch immer - nicht ausdrücklich gesagt hatte.

Wie kann ich Louisa jemals wieder in die Augen sehen, wenn er der Schuldige ist, dachte Angela verzweifelt. „Es wird ihr das Herz brechen. Warum konnte sie mich nicht bitten, meine Ermittlungen einzustellen, als ich ihr die Gelegenheit dazu gegeben habe?"

Aber es hatte keinen Sinn mehr, darüber zu grübeln. Was vorbei war, war vorbei, und Angela wusste, dass sie jetzt bis zum Ende weitermachen musste, komme, was wolle.

Kapitel Achtzehn

DAS ERSTE, was Mrs Marchmont nach ihrer Rückkehr in ihre Wohnung tat, war, sich von der Vermittlung zu Mr Faulkner durchstellen zu lassen. Sie rechnete nicht damit, viel zu erreichen, aber es ließ sich nicht umgehen.

„Faulkner am Apparat", meldete sich der Anwalt.

„Hallo, Mr Faulkner, hier ist Angela Marchmont. Es tut mir leid, wenn ich störe, aber ich habe eine Frage zum Testament von Philip Haynes."

„Hallo, Mrs Marchmont. Wie kann ich Ihnen helfen?"

Es hatte keinen Sinn, um den heißen Brei herumzureden. Angela holte tief Luft.

„Hat Philip jemals einen geheimen Treuhandfonds mit Ihnen als Treuhänder eingerichtet?", fragte sie.

Am anderen Ende der Leitung entstand eine kurze Pause, dann ertönte ein Lachen.

„Einen geheimen Treuhandfonds? Nein, es gab keine derartige Vereinbarung. Wie kommen Sie darauf?"

„Durch etwas, das Susan Dennison neulich gesagt hat. Sie hat mir erzählt, dass sie das Testament ihres Großvaters und auch die darin enthaltene Klausel gesehen hat, die sich auf das Geld bezog, das an Sie zurückfallen sollte. Darin ist ihr eine Formulierung aufgefallen, aus der man schließen kann, dass Sie Anweisungen erhalten haben, was mit dem Geld passieren soll."

„Ach ja? Wie seltsam. Aber ich schätze, sie irrt sich, denn soweit ich weiß, gibt es keinen solchen Passus im Testament."

„Nein", räumte Angela ein. „Ich war gestern in Somerset House, um selbst einen Blick darauf zu werfen, und konnte nichts dergleichen finden. Aber ich habe gehört, dass Philip Haynes sein Testament immer wieder geändert hat, und habe mich gefragt, ob sich Susan auf eine frühere Version des Dokuments bezogen hat."

„Ich habe alle Testamente von Philip verfasst und kann Ihnen versichern, dass in keinem davon ein derartiger Satz enthalten war. Zweifellos war Miss Dennison selbst von dem überzeugt, was sie Ihnen berichtet hat, aber ich fürchte, sie hat große Ähnlichkeit mit ihrer Mutter, die in vielerlei Hinsicht recht vage war. Ich will nicht unhöflich sein, aber vor Gericht wollte ich mich nicht auf sie als Zeugin verlassen."

„Sie haben also nie mit Philip vereinbart, Geld für einen Dritten treuhänderisch zu verwahren, gemäß einer geheimen Bestimmung, die entweder in einem früheren Testament oder in der endgültigen Fassung enthalten ist?"

„So ist es", sagte er fest.

Da es nichts weiter zu sagen gab, bedankte sich Angela und legte auf. Sie hatte nicht erwartet, dass Faulkner es zugeben würde - es hätte sie sogar überrascht, wenn er das getan hätte -, aber da er es rundweg leugnete, konnte sie eine vielversprechende Spur nicht länger verfolgen.

Daran lässt sich nichts ändern, überlegte sie, aber vielleicht kommen irgendwann neue Beweise ans Licht. Ich gebe die Hoffnung nicht auf.

Am nächsten Morgen fuhr William sie nach Underwood House.

„Mal sehen, ob Sie heute mehr Erfolg bei der Dienerschaft haben", sagte sie.

William nickte inbrünstig.

„Das hoffe ich sehr, Ma'am", antwortete er. „Da ist vor allem eine junge Dame, die durchaus von mir angetan zu sein schien. Leider hat mich die Haushälterin keine Sekunde aus den Augen gelassen. Die hat Haare auf den Zähnen, sag ich Ihnen! Wahrscheinlich dachte sie, ich sei nur gekommen, um mich an ihre Küchenmädchen heranzumachen."

„Was Ihnen natürlich im Traum nicht eingefallen wäre", sagte Angela sanft.

William grinste.

„Jedenfalls konnte ich keine von ihnen dazu bringen, offen mit mir zu reden. Ich hoffe nur, dass die Haushälterin heute frei hat. Oder vielleicht ist sie erkältet. Nichts allzu Ernstes, verstehen Sie - nur so viel, dass sie mit ihrer Triefnase auf ihrem Zimmer bleibt und sich nicht ständig einmischt."

Louisa war nicht da, aber Stella war zu Hause. Sie schien ein wenig niedergeschlagen zu sein.

„Hallo, Mrs Marchmont", sagte sie. „Ermitteln Sie immer noch?"

„Ich fürchte ja", erwiderte Angela. „Wissen Sie, ich hatte überlegt, ob es Ihnen etwas ausmachen würde, mir die obere Etage zu zeigen. Ich möchte vor allem wissen, wer an Winifreds Todestag welches Zimmer hatte."

„Ach? Dann haben Sie also eine heiße Spur?"

„Nein, das kann man nicht sagen. Ich will mir nur einen Überblick verschaffen", antwortete Angela.

„Kommen Sie mit, ich zeige Ihnen, wer wo geschlafen hat.“

Sie gingen die Treppe hinauf und blieben auf dem Treppenabsatz stehen. Angela sah sich um und lehnte sich an der Stelle über die Brüstung, an der Winifred gestürzt war.

„Ich glaube, Ursula hat recht“, sagte sie.

„Womit?“

„Sie meint, dass Winifred kaum aus Versehen in die Tiefe gestürzt sein kann, weil sie nicht groß genug war. Sehen Sie her.“ Sie streckte ihren Arm nach dem Kronleuchter aus. „Ich selbst komme von hier aus mit den Fingerspitzen gerade so an den Leuchter - und ich bin ziemlich groß. Aber soweit ich weiß, war Winifred recht klein, also wäre es für sie viel schwieriger gewesen.“

„Sie meinen also, sie hat sich gar nicht vorgebeugt?“

„Möglich - wir werden es nie erfahren. Aber das Geländer ist sehr hoch, es ist daher unwahrscheinlich, dass sie versehentlich gestürzt ist. Mehr wollte ich damit gar nicht sagen. Ursula ist der Ansicht, dass jemand sie an den Knöcheln gepackt und übers Geländer gestoßen hat, und ich muss sagen, dass mir ihre Theorie stichhaltig erscheint.“

Stella erschauderte.

„Wie schrecklich!“, rief sie.

„So“, fuhr Angela fort, „in diesem Zimmer hat Susan geschlafen, stimmt’s?“

„Das ist richtig. Ihres lag der Treppe am nächsten.“

„Und wessen Zimmer ist das hier?“

„Das ist das von Don.“

„Ah!“, sagte Angela interessiert, ohne etwas hinzuzufügen.

Sie gingen weiter den Gang entlang, wobei Stella auf

die verschiedenen Zimmer der Familienmitglieder und Gäste wies.

„Welches war Winifreds Zimmer?", fragte Angela, als sie in einen weiteren Gang einbogen.

„Das da", sagte Stella und zeigte auf eine Tür. „Das zweitletzte."

„Wie seltsam", murmelte Angela. „Darf ich?"

Sie öffnete die Tür und schloss sie wieder. Beim Einschnappen war ein Klicken zu hören.

„Warum haben Sie das gemacht?", wollte Stella wissen.

„Könnten Sie mir einen Gefallen tun?", fragte Angela, ohne auf ihre Frage einzugehen.

„Natürlich."

„Gehen Sie in dieses Zimmer und warten Sie dort zwei Minuten, dann kommen Sie heraus und schlagen die Tür hinter sich zu."

Stella zog die Augenbrauen hoch, nickte aber und betrat kommentarlos den Raum. Angela ging den Weg zurück, den sie gekommen war, schlüpfte leise in das Gästezimmer, in dem Susan geschlafen hatte, und schloss die Tür hinter sich. Nach ein paar Minuten hörte sie Stella rufen und trat auf den Treppenabsatz hinaus.

„Da sind Sie ja", sagte Stella. „Was haben Sie in Susans Zimmer gemacht?"

„Haben Sie die Tür zugeschlagen?", fragte Angela.

„So laut ich konnte. Haben Sie es nicht gehört?"

„Nein", erwiderte Angela nachdenklich. „Ich habe es nicht gehört."

„Sie klingen sehr geheimnisvoll."

„Tue ich das? Das war nicht meine Absicht", erklärte Angela. „Ich habe nur versucht, die Ereignisse jenes Nachmittags zu rekonstruieren."

„Und wie passt diese kleine Pantomime dazu?"

„Ich bin mir noch nicht sicher", antwortete Angela nur.

Sie gingen in den Salon, wo Guy Fisher stirnrunzelnd einen in großer, verschnörkelter Schrift geschriebenen Brief betrachtete.

„Hallo, Mrs Marchmont", begrüßte er sie. „Wie ich sehe, sind Sie immer noch mit Ihren Nachforschungen beschäftigt. Ich hoffe, es hat keine weiteren Attacken gegeben?"

„Zum Glück nicht", antwortete Angela.

„Vermutlich ist das eine der Gefahren, die einer Privatdetektivin drohen. Es ist bestimmt sehr ermüdend, ständig auf der Hut zu sein, vor plötzlichen Angriffen von messer- und knüppelschwingenden Mördern."

„Was für eine schreckliche Vorstellung!", lachte Angela. „Aber so schlimm ist es zum Glück nicht. Tatsächlich besteht die größte Schwierigkeit darin, meiner Zeugen habhaft zu werden. Alle scheinen ständig unterwegs zu sein oder sind mit jemand anderem verabredet, wenn ich mit ihnen sprechen will. Bei Mr Faulkner war es zum Beispiel unmöglich, ihn in einem günstigen Moment zu erwischen, sodass ich Somerset House einen Besuch abstatten musste, um einen Blick in Philip Haynes' Testament werfen zu können."

„Faulkner? Typisch Anwalt. Ja, ich kann es auch nicht leiden, wenn die Leute nicht tun, was von ihnen verlangt wird", sagte Guy. „Hier habe ich einen solchen Fall." Er wedelte mit dem Brief und verzog das Gesicht. „Und jetzt muss ich mich wohl oder übel darum kümmern."

Er stand auf und verließ den Raum ohne ein weiteres Wort.

„Er scheint ziemlich verärgert zu sein", bemerkte Angela.

„Ja", stimmte Stella zu. „Ich schätze, manchmal findet er seinen Job recht schwierig. Er muss ständig Streitigkeiten zwischen den Pächtern schlichten, und dann bekommt er schlechte Laune. Wahrscheinlich würde er ein Leben im Müßiggang vorziehen."

Ihr liebevoller Unterton ließ Angela aufhorchen.

„Sie mögen ihn sehr, nicht wahr?", fragte sie.

„Ja, wir haben viele Gemeinsamkeiten. Zum einen sind wir beide Waisenkinder, wir wissen also, wie es ist, sich als Außenseiter zu fühlen. Und er muntert mich immer auf, wenn ich traurig bin, was in letzter Zeit ziemlich oft vorkommt." Sie hielt inne und presste die Lippen aufeinander.

„Und ich glaube, er mag Sie auch", sagte Angela sanft.

Stella sah sie an, dann senkte sie den Blick.

„Kann sein."

„Ich finde es schlimm, einen jungen Mann mit gebrochenem Herzen zu sehen", fuhr Angela nur halb im Scherz fort.

„Ich habe nicht die Absicht, irgendjemandem das Herz zu brechen", erwiderte Stella.

„Nein, aber Sie könnten es trotzdem tun, ohne es zu wollen."

„Und was ist, wenn ich seine Gefühle erwidere?"

„Tun Sie das?"

Stella stand auf und ging unruhig im Salon auf und ab.

„Ich mag Guy sehr gern und wir würden uns gut verstehen, daran habe ich keinen Zweifel", sagte sie. „An diesen romantischen Unfug von wegen ‚glücklich bis ans Ende ihrer Tage' glaube ich schon lange nicht mehr. Das Wichtigste ist, jemanden zu finden, dem ich vertrauen kann - jemanden, bei dem ich mich sicher fühle."

„Fühlen Sie sich jetzt nicht sicher?", fragte Angela besorgt.

Stella wandte sich zu ihr um. Sie war kreidebleich.

„Oh, Mrs Marchmont, wenn Sie nur wüssten, welche Angst ich habe!", rief sie.

Kapitel Neunzehn

In diesem Moment kamen Louisa und Donald aufgeregt durcheinanderredend herein. Stella warf den beiden einen kurzen Blick zu und rannte aus dem Zimmer.

„Was ist denn mit Stella los?", fragte Louisa erstaunt. Ohne eine Antwort abzuwarten, fuhr sie atemlos fort: „Angela, hast du es schon gehört?"

„Was meinst du?", fragte Angela.

„Die Polizei hat Robin wegen Winifreds Geld befragt!"

„Oh", sagte Angela. „Steht es denn fest, dass ihr Geld gestohlen wurde?"

„Es scheint so", antwortete ihre Freundin. „Offenbar hat ihre Bank bestätigt, dass sie einige Monate vor ihrem Tod eine große Summe abgehoben hat, den größten Teil ihres Guthabens, aber niemand konnte sagen, was sie damit gemacht hat. Ich weiß nicht, wie die Polizei davon Wind bekommen hat oder wieso sie Robin verdächtigt ...", hier starrte Angela angestrengt zu Boden, „... jedenfalls sind ein paar Polizisten nach Datchet gefahren und haben ihn rundheraus gefragt, ob er etwas damit zu tun gehabt hat. Natürlich hat er alles abgestritten, also mussten sie unverrichteter Dinge wieder abziehen."

„Woher weißt du das alles?"

„Von Ursula. Sie hat mich angerufen und war schrecklich wütend. Anscheinend glaubt sie, dass einer von uns hier in Underwood House der Polizei einen Tipp gegeben hat. Ich habe versucht, sie vom Gegenteil zu überzeugen, aber ich glaube nicht, dass es mir gelungen ist. Selbstverständlich hat keiner von uns der Polizei irgendetwas erzählt", fuhr sie fort. „Das würde uns doch im Traum nicht einfallen."

Angela überlegte einen Moment, entschied sich dann aber, kein Geständnis abzulegen. Wenn Ursula mitbekam, dass sie, Angela, die Polizei auf Robins möglicherweise unlauteren Machenschaften aufmerksam gemacht hatte, würde sie sich weigern, ein weiteres Mal mit Angela zu sprechen.

„Vielleicht war es das Haus", warf Donald düster ein. „Ist dir noch gar nicht aufgefallen, dass allen, die eine Abneigung gegen das Haus haben, irgendein Leid zustößt?"

„Das ist nicht gerade hilfreich, Donald", gab seine Mutter ungeduldig zurück. „Wirklich, ich weiß nicht, woher du diese verrückten Ideen hast."

Donald warf ihr einen finsteren Blick zu, erwiderte aber nichts. Kurz darauf entschuldigte er sich und ging hinaus.

„Ich wünschte, er und Stella würden sich versöhnen", seufzte Louisa. „Sie haben sich schon öfter gestritten, aber diesmal scheint es gar kein Ende zu nehmen."

„Vielleicht versöhnen sie sich überhaupt nicht mehr", gab Angela zu bedenken.

„Oh, aber das müssen sie. Es ist doch offensichtlich,

dass sie wie füreinander geschaffen sind. Ich glaube, ich muss mal mit Stella reden.“

„Das würde ich an deiner Stelle nicht tun“, riet Angela. „Wahrscheinlich ist es besser, sie in Ruhe zu lassen. Derlei Angelegenheiten regeln sich doch meist von selbst, und du könntest eher Schaden anrichten, wenn du dich einmischst.“

„Meinst du? Ja, vermutlich hast du recht. Du hast immer recht, Angela.“

„Keineswegs“, sagte Angela. „Aber hör zu, Louisa. Ich möchte dich etwas fragen, solange wir allein sind.“

„Ich bin ganz Ohr.“ Louisa sah sie aufmerksam an.

„Hm, ich weiß nicht recht, wie ich es sagen soll. Kennst du jemanden, dem Philip möglicherweise etwas hinterlassen wollte, ohne dass seine Familie davon erfährt?“

„Ein geheimes Vermächtnis also? Ist das möglich?“

„Ja - ich habe herausgefunden, dass es ganz legal ist, wenn ein Erblasser einem Begünstigten Geld vermacht, damit dieser es einer anderen Person zukommen lässt.“

Louisa war überrascht.

„Davon habe ich noch nie gehört“, sagte sie. „Warum sollte jemand das tun?“

„Dafür gibt es viele Gründe“, sagte Angela, „aber der naheliegendste ist der Wunsch, für uneheliche Kinder zu sorgen.“

Sie machte eine diskrete kleine Pause, um Louisa Zeit zu geben, sich über die Bedeutung ihrer Worte klar zu werden.

„Willst du damit andeuten, dass Philip möglicherweise eine zweite Familie hatte?“

Angela schwieg, während Louisa den Kopf zur Seite legte und über diese Möglichkeit nachdachte.

„Natürlich kann ich das nicht mit Sicherheit ausschließen, aber es würde mich sehr wundern, wenn es so wäre", sagte sie schließlich.

„Aber es könnte erklären, warum er Mr Faulkner als Endbegünstigten von zwanzigtausend Pfund eingesetzt hat – auf Kosten der eigenen Familie. Das ist eine stattliche Summe. Vielleicht wollte Philip, dass Mr Faulkner sie an einen Dritten weitergibt."

„Nun, wenn Philip ein Doppelleben geführt hat, muss es lange vor meiner Begegnung mit John begonnen haben", sagte Louisa, „denn ich weiß nichts davon."

„Ich wollte John nicht danach fragen, weil ich ihn nicht in Verlegenheit bringen möchte", erklärte Angela.

„Oh, frag ihn ruhig. Er hat schon lange aufgehört, sich für seine Familie zu schämen", sagte Louisa lachend. „Aber er hätte mir bestimmt davon erzählt, wenn er etwas wüsste."

Davon war Angela nicht überzeugt, sagte aber nichts und erhob sich kurz darauf, um sich zu verabschieden.

„Oh, was ich dich noch fragen wollte", sagte Louisa, als sie ihre Freundin zur Tür begleitete. „Kommst du am siebenundzwanzigsten zu unserer Familienzusammenkunft?"

„Meinst du die berühmte Versammlung aus dem Testament?"

„Genau die. Komm doch bitte, Angela. Stell dir nur vor, was für ein Spaß es für dich wird, zuzusehen, wie wir uns gegenseitig anschnauzen und uns in boshaftem Gezänk ergehen."

Angela konnte sich ein Lachen nicht verkneifen, als sie den resignierten Gesichtsausdruck ihrer Freundin sah.

„Glaubst du wirklich, dass ich als Außenstehende willkommen bin?", fragte sie.

„Oh, ganz bestimmt. Du könntest einen beruhigenden Einfluss auf uns haben. Von den Haynes sind nicht mehr viele übrig, die miteinander streiten könnten", fuhr sie ein wenig traurig fort, „aber ich sehe Ärger zwischen Ursula und John voraus, und du könntest vielleicht als Puffer dienen."

„Und ich dachte schon, du hättest mich wegen meines sprühenden Witzes und meiner umwerfenden Schlagfertigkeit eingeladen", scherzte Angela.

„Oh, deswegen natürlich auch", versicherte Louisa ihr. Sie drückte Angelas Hand. „Du kommst doch, nicht wahr, meine Liebe? Ich gebe es nur ungern zu, aber ohne dich hätte ich furchtbare Angst, wenn ich daran denke, was bei den anderen Familientreffen passiert ist."

Angela lenkte ein.

„Natürlich komme ich", versprach sie. „Ich würde es um nichts in der Welt verpassen wollen."

Angela verließ das Haus und stieg in ihren Wagen. William war gut gelaunt, denn er hatte sich erfolgreich bei der Dienerschaft eingeschmeichelt. Mrs Jones, die Haushälterin, hatte durch Abwesenheit geglänzt, sodass er den Vormittag damit verbracht hatte, sich von einer Schar bewundernder Dienstmädchen mit Tee und Keksen verwöhnen zu lassen. Dabei hatte er herausgefunden, dass Mrs Haynes als nett, aber vergesslich galt, dass Mr Haynes reizbar, aber trotzdem beliebt war, auch wenn er in letzter Zeit etwas trübsinnig schien, dass man Mr Donald gemeinhin als anständigen Kerl und sehr gutaussehend (bisweilen aber ein wenig seltsam) betrachtete, dass Miss Stella ein Geheimnis hatte und Mr Fisher ein charmanter Mann war, der immer noch hoffte, dass sich seine Uhr reparieren ließ. Was die Gäste anbelangte, so hatten alle Angst vor Mrs Ursula Haynes, Mr Robin nahm sich ein bisschen zu viel heraus und Miss Euphonium - oder wie auch immer sie sich heutzutage nannte – war arrogant.

All das hatte Angela bereits gewusst oder zumindest geahnt.

„Haben Sie etwas über die fraglichen Daten herausgefunden?", fragte sie.

„Nicht so viel, wie ich es mir gewünscht hätte", musste William zerknirscht einräumen, „aber ich habe von Annie erfahren, dass John Haynes seiner Schwester Philippa nach dem Essen gewöhnlich Kaffee eingeschenkt hat. Natürlich kann niemand sagen, ob er es an dem Abend vor ihrem Tod ebenfalls getan hat. Dafür ist es schon zu lange her."

„Ja, das verstehe ich. Und was ist mit dem 16. Februar dieses Jahres? Haben Sie nach der Wäsche gefragt?"

„Natürlich, Ma'am. Alle waren sich ganz sicher, dass ihnen niemand schmutzige oder nasse Abendkleidung zum Reinigen gegeben hatte. Darf ich mir die Frage erlauben, warum Sie das wissen wollten?"

„Ganz einfach. Edward Haynes wurde im See ertränkt, also muss der Täter bei dem vorangegangenen Kampf nass geworden sein. Zumindest seine Jacke und seine Hemdmanschetten müssten durchnässt gewesen sein - es sei denn, er war zum Zeitpunkt des Mordes unbekleidet, was natürlich auch möglich ist."

„Meinen Sie wirklich? Das kann ich mir nicht vorstellen. Was hat Mr Edward gemacht, während der Mörder sich ausgezogen hat? Hat er dabeigestanden und gerufen: ‚Es ist ein schöner Abend zum Schwimmen. Was dagegen, wenn ich mitkomme?'"

Angela lachte.

„Wohl kaum. Aber der Mörder könnte ihn vorher bewusstlos geschlagen haben, um ihn leichter ertränken zu können."

„Ja, das wäre denkbar. Er verpasst dem Kerl einen Haken, zieht sich aus, während der andere bewusstlos ist, packt ihn in das Ruderboot und fährt auf den See hinaus.

Dort wirft er ihn ins Wasser und schwimmt zurück ans Ufer, wobei er das Boot zurücklässt."

„Oder er hält den Kopf des Opfers im seichten Wasser unter die Oberfläche. Das wäre vielleicht einfacher", überlegte Angela. „Dann könnte er die Leiche über Bord werfen, anstatt sich abzumühen, einen lebenden Mann unter Wasser zu halten."

„Nun, ganz schön mieser Trick, egal wie man es dreht und wendet", entrüstete sich William.

„Die ganze Sache ist mies, William, und wir müssen herausfinden, wer es getan hat - und zwar bald, sonst schlägt er erneut zu."

Ihre Gedanken kehrten zu den Ereignissen des Tages zurück, insbesondere zu Stellas unerwartetem Ausbruch. Vor wem oder was hatte Stella Angst? War es jemand in Underwood House? Wusste sie etwas über die rätselhaften Vorkommnisse in der Familie, das sie für sich behielt? Angela nahm sich vor, so bald wie möglich mit Stella unter vier Augen zu sprechen und herauszufinden, was ihr solche Angst einjagte. Sie seufzte. Nichts schien einfach zu sein. Je mehr sie sich in den Fall vertiefte, desto verwirrender wurde er. Eines war jedoch klar: Sie musste in den sauren Apfel beißen und so bald wie möglich mit John reden.

Kapitel Zwanzig

Getreu ihrem Entschluss ließ sich Mrs Marchmont wenige Tage später nach Underwood House bringen, um mit John zu sprechen. Sie klopfte leise an die Tür seines Arbeitszimmers.

„Wer ist da?", fragte John.

„Darf ich?" Angela steckte den Kopf zur Tür herein.

„Ah, Angela. Komm herein. Schnüffelst du hier wieder herum?"

„Ich fürchte ja", sagte Angela entschuldigend. John deutete auf einen Stuhl und sie setzte sich. Zu ihrer Erleichterung stellte sie fest, dass er weich und bequem war und sich somit angenehm von den Sitzgelegenheiten unterschied, die sie bei anderen Mitgliedern der Familie Haynes angetroffen hatte.

„Kommst du mit deinen Nachforschungen voran?", fragte John in seiner direkten Art.

„Das hoffe ich sehr", erwiderte Angela. „Bestimmt könnt ihr es kaum erwarten, mich loszuwerden."

„Nein, natürlich nicht", antwortete er höflich. Er wies auf einen Brief auf seinem Schreibtisch. „Das ist heute gekommen - unsere Einladung. Das ist wohl die korrekte Bezeichnung, obwohl ich nicht verstehe, wie mich jemand, der nicht anwesend sein wird, zu einem Abendessen in meinem eigenen Haus einladen kann. Jedenfalls haben wir uns hier alle wie brave kleine Jungen und Mädchen einzufinden und nett zu lächeln, obwohl die Gruppe inzwischen natürlich stark geschrumpft ist. Ich überlege, ob es nicht eine Möglichkeit gibt, dieses leidige Spektakel zu umgehen. Kann Vater wirklich gewollt haben, dass wir uns weiterhin zum Essen treffen und uns gegenseitig böse anstarren, vor allem, wo drei von uns nicht mehr dabei sind?"

„Vermutlich hat er nicht damit gerechnet, dass drei seiner Kinder so kurz hintereinander sterben."

John schnaubte.

„Das glaubst du doch selbst nicht! Der alte Teufel würde sich vor Freude die Hände reiben, wenn er wüsste, welches Unheil er angerichtet hat. Es würde mich nicht wundern, wenn er das Testament absichtlich so verfasst hat, um uns alle gegeneinander aufzuhetzen und zu sehen, wer als Erster zum Mörder wird."

„Kannst du mir erklären, warum er ein so seltsames Testament gemacht hat?", fragte Angela. „Du als Ältester musst ihn besser gekannt haben als deine Geschwister. Warum hat er euch an einem Teil eures Erbes nur einen lebenslangen Nießbrauch gewährt? Warum zieht er seinen Anwalt allen Mitgliedern seiner Familie vor?"

„Glaub mir, ich habe keine Ahnung. Vielleicht hatte der alte Faulkner einen gewissen Einfluss auf Vater – der schlaue Fuchs steht meinem Vater in nichts nach, wenn es um List und Tücke geht."

Angela wich seinem Blick aus.

„Könnte es sein, dass dein Vater Mr Faulkner vor seinem Tod gebeten hat, das Geld treuhänderisch für jemand anderen zu verwalten?"

„Jemand anderen? Und wer soll das sein?"

„Ich weiß es nicht. Ich hatte gehofft, du hättest eine Idee."

„Da ist niemand. Vater hat Freundschaften nicht gerade gepflegt, und die wenigen Freunde, die er hatte, sind alle tot, soviel ich weiß."

„Du glaubst also nicht, dass er vielleicht irgendwo - eine zweite Familie hatte?"

John schwieg einen Moment, dann brach er in schallendes Gelächter aus.

„Oh, der war gut", sagte er schließlich und wischte sich die Lachtränen aus den Augen. „Eine geheime Familie? Er war doch viel zu sehr damit beschäftigt, seiner richtigen Familie das Leben zur Hölle zu machen. Für eine weitere Familie hatte er bestimmt keine Zeit."

„Bist du dir da sicher?", fragte Angela.

„Ganz sicher", sagte John. „Das war also deine Theorie? Nein, die kannst du gleich wieder vergessen. Ich behaupte nicht, dass er der beste aller Familienväter war - ganz im Gegenteil -, aber ich weiß, dass mein Vater Beningfleet kaum jemals verlassen hat, und es ist ein so kleiner Ort, dass wir es schon vor Jahren herausgefunden hätten, wenn da irgendetwas gewesen wäre."

„Ich verstehe." Angela war enttäuscht, sie gab ihre Lieblingstheorie nur ungern auf. Nun ja, es lohnt sich nicht, weiter darauf herumzureiten.

„Ich wollte dir außerdem eine Frage zu dem Tag stellen, an dem Winifred gestorben ist", sagte sie. „Wenn ich mich recht entsinne, hast du gesagt, du seiest hier in diesem Zimmer gewesen, als sie gestürzt ist, aber Donald sagt, er habe dich gesucht und im Arbeitszimmer nachgesehen, konnte dich aber nicht finden. Bist du ganz sicher, dass du hier warst?"

John wurde puterrot.

„Ich … äh …“, stotterte er, fing sich aber rasch wieder. „Natürlich bin ich mir sicher! Allerdings - jetzt, wo du es sagst, fällt mir ein, dass ich vielleicht kurz nach draußen gegangen bin, um frische Luft zu schnappen. Hier wird es sehr stickig, weißt du? Donald sagt also, er sei hier hereingekommen, ja? Dann habe ich ihn wohl gerade verpasst. Hast du sonst noch Fragen?“ Er schien es eilig zu haben, das Thema zu wechseln.

„Ursula scheint der Ansicht zu sein, dass ihr drei, Louisa, Donald und du, ein Geheimnis vor ihr verbergt. Hast du eine Ahnung, was sie damit meinen könnte?“

„Pfft!“, machte John abweisend. „Wer weiß, was dieser Frau so alles durch den Kopf geht. Sie redet ständig wirres Zeug. Es würde mich nicht wundern, wenn sie trinkt.“

„Sie verdächtigt dich vermutlich, zu wissen, wer Edward und die anderen umgebracht hat.“

„Pah! Niemand hat sie umgebracht, das sage ich dir immer wieder. Warum beharren alle darauf, dass ihr Tod Rätsel aufgibt? Hör zu, Angela, ich habe Louisas verrückter Idee, dich hinzuzuziehen, nur deshalb zugestimmt, weil ich gehofft habe, du könntest ein für alle Mal beweisen, dass die ganze Sache ein Hirngespinst war. Aber jetzt scheinst du ebenfalls auf diesen Unsinn hereinzufallen.“

„Ich bin mir eben nicht sicher, ob es Unsinn ist“, wandte Angela ein. Seine hartnäckige Weigerung, zu akzeptieren, dass etwas Außergewöhnliches passiert sein könnte, kam ihr allmählich merkwürdig vor.

„Natürlich ist es das. Und selbst wenn es nicht so ist, wirst du nie etwas beweisen können. Warum also die Vergangenheit aufrühren und unnötig Staub aufwirbeln, wenn wir alle glücklich und zufrieden sind?“

„Weil Mord nicht richtig ist“, sagte Angela, „und wenn

es Mord war, müssen wir den Täter dingfest machen, bevor er erneut zuschlägt."

„Hm", war alles, was John darauf erwiderte.

„Hast du schon einmal daran gedacht, dass du selbst in Gefahr sein könntest?"

„Ich?", wiederholte John ungläubig.

„Ja, natürlich. Angenommen, jemand hat deine Schwestern und deinen Bruder absichtlich getötet, dann bist du als einziger Überlebender das nächste logische Angriffsziel." Sie fügte nicht hinzu, was sie insgeheim dachte: Es sei denn, du warst es.

Seinem verblüfften Gesichtsausdruck nach zu urteilen, war dieser Gedanke völlig neu für ihn.

„Aber warum sollte mich jemand umbringen wollen?", fragte er.

„Ich überlasse es dir, das herauszufinden", gab Angela trocken zurück. „Hast du in letzter Zeit jemanden vor den Kopf gestoßen?"

„Wahrscheinlich mehr Leute, als ich zählen kann", antwortete er lachend. „Es würde mich nicht wundern, wenn Louisa und die Hälfte der Dienstboten mir an den Kragen wollten, weil ich ständig irgendetwas herumliegen lasse und mich immer so schmutzig mache. Aber das ist wohl kaum ein Motiv für einen Mord."

„Du hast Geld und Grundbesitz", erklärte Angela. „Ein stärkeres Motiv lässt sich schwerlich finden."

„Ich glaube, dazu könnten dir Louisa und Donald einiges erzählen." Er lachte erneut.

„Aber es geht nicht nur um sie, nicht wahr? Andere würden ebenfalls von deinem Tod profitieren. Mr Faulkner, zum Beispiel."

„Willst du damit sagen, dass er Philippa und die anderen getötet hat?"

„Nein, er hat jeweils ein Alibi für die Zeit, in der sie

gestorben sind, aber vielleicht hat jemand in seinem Auftrag gehandelt. Ich behaupte nicht, dass es so war", setzte sie eilig hinzu. „Ich spiele nur verschiedene Möglichkeiten durch. Bitte, John, versprich mir, dass du darüber nachdenkst. Wenn dir jemand einfällt, der einen Grund haben könnte, dich zu töten - so weit hergeholt es auch klingen mag - dann sag es mir sofort."

Als er sah, wie ernst es ihr war, verkniff er sich die ungeduldige Bemerkung, mit der er ihre Mahnung hatte vom Tisch fegen wollen.

„Ich schwöre dir, dass ich niemanden kenne, der mich umbringen will", sagte er freundlich, „und ich verspreche, dass ich dir Bescheid sage, wenn mir etwas einfällt."

„Danke, John", sagte Angela. „Louisa würde es mir nie verzeihen, wenn dir etwas zustieße."

„In diesem Fall muss also die Dame den Herrn beschützen, ja?", sagte er mit einem Augenzwinkern. „So etwas habe ich noch nie gehört."

„Ich bezweifle, dass es dazu kommen wird", erwiderte Angela, „aber man weiß ja nie. Und jetzt habe ich nur noch eine Frage, dann lasse ich dich in Ruhe."

„Schieß los", sagte John.

„Erinnerst du dich an das Foto, das ich dir vor ein paar Tagen gezeigt habe? Das Foto, das bei dem Überfall in London verschwunden ist?"

„Ja", antwortete John vorsichtig.

„Als ich dich gefragt habe, ob du die Frau auf dem Bild erkennst, hast du gesagt, du hättest keine Ahnung."

„Und?"

„War es ein Foto von deiner Schwester Christina?"

Kapitel Einundzwanzig

Wenn Angela gehofft hatte, John überrumpeln zu können, war ihr Plan aufgegangen. Er zuckte zusammen und errötete, dann nickte er schließlich kurz.

„Wie hast du das herausgefunden?", fragte er.

„Es war ein Glückstreffer", gab Angela zu. „Als ich das Bild zum ersten Mal sah, hatte ich sofort das Gefühl, dass die Frau darauf jemandem ähnlich sah, den ich kannte, aber ich wusste nicht, wem. Als ich es mir ein weiteres Mal ansah, wurde mir klar, dass sie mich an dich erinnerte - vor allem die Augenpartie. Ursula hat sie nicht erkannt, also wusste ich, dass es weder Philippa noch Winifred sein konnten. Zuerst dachte ich, es sei ein Bild deiner Mutter, aber das Alter der Frau und der Stil der Kleidung legten den Schluss nahe, dass es Christina sein musste."

„Ja, sie war es. Und was ist mit ihr?"

„Hast du das Foto unten am See fallen lassen?"

John schüttelte den Kopf.

„Nein, das war ich nicht. Ich hatte das Bild noch nie in meinem Leben gesehen, bevor du es mir gezeigt hast."

„Wer hat es wohl am Seeufer verloren?"

„Ich habe nicht die leiseste Ahnung."

„Aber warum hast du gesagt, du würdest die Frau nicht erkennen?"

Er wich ihrem Blick aus und schwieg.

„Sie hätte bald Geburtstag gehabt", sagte er schließlich mit rauer Stimme. „Jedes Jahr habe ich ihr Vergissmeinnicht aus dem Wald mitgebracht. Die hat sie besonders geliebt, schon als Kind. Ich habe ihr große Bündel gepflückt und sie hat in die Hände geklatscht und vor Freude getanzt. Sie liebte die freie Natur - sie liebte es, an der frischen Luft herumzulaufen und den Wind auf ihrem Gesicht zu spüren. Sie hasste es, im Haus eingesperrt zu sein. Sie wollte so frei sein wie die wilden Blumen, hat sie immer gesagt."

„Sie ist vor vielen Jahren gestorben, nicht wahr?", fragte Angela sanft.

„Ja, und es war alles Vaters Schuld", platzte er heraus. „Er hat ständig an ihr herumgemäkelt und sarkastische Bemerkungen gemacht, bis sie es nicht mehr aushielt. Schließlich ist sie weggelaufen und ich habe sie nie wieder gesehen. Ich wollte nach ihr suchen, aber Vater hat uns angelogen: Er hat gesagt, sie sei gestorben. Einige Jahre später starb sie tatsächlich, und erst da erfuhr ich, dass sie all die Jahre noch am Leben gewesen war. Und sie war überzeugt, dass ihr Schicksal allen gleichgültig war, weil sich niemand die Mühe gemacht hat, nach ihr zu suchen. Das bedaure ich zutiefst."

„Es tut mir leid", sagte Angela. „Ich wollte keine alten Wunden aufreißen."

John winkte ab.

„Mach dir keine Sorgen. Ich hätte nicht gedacht, dass da tatsächlich eine alte Wunde ist, aber du hast mich kalt erwischt. Ich habe sie sehr gemocht, aber das ist alles lange her, und was geschehen ist, ist geschehen."

„Dann hast du keine Ahnung, wie ihr Foto unten an den See gekommen sein könnte?"

„Nein."

Angela wollte gerade eine weitere Frage stellen, als Louisa aufgeregt ins Zimmer platzte.

„Meine Lieben, ich habe gerade mit der Polizei telefoniert. Sie will wissen, ob wir Robin gesehen haben. Er scheint verschwunden zu sein, und man hat entdeckt, dass bei Peake eine Menge Geld fehlt. Dort sind alle in Aufruhr und es könnte ein riesiger Skandal werden, wenn er nicht bald gefunden wird."

„Großer Gott!", rief John. Er sah fast erfreut aus. „Kann das wirklich wahr sein? Wer hätte das gedacht! Siehst du, Louisa? Ich habe immer gesagt, dass der Junge nicht ganz koscher ist. Ursula wird das Lachen noch vergehen, wie? Vielleicht hört sie jetzt auf, mit diesen dummen Anschuldigungen um sich zu werfen."

„Soll Robin verhaftet werden?", fragte Angela.

„Es sieht so aus", bestätigte Louisa. „Ich frage mich, wo er sich versteckt. Um uns wird er vermutlich einen großen Bogen machen."

„Was genau ist passiert?"

„Der Tipp kam anscheinend von der Firma Peake selbst. Zwei von Robins Kollegen hatten ihn schon seit einiger Zeit verdächtigt, in illegale Geschäfte verwickelt zu sein, und haben ihren Vorgesetzten ihre Bedenken vorgetragen. Und die haben heimlich die Polizei um Hilfe gebeten. Robin, der anscheinend nicht ahnte, dass jemand Verdacht geschöpft hat, stand seit einigen Wochen unter diskreter Beobachtung. Dabei hat sich nichts Auffälliges ergeben, aber die Ereignisse haben plötzlich Fahrt aufgenommen, als die Polizei ihn zu Winifreds Geld befragt hat. Das hat ihn wohl in Panik versetzt, und am nächsten Tag stellte sich heraus, dass er mit Schmuck und Bargeld, das seiner Mutter gehörte, verschwunden ist und dass der Firma mehrere Tausend Pfund fehlen. Niemand weiß, wo er steckt."

Nach einem Moment der Aufregung ergänzte die sanftmütige Louisa: „Ich hoffe wirklich, dass das alles nur ein dummes Missverständnis ist. Ich weiß, dass der arme Robin nicht der netteste Junge ist, aber deshalb muss er noch lange kein Verbrecher sein. Ursula mag manchmal ein wenig schwierig sein, aber schließlich hat sie gerade ihren Mann verloren und Robin ist ihr einziger Sohn – der einzige Mensch, der ihr bleibt und der ihr etwas Trost spenden kann. Was soll aus ihr werden, wenn er ins Gefängnis kommt? John, vielleicht sollten wir sie zum Essen einladen. Sie muss sich im Moment furchtbar verlassen fühlen."

„Na, na, wir wollen nichts überstürzen, meine Liebe", sagte John sichtlich beunruhigt. „Natürlich sollte man Mitgefühl zeigen, wenn ein Familienmitglied in Schwierigkeiten steckt, aber vergiss nicht: Wir reden hier von Ursula. Wir können sie nicht zum Essen einladen. Ich kriege keinen Bissen runter, wenn sie mit Leichenbittermiene am Tisch sitzt und uns reihum missbilligend anschaut."

„John!", rief seine Frau vorwurfsvoll.

„Und außerdem", fuhr er fort, „kommt sie am siebenundzwanzigsten sowieso zu unserem kleinen Familienfest nach Underwood."

„Oh!", sagte Louisa. „Das hatte ich ganz vergessen. Vielleicht hast du recht. Sie wird den ganzen Abend hier sein. Ich könnte sie anrufen und mich erkundigen, wie es ihr geht."

„Mach, was du willst", sagte John, „aber ich warne dich: Sie kriegt deine Besorgnis mit Sicherheit in den falschen Hals. Sie wird irgendjemandem die Schuld in die Schuhe schieben wollen."

Die neuesten Ereignisse lieferten der Familie reichlich Gesprächsstoff, und da Robins Verschwinden offensichtlich das beherrschende Thema war, verabschiedete sich Angela und fuhr zurück nach London.

Zu Hause angekommen ließ sie sich mit Inspector Jameson verbinden.

„Hallo, Mrs Marchmont", begrüßte er sie. „Ich nehme an, Sie haben das Neueste über Robin Haynes gehört."

„Ja, das habe ich, und ich befürchte, es sieht ziemlich schlecht für ihn aus."

„Das stimmt", gab ihr der Inspector recht. „Der Dummkopf steckt bis zum Hals in der Patsche."

„Weiß man, was er mit dem Geld seiner Firma gemacht hat?"

„Nun, ich bin kein Finanzexperte, aber es sieht so aus, als hätte er sich durch den sogenannten Leerverkauf von Aktien in fürchterliche Schwierigkeiten gebracht. Vermutlich haben Sie noch nie etwas davon gehört, aber ich werde versuchen, Ihnen in einfachen Worten zu erklären, was es damit auf sich hat."

Angela wusste bestens über Leerverkäufe Bescheid, hörte aber geduldig zu.

„Nehmen wir an, Sie erfahren aus zuverlässiger Quelle, dass der Aktienkurs einer bestimmten Firma - nennen wir sie Smith & Co - zu fallen droht. Vielleicht haben Sie das Gerücht gehört, dass das Unternehmen im letzten Jahr weniger Gewinn gemacht hat als vorhergesehen oder dass sich eine neue Erfindung nicht so gut verkauft, wie man gehofft hatte. Wenn Sie mutig genug sind, können Sie sich Aktien des Unternehmens von einem Aktionär der Firma leihen und sie zum heutigen Preis verkaufen. Wenn sich dann in den einschlägigen Kreisen herumspricht, dass das Unternehmen nicht so gut dasteht wie erwartet und der Preis fällt, kaufen Sie die Aktien zum niedrigeren Betrag zurück, geben sie ihrem Besitzer zurück und stecken den Gewinn in die eigene Tasche. Nehmen wir an, Sie leihen sich tausend Aktien und verkaufen sie zu einem Preis von zwanzig Schilling, also ein Pfund pro Stück für insgesamt tausend Pfund. Nach einigen Tagen fällt der Marktpreis auf fünfzehn Schilling. Dann kaufen Sie die Aktien zu dem niedrigeren Preis zurück und geben sie dem rechtmäßigen Eigentümer wieder, wobei Sie einen stattlichen Gewinn in Höhe von zweihundertfünfzig Pfund erzielen. Ist das so weit verständlich?"

„Aber ja", sagte Angela.

„Nun, genau das hat Robin Haynes getan - er hat sich Aktien von Peakes Kunden geliehen, ist short gegangen und hat den Gewinn für sich behalten. Irgendwie hat er leider vergessen, um Erlaubnis zu fragen, bevor er die Aktien ausgeliehen hat. Eine Zeit lang lief es recht gut für ihn, aber dann lag er ein paarmal daneben und das Unglück nahm seinen Lauf. Wahrscheinlich erinnern Sie sich nicht daran, aber Anfang letzten Jahres waren die Märkte in Aufruhr, weil die Anglo-Pretoria, eine Bergbaugesellschaft, auf ein riesiges Goldvorkommen gestoßen ist, nachdem sie einige Jahre lang sehr schlechte Ergebnisse erzielt hatte."

„Ich meine mich zu erinnern, etwas darüber gelesen zu haben", sagte Angela, der die Glückssträhne der Anglo-Pretoria einen stattlichen Gewinn eingebracht hatte.

„Zu Robins Pech war er kurz vor dieser Entdeckung eine Short-Position auf Anglo-Aktien eingegangen. Der Aktienkurs stieg, statt wie erwartet zu fallen, und das bedeutete, dass er eine große Summe aufbringen musste, um die Aktien wieder an den Kunden zurückzugeben - Geld, das er nicht hatte und nicht leihen konnte. Mit anderen Aktien passierte das Gleiche und jedes Mal versuchte er, das Geld durch immer riskantere Spekulationen wieder hereinzuholen. Das Ergebnis können Sie sich vorstellen."

„Das muss etwa zu der Zeit gewesen sein, als er Winifred überredet hat, ihn ihr Geld anlegen zu lassen", sagte Angela.

„Ja. Der Investmentfonds mit seinen fantastischen Renditen existierte natürlich nicht. Das war eine Lüge. Robin hat sich lediglich eingeredet, dass er ihr das Geld zurückzahlen könnte, indem er seine Verluste an der Börse ausglich und wieder Gewinne machte."

„Steckt Peake nun in ernsthaften Schwierigkeiten?"

„Ich glaube nicht, dass sie Bankrott anmelden müssen, falls Sie das meinen. Robin hat viele Tausend Pfund verloren, aber die Firma ist seit mehr als hundert Jahren im Geschäft. Die Leute dort kennen sich also bestens aus, sie wissen, woran sie sind, und werden dem Sturm höchstwahrscheinlich die Stirn bieten können. Allerdings wird ihr guter Ruf zweifelsohne Schaden nehmen, wenn die Nachricht die Runde macht.

„Die arme Winifred - von ihrem eigenen Neffen betrogen zu werden! Kein Wunder, dass er ihr aus dem Weg gegangen ist. Er muss verzweifelt versucht haben, das Geld so schnell wie möglich zurückzubekommen. Vermutlich bedeutete ihr Tod eine große Erleichterung für ihn."

„Ah", sagte der Inspector, „aber es steckt mehr hinter der Geschichte, als Sie ahnen. Als wir hörten, dass er sich aus dem Staub gemacht hat, haben wir uns natürlich in seinem Haus umgesehen."

„Ursula war bestimmt nicht begeistert."

„Das kann man wohl sagen", antwortete Jameson mit Inbrunst. „Ihnen kann ich es ja anvertrauen, aber wenn ich die Wahl hätte, würde ich mich lieber mit einer bewaffneten Bande anlegen, als Mrs Ursula Haynes mit einem Durchsuchungsbeschluss zu konfrontieren."

Angela lachte.

„Jedenfalls musste sie uns schließlich reinlassen", fuhr er fort, „und wir haben seine Sachen durchsucht. Nicht, dass er viel Brauchbares zurückgelassen hätte - es sah sogar so aus, als hätte er vor seiner Flucht ein hübsches kleines Lagerfeuer gemacht."

„Ach du meine Güte", sagte Angela. „Vermutlich wollte er auf diese Weise alles loswerden, was auf seine illegalen Geschäfte hindeuten könnte."

„So sieht es aus, obwohl er sich die Mühe hätte sparen können. Von Peake haben wir genügend Beweismaterial, so leicht wird er also nicht davonkommen. Allerdings muss er es eilig gehabt haben, denn wir haben ein recht interessantes Dokument gefunden, das im Kamin irgendwie unter den Rost gerutscht ist und das Feuer weitgehend unbeschadet überstanden hat."

„Ach?"

„Ja, es handelt sich um einen Brief von Robin an seine Tante Winifred, in dem er sie um mehr Zeit für die Rückzahlung des Geldes bittet und sie anfleht, ihn nicht bei der Polizei anzuzeigen oder es seiner Mutter zu erzählen, was er offenbar noch schlimmer gefunden hätte. Ich nehme an, dass Winifred gedroht hat, seine skrupellosen Machenschaften den zuständigen Behörden zu melden."

„Dieser Brief könnte für seine Cousine Susan sehr nützlich sein, um ihr Erbe zurückzubekommen. Möglicherweise ist es der einzige schriftliche Beweis, da Winifred wohl keine Vereinbarung unterschrieben hat."

„Ja, das ist richtig", stimmte der Inspector zu, „aber für uns bei Scotland Yard ist etwas anderes noch wichtiger, da er unmittelbar nach dem Sturz von Mrs Dennison in Underwood House zur Stelle war."

„Sie meinen, das beweist, dass er der Mörder war?"

„Es deutet auf jeden Fall alles in diese Richtung. Überlegen Sie mal - warum sollte Robin Haynes einen Brief in seinem Besitz haben, den er selbst geschrieben hat? Normalerweise müsste er ihn doch sofort abgeschickt haben, nachdem er ihn verfasst hat - oder warum hat er ihn nicht gleich vernichtet, wenn er ihn sowieso nicht abschicken wollte?"

„Was vermuten Sie?"

„Ich halte es für sehr wahrscheinlich, dass er sich angesichts der drohenden Entdeckung seiner Missetaten gezwungen sah, extreme Maßnahmen zu ergreifen. Und wie kann man seine Tante besser davon abhalten, einen bei der Polizei oder bei Peake anzuzeigen, als sie im wahrsten Sinn des Wortes mundtot zu machen?"

„Und so stieß er sie über die Brüstung. Das ist sicherlich eine Möglichkeit. Aber was ist mit dem Brief?"

„Könnte es nicht sein, dass er, als man ihn über sie gebeugt sah, gerade ihre Taschen nach dem Brief durchsucht hat? Wenn man ihn bei ihr gefunden hätte, wäre seine ganze Mühe umsonst gewesen, aber wenn er ihn rechtzeitig an sich nehmen könnte, hätte er eine reelle Chance, ungeschoren davonzukommen."

Angela überlegte einen Moment.

„Oder vielleicht hatte er nichts mit ihrem Tod zu tun und hat den Brief auf andere Weise zurückbekommen", schlug sie vor.

„Wer weiß? Wie dem auch sei, ich würde Mr Robin sehr gerne ein paar Fragen stellen. Man hat mir schon die Leviten gelesen, weil er uns entwischt ist, obwohl wir ihn eigentlich nicht aus den Augen lassen sollten. Der Chef ist ein Freund von Mr Peake und der sitzt ihm seinerseits im Nacken, also kann ich es ihm kaum verübeln. Aber ich stehe bei Scotland Yard momentan nicht gerade hoch im Kurs, daher möchte ich ihn so schnell wie möglich finden.

Wenn das erst einmal in den Zeitungen steht, gibt es einen Riesenskandal."

„Könnte er ins Ausland geflohen sein?"

„Möglicherweise. Wir überwachen die Häfen, aber er hat einen Vorsprung und war möglicherweise schon über alle Berge, als wir gemerkt haben, dass er sich davongemacht hat."

Der Inspector verabschiedete sich bald darauf, um bei der Jagd nach seiner Beute keine Minute zu verlieren. Angela saß eine Weile da und dachte über das nach, was er ihr berichtet hatte. Er hatte überzeugend dargelegt, warum Robin ein Interesse am Tod seiner Tante Winifred hatte, das konnte sie nicht leugnen, aber was war mit Philippa und Edward? Bis jetzt deutete nichts darauf hin, dass Robin etwas mit dem Tod der beiden zu tun hatte. Es gab auch keinen Hinweis darauf, dass er Geld von ihnen genommen hatte, also warum in aller Welt sollte er sie umbringen? War es möglich, dass es sich nicht bei allen Todesfällen um Mord handelte? Vor allem bei Philippa war ein natürlicher Tod durchaus wahrscheinlich - erst beim Tod ihrer Schwester und ihres Bruders war die Frage aufgekommen, ob jemand nachgeholfen hatte. Davor hatte niemand auch nur den geringsten Verdacht gehegt.

Nun gut, wenn man Philippas Tod außer Acht ließ, was blieb dann noch übrig? Edward. Angela schüttelte den Kopf. Sie war fest davon überzeugt, dass Edward Haynes keinem Unfall zum Opfer gefallen, sondern ermordet worden war. Aber was war das Motiv? Es schien keins zu geben - oder wenn es eins gab, dann war es, soweit Angela sehen konnte, nicht dasselbe wie das, das Winifreds Ende herbeigeführt hatte. Nein, auf den ersten Blick schien es keine Verbindung zwischen Edwards und Winifreds Tod zu geben, außer der Tatsache, dass beide bei den von Philip testamentarisch verfügten Zusammenkünften gestorben waren. Vielleicht war es nur ein Zufall. Waren sie möglicherweise von zwei verschiedenen Personen getötet worden? Aber nein - auch das taugte nicht als Theorie, denn die Tatsache, dass Philippa ebenfalls bei einer der Versammlungen gestorben war, ließ sich nicht leugnen. Das waren allzu viele Zufälle auf einmal.

Und dann war da noch dieses Gefühl, das sie nicht in Worte fassen konnte, das Gefühl, als sei hinter den Kulissen eine einzige, unsichtbare Hand am Werk, die die Ereignisse lenkte und die Menschen zum Handeln zwang. Sie konnte es nicht beweisen, aber ihr Instinkt sagte ihr, dass es stimmte: dass jemand die Haynes, Mr Faulkner, die Polizei - alle, die mit dem Fall zu tun hatten - irgendwie dazu brachte, so zu agieren, wie diese mysteriöse Person es wollte.

„Es ist fast so, als seien wir Marionetten, die von einem unsichtbaren Puppenspieler auf der Bühne willkürlich hierhin und dorthin bewegt werden", murmelte sie vor sich hin. „Aber wer ist dieser Puppenspieler?"

Sie hatte etwas übersehen, das spürte sie. Einen Anhaltspunkt oder eine wichtige Spur. Etwas, das den Schlüssel zu dem Geheimnis liefern würde. Ihre Gedanken schweiften zurück zu dem Gespräch mit John am Vormittag. Hatte es vielleicht etwas mit Vergissmeinnicht zu tun? Angela lächelte schief. Außerdem meinte sie sich zu erinnern, dass sie neulich kurz davor gewesen war, Stella eine Frage zu stellen. Doch welche?

„Ich werde wohl alt", sagte sie kopfschüttelnd. „Mein Gedächtnis ist offensichtlich nicht mehr das, was es einmal war. Ich muss darüber schlafen."

Dann beschloss sie, Geras, dem verhassten Gott des Alters, ein Schnippchen zu schlagen, ging tanzen und kehrte erst nach drei Uhr in der Frühe nach Hause zurück.

Kapitel Zweiundzwanzig

MRS MARCHMONT WAR GERADE vom Mittagessen mit einer Freundin zurück und legte ihren Hut und Mantel ab, als es an der Tür läutete. Marthe ging, um zu öffnen.

„Bitte, *Madame*", sagte sie, „unten ist eine Frau, die mit Ihnen sprechen möchte".

Ihr pikierter Tonfall war Angela nicht entgangen.

„Eine Frau?"

Marthe schnalzte mit der Zunge.

„Nun gut, eine Dame. Obwohl sie nicht sehr höflich war. Ihr Name ist Ursula Haynes."

Angela war überrascht. Was in aller Welt führte Ursula zu ihr? Plötzlich überkam sie leichte Nervosität.

„Führen Sie sie herein, Marthe", sagte sie. Sie richtete sich auf, strich sich das Haar glatt und ermahnte sich, sich nicht einschüchtern zu lassen.

Ursula trat ein und schaute sich ohne die Spur eines Lächelns um. Sie war elegant, aber streng in Dunkelblau gekleidet, ohne Schmuck, ohne Zierrat.

„Mrs Marchmont", sagte sie. „Ich bin gekommen, um mit Ihnen über meinen Sohn Robin zu sprechen."

„Bitte, setzen Sie sich", bot Angela an. „Marthe, bitte bringen Sie uns Kaffee."

„Ich würde Tee bevorzugen", sagte Ursula.

„Dann eben Tee."

Marthe fügte sich wortlos und ging hinaus. Ursula setzte sich auf eine Sesselkante, sagte aber nichts. Sammelte sie ihre Gedanken? Angela wartete, fest entschlossen, das Schweigen nicht als Erste zu brechen.

„Wie Sie sicher wissen, will die Polizei meinen Sohn verhaften", begann Mrs Haynes schließlich.

Angela senkte den Kopf.

„Ja, Louisa hat es mir erzählt", sagte sie.

Ursula hob mit einem Ruck den Kopf.

„Das ist seltsam. Ich hatte angenommen, Sie hätten es Louisa gesagt", bemerkte sie.

„Ich?"

„Sie leugnen also, dass Sie es waren, die Robin bei der Polizei wegen betrügerischen Aktienhandels angezeigt hat?"

„Ich hatte nichts damit zu tun", versicherte Angela wahrheitsgemäß.

„Ein haltloser Vorwurf, wie ich sogleich anmerken möchte. Ich weiß, dass er in der Firma Feinde hat, die nur nach einer Gelegenheit gesucht haben, ihn zu diskreditieren, aber ich hätte nie gedacht, dass sie zu derart niederträchtigen Mitteln greifen würden."

In ihrer Stimme schwang unterdrückte Wut mit, und ihre Augen funkelten.

„Ich habe gehört, dass er verschwunden ist, bevor die Polizei ihn verhaften konnte", sagte Angela.

„Ja. Mein Sohn ist ein sehr empfindsamer Mensch und die Aussicht, verhaftet zu werden, hat ihn natürlich trotz seiner Unschuld derart mit Schrecken erfüllt, dass er untergetaucht ist."

„Es wäre sicher besser für ihn, wenn er sich jetzt stellen würde, anstatt die ganze Angelegenheit in die Länge zu ziehen", riet Angela. „Früher oder später wird man ihn erwischen, und wenn er wirklich unschuldig ist, sollte er sich verteidigen. Sie können nicht leugnen, dass seine Flucht sehr verdächtig aussieht. Wenn er sich offen zu der Sache äußern würde, könnte er sich gegen die Anschuldigungen wehren. Der Polizei geht es nur darum, den Richtigen zu schnappen, und wenn sie einen Fehler gemacht hat, wird es sich beweisen lassen."

Ursula warf ihr einen vernichtenden Blick zu.

„Wie leichtgläubig Sie sind, Mrs Marchmont. Bei Peake ist Robin von Leuten umgeben, die gegen ihn intrigieren und sich gegen ihn verschwören. Sie werden genügend Beweise gegen ihn gesammelt haben, bevor sie die Polizei hinzugezogen haben."

Das war so weit von der Wahrheit entfernt, dass Angela staunte, wie blind Mutterliebe machen konnte.

„Sind Sie sich da ganz sicher?", fragte sie. „Warum hätte er Winifreds Geld nehmen sollen, wenn alles nur künstlich aufgebauscht ist?"

„Dummes Weibsbild!", fauchte Ursula. Angela fuhr erschrocken zusammen und fragte sich einen Moment, wer damit gemeint war. „Sie hat ihm das Geld aus freien Stücken gegeben und ihn gedrängt, es für sie zu investieren. Ich weiß alles darüber - er hat mir erzählt, was passiert ist, nachdem die Polizei ihn zum ersten Mal befragt hat. Sie war unzufrieden mit dem, was ihr Erbe einbrachte, und suchte nach einer Möglichkeit, ihr Einkommen zu steigern. Er wollte ihr Geld nicht annehmen, weil er das Gefühl hatte, dass sie die damit verbundenen Risiken nicht wirklich verstand, obwohl er ihr alles genauestens erklärt hatte. Aber sie bestand darauf und schließlich lenkte er ein, da sie zur Familie gehörte. Kurz darauf kam es zu

Turbulenzen an den Märkten und das gesamte Geld war verloren.“

„Die Polizei scheint zu glauben, dass er mit dem Geld die Verluste ausgleichen wollte, die er bereits durch seine eigenen Spekulationen angehäuft hatte“, wagte Angela einzuwerfen.

„Dann hat die Polizei keine Ahnung. Das ist alles Unsinn, glauben Sie mir.“

Marthe kam mit dem Tee und das Gespräch wurde kurz unterbrochen, während sie servierte. Ursula trank einen kleinen Schluck, schürzte die Lippen und stellte die Tasse ab.

„Und zu allem Überfluss scheint die Polizei Robin nun auch noch des Mordes an Winifred zu verdächtigen“, sagte sie.

„Hat sie Ihnen das gesagt?“

„Nein, nicht ausdrücklich, aber es ergab sich aus der Richtung, in die ihre Fragen zielten.“

„Was hat Robin dazu gesagt?“

„Er hat es natürlich abgestritten. Er hat mit Winifreds Tod nichts zu tun.“

„Soweit ich weiß, hat die Polizei bei seinen Sachen einen Brief an seine Tante gefunden, in dem er sie bittet, ihn nicht anzuzeigen. Vielleicht ist das der Grund, weshalb er mit ihrem Tod in Verbindung gebracht wird.“

„Der Brief war zweifellos eine Fälschung“, sagte Ursula entschieden.

Gegen eine derart hartnäckige Selbsttäuschung half kein Widerspruch und so antwortete Angela nicht. Ursula saß noch einen Augenblick steif auf der Sesselkante, dann erhob sie sich und begann, unruhig auf und ab zu gehen.

„Sie fragen sich sicher, was der Zweck meines Besuchs ist“, sagte sie. „Natürlich bin ich nicht nur zum Vergnügen hier, um nett über meinen Sohn zu plaudern.“ Sie sah

Angela eindringlich an. „Die Ereignisse der letzten Tage haben mich völlig unerwartet getroffen. Es kommt nicht oft vor, dass ich in eine missliche Lage gerate, aber in diesem Fall weiß ich nicht, an wen ich mich wenden soll. Ich möchte meinen Sohn finden und seine Unschuld beweisen, aber die Polizei ist fest entschlossen, das genaue Gegenteil zu tun: ihn finden und seine Schuld beweisen. Von der Seite kann ich also keine Hilfe erwarten. Ich habe keine eigene Familie und die Haynes werden nichts unternehmen, das weiß ich. Deshalb bin ich auf Sie gekommen."

„Auf mich?"

„Ja. Ich möchte einen Detektiv engagieren, und Sie sind die einzige Detektivin, die ich kenne."

Angela schüttelte den Kopf.

„Ich fürchte, Sie irren sich", widersprach sie. „Ich bin keine Privatdetektivin. Ich hatte das Pech, vor ein paar Monaten in einen Mordfall verwickelt zu werden, der hohe Wellen geschlagen hat, und die Zeitungen kamen aus irgendeinem Grund zu dem Schluss, ich hätte das Rätsel gelöst. Louisa war ebenfalls dieser Ansicht, und ich habe mich nur bereiterklärt, ihr zu helfen, weil sie eine alte Freundin ist."

„Was soll ich nur tun?", rief Ursula plötzlich verzweifelt. Zu Angelas Entsetzen sank sie auf ihren Sessel, verbarg das Gesicht in den Händen und weinte. Angela sah sich hilflos um und überlegte angestrengt, was sie tun sollte. Sie suchte in ihren Taschen vergeblich nach einem sauberen Taschentuch, doch zum Glück kam Marthe zu Hilfe und drückte der Besucherin das dringend benötigte Accessoire in die Hand. Inzwischen hatte Angela sich gefangen und setzte sich auf den Sessel neben Ursula, die unerwartet ihre menschliche Seite gezeigt hatte.

„Ich bitte um Verzeihung." Ursula hatte ihre Fassung

wiedererlangt und ließ das Taschentuch sinken, hinter dem vom Weinen geröteten Augen zum Vorschein kamen.

„Sie brauchen sich nicht zu entschuldigen", sagte Angela. „Ich verstehe Sie sehr gut. Und es tut mir leid, dass ich Ihnen nicht helfen kann."

Sie legte ihrem Gast in einer Geste des Mitgefühls die Hand auf den Arm. Ursula erstarrte und wich zurück.

„Nun", sagte sie und wandte das Gesicht ab. „Ich hatte nicht viel Hoffnung auf Erfolg. Aber ich habe niemanden und kann Robin nicht alleine helfen."

„Nehmen Sie es mir bitte nicht übel", wandte Angela zögernd ein, „aber Sie können Ihrem Sohn am ehesten helfen, indem Sie den besten Verteidiger engagieren, den Sie sich leisten können."

Ursula sah sie mutlos an.

„Sie glauben also auch, dass er schuldig ist."

Angela schwieg und Ursula seufzte, als würde sie sich endlich mit dem Unvermeidlichen abfinden. „Ich bin ganz allein", wiederholte sie.

„Dann sprechen Sie mit Louisa", riet Angela ihr entschlossen. „Sie ist eine freundliche Seele und wird Ihnen helfen, so gut sie kann, wenn Sie sie nur lassen."

„Aber John hasst mich."

„Ich glaube nicht, dass John irgendjemanden hasst", sagte Angela lächelnd. „Er ist zwar ungeduldig und reizbar, aber im Grunde seines Herzens ist auch er ein guter Mensch."

„Das sagen Sie, aber ich bin nicht so leicht zu täuschen."

„Wie meinen Sie das?"

„Verstehen Sie denn nicht? Er profitiert vom Tod seiner Schwestern und dem meines Mannes. Und jetzt hat er der Polizei irgendwie eingeredet, dass Robin Winifred getötet hat. Ich wage zu behaupten, dass es nur eine Frage der Zeit ist, bis sie zu dem Schluss kommt, dass er auch Edward und Philippa auf dem Gewissen hat. Aber mein Sohn ist kein Mörder!"

„Wenn Sie mich fragen, Mrs Haynes, ich stimme Ihnen zu", sagte Angela. „Wenn wir jedoch nicht herausfinden, wer die drei getötet hat, wird der Verdacht nie ganz ausgeräumt."

„Sie haben recht."

„Vielleicht können Sie mir helfen", fuhr Angela fort. „Ich denke, Sie wissen oder glauben zu wissen, was passiert ist. Sie haben versucht, Informationen von Mr Faulkner zu bekommen, aber er konnte oder wollte Ihnen nichts sagen. Würden Sie mir anvertrauen, was Sie vermuten?"

Ursula blickte überrascht auf.

„Was wissen Sie über Mr Faulkner?" Ursula betrachtete sie eingehend, die Augen zu Schlitzen verengt, als überlegte sie fieberhaft, was sie sagen sollte.

„Sie sind mit John und Louisa befreundet", sagte sie schließlich. „Sie ermitteln in ihrem Auftrag und das wird Ihre Schlussfolgerungen natürlich beeinflussen. Vielleicht lassen Sie sich sogar dazu überreden, die Fakten ein wenig zurechtzubiegen, um ihnen zu helfen, auf Kosten meines Sohnes."

„Ich versichere Ihnen, dass ich nichts dergleichen tun werde", bemerkte Angela würdevoll. „Ich habe Louisa wiederholt gesagt, dass ich nicht vor der Wahrheit zurückschrecke, wie unangenehm sie auch sein mag, und sie ist ganz meiner Meinung."

Ursula starrte sie weiterhin wortlos an, ohne zu erkennen zu geben, was sie dachte. Schließlich wandte sie den Blick ab und sagte: „Sie irren sich, Mrs Marchmont. Ich habe Ihnen nichts zu sagen." Sie stand auf. „Es tut mir leid, dass ich so viel von Ihrer Zeit in Anspruch genommen habe. Ich werde Ihrem Rat folgen und einen Rechtsbeistand engagieren."

Angela sah ein, dass es keinen Sinn hatte, sie zu drängen.

„Auf Wiedersehen. Denken Sie darüber nach, was ich gesagt habe. Ich verspreche Ihnen, dass es mir allein darum geht, die Wahrheit herauszufinden."

Nach einem weiteren prüfenden Blick ging Ursula ohne ein Wort davon.

Kapitel Dreiundzwanzig

ALLEN BEMÜHUNGEN von Scotland Yard zum Trotz blieb Robin Haynes verschwunden. Kein junger Mann, der seiner Beschreibung entsprach, war bei dem Versuch aufgegriffen worden, das Land zu verlassen, mit dem Zug in den Norden zu fliehen oder sich in einer Scheune zu verstecken. Seine Mutter behauptete immer noch, keine Ahnung zu haben, wo er sich aufhielt - und niemand wagte, sie näher zu befragen. Selbst diese mageren Angaben hatte man ihr erst entlocken können, als sich Inspector Jameson bereiterklärte, persönlich mit Ursula zu sprechen. Meistens begnügte sich die Polizei damit, sie aus sicherer Entfernung zu beobachten, denn selbst hartgesottene englische Polizisten hatten bekanntlich gewaltigen Respekt vor einer bestimmten Art von älteren Damen.

Angela fuhr unterdessen mit dem Zug nach Underwood, diesmal in der Hoffnung, mit Stella unter vier Augen sprechen zu können. Als sie sich dem Haus näherte, begegnete sie Mr Briggs, der mit Mühe eine schwere Schubkarre über den Rasen schob. Er strahlte, als er sie erkannte.

„Guten Morgen, Ma'am", begrüßte er sie munter. „Schöner Tag heute, für diese Jahreszeit."

Angela widerstand der Versuchung, ihm ihre Hilfe anzubieten, und erwiderte seinen Gruß.

„Wie ich sehe, haben Sie die Efeuranken radikal zurückgeschnitten", bemerkte sie mit einem Blick auf Donalds Schlafzimmerfenster.

„Ja, war ein verdammtes Stück Arbeit - verzeihen Sie, Ma'am", sagte er. „Thomas ist ein paarmal fast von der Leiter gefallen. War schon immer ein tollkühner Kerl, wissen Sie. Wenn er so weitermacht, bricht er sich eines Tages alle Knochen, glauben Sie mir."

„Nun, bestimmt ist Mr Donald froh, wieder aus dem Fenster sehen zu können", sagte sie. Sie wollte gerade weitergehen, als ihr ein Gedanke in den Sinn kam. „War das nicht früher das Zimmer von Miss Christina?", fragte sie. „Ich glaube, Sie haben das letztens erwähnt, stimmt's?"

„Das stimmt, Ma'am", antwortete der alte Gärtner.

„Mr Haynes hat mir neulich ihre Geschichte erzählt", sagte Angela. „Es war natürlich alles furchtbar traurig."

„Das war es, Ma'am. Mrs Haynes, Gott hab' sie selig, hat das alles schrecklich mitgenommen. Hat sich eigentlich nie davon erholt, obwohl sie erst ein paar Jahre später gestorben ist."

„Ich habe gehört, dass Christina und ihr Vater sich nicht besonders gut verstanden haben."

„Kann man wohl sagen! Mr Haynes fand immer, dass junge Damen mit sittsam gefalteten Händen im Salon sitzen und hübsch aussehen sollten. Aber Miss Christina war schon immer ein wildes Mädchen, rannte gern im Wald herum und kletterte auf Bäume wie ein Junge. Ich habe gehört, dass sie auch im See geschwommen ist - und geritten ist sie wie eine Königin."

„Ach ja? Dann muss sie oft mit ihrem Vater aneinandergeraten sein.“

„Ja, Ma'am. Meine Güte, wie sie sich gestritten haben! Und dann hat er sie zur Strafe in ihrem Zimmer eingesperrt, aber so ein Mädchen war nicht zu halten.“ Er grinste bewundernd. „Ihr Vater wusste es natürlich nicht, aber sie ist immer aus dem Fenster geklettert und an dem Efeu runtergerutscht. Sie war genau wie der Efeu - nicht unterzukriegen.“

„Sie muss eine sehr unternehmungslustige junge Dame gewesen sein.“

„Ja, Ma'am, das war sie.“

„Und dann kam dieser letzte Streit, der dazu geführt hat, dass sie weggelaufen ist“, sagte Angela beiläufig, als wüsste sie bestens Bescheid. „Dabei ging es um einen jungen Mann, nicht wahr?“

Mr Briggs sah sie überrascht an.

„Oh, das hat Mr John Ihnen also erzählt, ja? Ich dachte, die Haynes wollten den Skandal lieber vertuschen. Allerdings ist seither so viel Zeit vergangen, und ich nehme an, er dachte, es ist nicht weiter schlimm, sie ist ja schon lange tot und ihr kann niemand mehr etwas antun.“

Angela freute sich insgeheim über ihren Glückstreffer.

„Wer war er?“, fragte sie.

„Ein Junge aus dem Ort, von dem Hof dort drüben. Keiner von ihnen, wenn Sie verstehen, was ich meine. Typisch, hat sich jemanden ausgesucht, den sie im Leben nicht heiraten konnte. Aber sie ließ sich nicht umstimmen, wollte sich nicht von ihm trennen, als ihre Familie davon erfuhr. Aber es war ein Fehler, und am Ende war er ihrer nicht würdig.“

„Inwiefern?“

„Nun, er hat der ganzen Sache ein Ende gesetzt und ihr dabei fast das Herz gebrochen. Ich habe gehört, dass

Mr Haynes ihm Geld geboten hat, aber ich weiß nicht, ob das stimmt. Jedenfalls starb er kurz darauf bei einem Unfall auf dem Hof, und da war schon alles herausgekommen, und es war zu spät. Er konnte sie nicht heiraten, selbst wenn sie ihn dazu hätten überreden können."

„Sie meinen doch nicht, dass sie in anderen Umständen war?"

Briggs schürzte die Lippen und senkte vertraulich die Stimme.

„So hieß es unter den Dienstboten, Ma'am", sagte er. „Ich kann nicht sagen, ob es wahr ist oder nicht. Und natürlich haben wir es nie herausgefunden, denn zwei Tage nach dem Tod des jungen Mannes ist sie zum letzten Mal den Efeu hinuntergeklettert und wurde nie wieder in dieser Gegend gesehen. Ein paar Jahre später haben wir gehört, dass sie gestorben war."

„Und was ist mit ihrem Kind?"

„Das weiß niemand. Einige haben gesagt, es ist bei der Geburt gestorben, andere haben gesagt, es ist von einer wohlhabenden Familie aufgenommen worden, und wieder andere behaupten, da sei gar kein Kind gewesen. Suchen Sie sich die Geschichte aus, die Ihnen am besten gefällt, Ma'am - ich weiß nicht, welche die richtige ist."

„Mr John Haynes war von der ganzen Angelegenheit furchtbar erschüttert, nehme ich an."

„Ja", bestätigte Briggs und nickte weise. „Sie konnten sich gut leiden, die beiden. Mit seinen jüngeren Schwestern und dem Bruder konnte er nicht viel anfangen, unser Mr John - sie standen zu sehr unter dem Einfluss ihres Vaters, also kann man nicht gerade sagen, dass viel Sympathie zwischen ihnen geherrscht hätte. Aber er hat sich immer um Miss Christina gekümmert, seine Lieblingsschwester, und bestimmt hätte er sie und das Kind aufgenommen, wenn er sie hätte finden können."

„Na, halten Sie ein Schwätzchen, Mrs Marchmont?", sagte Guy Fisher, der plötzlich neben Angela auftauchte und sie zusammenzucken ließ. „Briggs, ich sollte Sie warnen: Diese Dame ist gefährlich. Wenn Sie sich einmal auf ein Gespräch mit ihr einlassen, geben Sie, ehe Sie sich versehen, alle Ihre dunkelsten und bestgehüteten Geheimnisse preis. Innerhalb von fünf Minuten habe ich ihr unaufgefordert gestanden, dass ich als Kind auf frischer Tat beim Apfelklauen in Nachbars Garten erwischt worden bin und von meiner Mutter eine ordentliche Tracht Prügel gekriegt habe. Jetzt weiß sie, dass ich ein gemeiner Dieb bin, und wird mir nie wieder ein Wort glauben."

„Immer zu einem kleinen Scherz aufgelegt, Mr Fisher, Sir", grinste Briggs. Er verstand jedoch den Wink mit dem Zaunpfahl, lüpfte seinen Hut und setzte seinen Weg fort, wobei er die Schubkarre unsicher schwankend vor sich herschob.

„Aus dem Rauchgeruch in der Luft schließe ich, dass sie heute ein Lagerfeuer machen", bemerkte Angela.

„Entweder das, oder die Köchin hat wieder den Pudding anbrennen lassen!" Guys Ton war scherzhaft wie immer, doch er wirkte zerstreut, als ginge ihm etwas anderes durch den Kopf.

„Gibt es etwas Neues von Robin?", fragte Angela.

Er riss sich mit Mühe zusammen und schüttelte den Kopf.

„Nein, überhaupt nicht. Er scheint ein gutes Versteck gefunden zu haben, das muss man ihm lassen. Wenn Sie mich fragen, hat er das Land verlassen, bevor das ganze Theater losging. Wahrscheinlich schlendert er gerade in einem grauenvollen Anzug die *Promenade des Anglais* entlang oder sonnt sich auf einem Hügel mit Blick auf Rom, zählt genüsslich seine Beute und klopft sich selbst auf die Schulter, weil er so schlau war und davongekommen ist.“

„Das klingt, als würden Sie ihn beneiden.“

„Das tue ich in der Tat. Natürlich nicht um seine unrechtmäßig erworbenen Reichtümer, aber um den ganzen Rest. Ich wollte schon immer in ferne Länder reisen, aber ich hatte nie die Gelegenheit dazu.“

„Meinen Sie, Ihre Wünsche werden eines Tages erfüllt werden?“

„Ich hoffe es. Ich träume davon, mit meiner hübschen jungen Frau eine lange Hochzeitsreise nach Florenz oder Venedig oder Istanbul zu machen. Das setzt natürlich voraus, dass Ste- … also … die entsprechende Frau lange genug den Verstand verliert, um meinen Heiratsantrag anzunehmen.“

„Ich bin sicher, dass es viele Frauen mit gesundem Menschenverstand gibt, die Ihren Antrag gerne annehmen würden“, erwiderte Angela lächelnd.

„Das dachte ich früher auch“, sagte er traurig, „aber der letzte Stand ist, dass mich dreiundzwanzig Frauen abgewiesen haben - oder waren es vierundzwanzig? Ich bin mir nicht sicher, ob ich Mrs Harrison mitzählen soll, die den Teeladen betreibt, aber ihre Scones waren wirklich so köstlich, dass ich gar nicht anders konnte, als ihr einen Antrag zu machen. Und jetzt muss ich wirklich gehen, sonst mache ich Ihnen ebenfalls einen Antrag, und dann streiten wir uns.“

Angela sah ihm lachend nach, als er davonging. Sie wollte gerade ins Haus gehen, als Donald Haynes mit großen Schritten auf sie zukam.

„Hallo, Angela“, begrüßte er sie. „Ich würde gerne mit dir über Stella sprechen.“

Kapitel Vierundzwanzig

„ABER NATÜRLICH", sagte Angela überrascht.

Donald lächelte kurz.

„Gehen wir in den Park, da werden wir nicht belauscht", sagte er.

„Solltest du nicht lieber mit Stella reden?", schlug Angela vor. „Ich wüsste nicht, was ich dir sagen könnte, was sie dir nicht besser selbst sagt."

„Aber das ist es ja gerade - sie will überhaupt nicht mit mir reden", erwiderte er mürrisch, „und ich weiß nicht, warum."

„Nein? Ich dachte, ihr hättet euch gestritten - irgendetwas wegen der Hochzeit und ihrer Arbeitsstelle."

Er winkte ab.

„Oh, darüber streiten wir uns ständig, aber sie weiß genau, dass ich sie nie davon abhalten würde. Außerdem glaube ich nicht, dass sie wirklich weiterarbeiten will, denn sie droht nur damit, wenn sie sauer auf mich ist. Weißt du, Angela, Stella und ich - nun ja, wir kennen uns schon unser ganzes Leben. Wir sind zusammen aufgewachsen. Wir kennen uns so gut, wie man einen anderen Menschen nur kennen kann. Wir sind seelenverwandt. Wenn wir streiten, ist es so, als würden sich Geschwister zanken. Wir lassen Dampf ab und lachen hinterher darüber. Aber jetzt ist es anders. Wir haben uns vor ein oder zwei Wochen über irgendetwas gestritten, und sie will sich nicht wieder versöhnen, obwohl ich weiß Gott oft genug versucht habe, herauszufinden, was los ist. Wenn sie mich sieht, rennt sie davon. Wie soll ich es wiedergutmachen, wenn sie nicht einmal mit mir reden will?"

„Worum ging es denn bei eurem letzten Streit?"

„Das weiß ich gar nicht mehr genau. Irgendein nichtiger Anlass, ich habe eine beiläufige Bemerkung gemacht, sie ging sofort los wie eine Rakete und fing an, mich aller möglichen mysteriösen Vergehen zu beschuldigen, die sie aber nicht genauer benennen wollte. Soweit ich das beurteilen konnte, waren es eigentlich nicht meine Sünden, über die sie sich aufgeregt hat - nein, ob du es glaubst oder nicht, es ging um die Tatsache, dass ich mich ihr angeblich nicht anvertrauen wollte. Wie könnten wir denn heiraten, sagte sie, wenn ich Geheimnisse vor ihr hatte? Sie würde mir immer beistehen, mit mir durch dick und dünn gehen und dafür sorgen, dass ich alle Hilfe bekäme, die ich bräuchte, aber sie würde nicht zulassen, dass ich sie nicht einweihte."

„Das hat sie gesagt, ja?", meinte Angela nachdenklich.

„Ich wünschte nur, ich wüsste, was ich angeblich verbrochen habe. Aber sie will es mir nicht sagen. Deshalb wollte ich mit dir sprechen. Ich hatte gehofft, dass du in meinem Namen mit ihr reden würdest, damit ich wenigstens weiß, warum sie so wütend auf mich ist."

„Aber wäre deine Mutter in diesem Fall nicht die geeignetere Person?"

„Mutter hat es versucht, aber Stella will nicht mit ihr darüber reden."

„Warum sollte ich mehr Erfolg haben?"

„Sie mag dich - sie mag dich sehr. Und da du nicht zur Familie gehörst, wird es ihr leichterfallen, mit dir zu reden, weil du unvoreingenommen bist."

Angela gab schließlich nach.

„Nun gut, ich werde es versuchen, aber ich kann nichts versprechen. Vielleicht sperrt sie sich."

„Ja, sie kann furchtbar störrisch sein", bestätigte Donald mit heftigem Nicken. „Aber du bist meine letzte Hoffnung. Ansonsten habe ich - nichts." Er hob die Hände und ließ sie resigniert sinken.

„Sag das nicht. Bestimmt lässt sich das Rätsel lösen. Es sollte mich nicht wundern, wenn sich alles einrenkt, sobald ich meine Mission erledigt habe. Ich glaube, diese ganze Angelegenheit - und vor allem meine Nachforschungen - machen alle im Haus etwas unruhig und nervös."

„Meinst du wirklich?", fragte er eifrig. Er schien begierig, nach jedem Strohhalm zu greifen, der ihn hoffen lassen konnte. „Jetzt, wo du es sagst ... es macht uns allen zu schaffen, wenn die Polizei und die Detectives und alle möglichen anderen Leute herumlaufen und dumme Fragen stellen."

„Danke", meinte Angela trocken, aber er beachtete sie nicht, so sehr begeisterte er sich für diese neue Idee.

„Wann ... hast du eine Ahnung ... ich meine ..."

„Wann ich meine Mission erledigt habe? Das wolltest du doch wissen, nicht wahr?", fragte sie lächelnd.

„Nein, nein, das ist natürlich nicht ..."

„Ich verstehe dich nur zu gut. Mir würde es an deiner Stelle genauso gehen, und unter uns gesagt, werde ich selbst froh sein, wenn diese Sache vorbei ist. Ich habe nur zugestimmt, weil deine Mutter mich überredet hat, sodass ich nicht Nein sagen konnte. Ich bin keine Detektivin, weißt du, und vielleicht ist das der Grund, weshalb wir immer noch nicht mehr wissen. Hüte dich vor dem Amateur, der seine Nase in alles steckt, was ihn nichts angeht“, mahnte sie mit gespielter Ernsthaftigkeit. „Er ist keine Hilfe, sondern macht womöglich alles noch schlimmer.“

„Ganz und gar nicht“, hielt Donald dagegen. „Ich weiß, dass Mutter dir sehr dankbar ist für alles, was du bisher getan hast - und wenn die Polizei hier herumschnüffeln und die Presse die ganze Sache breittreten würde, wäre es viel unangenehmer.“

„Willst du immer noch, dass ich mit Stella spreche, oder willst du lieber abwarten und es selbst noch einmal versuchen, wenn das alles der Vergangenheit angehört?“

„Bitte sprich mit ihr, Angela. Wer weiß, wann diese Geschichte vorbei ist? Es kann Monate dauern und bis dahin - hat sie vielleicht schon einen anderen gefunden, der ihr geben kann, was sie will.“

Er erwähnte Guy nicht, aber das war auch nicht nötig.

„Dann werde ich jetzt gleich mit Stella reden, wenn ich darf“, sagte Angela. „Tatsächlich bin ich heute ihretwegen hier. Ich wollte mit ihr über etwas anderes sprechen.“

„Sie ist ins Dorf gegangen, aber sie müsste bald zurück sein. Kommst du mit ins Haus?“

„Wenn du nichts dagegen hast, gehe ich zum See hinunter. Ich möchte ein wenig nachdenken, dann komme ich ins Haus.“

Sie schlug den Pfad ein, der durch den Wald führte. Dabei sah sie Briggs wieder, der ihr über den Rasen humpelnd entgegenkam. Er hielt etwas in der Hand, das wie ein Bündel alter Lumpen aussah. Als er sie sah, blieb er stehen und hielt es mit übertriebener Verwunderung in die Höhe.

Da er dies offensichtlich von ihr erwartete, fragte Angela höflich: „Was ist das?“

Sie ging auf Briggs zu, um sich das Bündel genauer ansehen. Es war schmutzig, fleckig und an den Rändern verbrannt, aber es war dennoch gut zu erkennen, was es war.

„Sieht aus wie ein Smoking", sagte sie.

„Und die dazugehörige Hose", nickte Briggs. „Jemand hat die Sachen unter den Laubhaufen geschoben. Ich bin vor Schreck fast gestorben - ich dachte, es ist ein Landstreicher, der sich darunter schlafen gelegt hat, weil's da schön warm ist, und wir haben ihn versehentlich angezündet. Ich hab schnell alles rausgezogen, und da hab ich gesehen, dass es nur ein paar Kleider sind."

„Aber wem gehören sie?", fragte Angela. „Darf ich?"

Vorsichtig nahm sie die Reste der Jacke und breitete sie auf dem Rasen aus. Eine kurze Untersuchung verlief ergebnislos: keine Wäschezeichen oder andere Hinweise auf die Identität des Besitzers. Bei der Hose war es ebenso.

„In den Taschen ist nichts", stellte sie fest und wandte ihre Aufmerksamkeit den Jackenärmeln zu, während Briggs verwundert, aber in höflichem Schweigen zusah. „Hmm. Nichts Eindeutiges", sagte sie schließlich, nahm die Hose in die Hand und untersuchte den Rand der Hosenbeine. „Sie war offensichtlich irgendwann einmal nass und voller Schlamm, aber das kann auch daran liegen, dass sie in dem Haufen mit den Gartenabfällen gesteckt hat. Ich nehme an, Sie wissen nicht, wie lange diese Sachen dort gelegen haben, Briggs?"

„Nein, Ma'am", sagte er.

Angela fasste einen Entschluss.

„Sie dürfen nicht verbrannt werden", ordnete sie an. „Ich nehme sie mit. Briggs, bringen Sie sie ins Haus und lassen Sie sie für mich einpacken, aber sagen Sie niemandem von der Familie ein Sterbenswörtchen davon!"

„Mach ich, Ma'am. Und keine Sorge, von mir erfährt

niemand was", versprach der freundliche Mr Briggs und hatte Mitleid mit der armen Mrs Marchmont, die offensichtlich in so ärmlichen Verhältnissen lebte, dass sie gezwungen war, selbst unansehnliche alte Kleidungsstücke an sich zu nehmen, die sie bei wohlhabenden Leuten ergattern konnte.

Angela bedankte sich bei ihm und ging davon, ohne zu ahnen, dass sie im Gesindezimmer fortan als mittellos galt, obwohl sie sich später gelegentlich fragen würde, warum die Dienstboten ihr ausgesprochen fürsorglich begegneten und ihr immer wieder ein zusätzliches Stück Kuchen zusteckten.

Kapitel Fünfundzwanzig

DIE SONNE WAR BEREITS UNTERGEGANGEN und es war kühl geworden, als Angela den Wald betrat. Vorsichtig tastete sie sich auf dem holprigen Pfad vorwärts. Die Bäume waren inzwischen dichter belaubt als bei ihrem letzten Besuch vor ein oder zwei Wochen, und so sah sie den See erst, als sie hinter einer Kurve plötzlich an dem kleinen Strand stand.

Sie ging zum Wasser und tauchte ihre Hand hinein. Es rann ihr durch die Finger, war kalt und klar, und sie konnte sehen, wie der Sand und die Kieselsteine unter der Oberfläche ohne steiles Gefälle sanft abfielen. Aus der Sicht des Mörders wäre es sicher sinnvoller gewesen, Edward hier zu töten, statt draußen auf dem See, wo er das Boot zum Kentern bringen konnte, wenn er sich wehrte.

Mit halb geschlossenen Augen versuchte sie, sich die Ereignisse jener Nacht vorzustellen. Sie malte sich aus, wie Edward am dunklen Ufer stand und auf das Wasser hinausblickte. Plötzlich hörte er etwas, drehte sich um und sah eine schattenhafte Gestalt auf sich zukommen. Vielleicht nickte er kurz und grüßte den Neuankömmling. War er überrascht, ihn zu sehen? Oder war das Treffen vorher abgesprochen?

Was geschah danach? Angela stellte sich das gestelzte Gespräch vor, das allmählich immer hitziger wurde und schließlich in eine körperliche Auseinandersetzung mündete, die Edward Haynes nicht gewinnen konnte. Vor ihrem inneren Auge sah sie ihn mit aller Kraft den verzweifelten Kampf um sein Leben kämpfen, während sein Angreifer ihn zu Boden warf und seinen Kopf erbarmungslos unter Wasser hielt, bis sich sein Opfer nicht mehr rührte. Danach richtete sich der Mörder schwer atmend auf und warf einen abschätzigen Blick auf den Leichnam seines gefallenen Feindes, bevor er sich an die Arbeit machte, Edward auf die Schultern hievte und ihn in das Ruderboot hinabließ.

Angela sah in Gedanken, wie er das Boot kraftvoll zur Mitte des Sees hinauszog und dann anhielt, um sich seiner Last zu entledigen. Sie konnte fast hören, wie er vor Anstrengung schnaubte und wie sich die Wasseroberfläche mit lautem Platschen teilte, als er Edward in sein nasses Grab beförderte. Vielleicht hielt er kurz inne, um sein Werk zu begutachten - oder um sich zu vergewissern, dass sein Opfer wirklich tot war. Dann tauchte er geschickt ins Wasser, fast ohne Spuren zu hinterlassen, und schwamm mit ausladenden, kräftigen Bewegungen zurück ans Ufer. Er musste so leise wie möglich ins Haus zurückgeschlichen sein, um keine Aufmerksamkeit auf den Zustand seiner Kleidung zu lenken. Vielleicht war er nach oben gelaufen, hatte sich rasch umgezogen und war dann nach unten gekommen, um sich der Gesellschaft wieder anzuschließen. Hatte er im Salon gesessen, geplaudert und sich insgeheim zu seinem Erfolg beglückwünscht? Oder vielleicht war das alles passiert, nachdem die anderen zu Bett gegangen waren. Das konnte man nicht wissen.

Eines war jedoch klar: Ein Mann hatte Edward ermordet, keine Frau. Eine Frau mochte Philippa vergiftet oder Winifred über das Treppengeländer gestoßen haben, aber es hätte gewiss der Stärke eines Mannes bedurft, um Edward mit solcher Kraft, mit solch roher Gewalt zu töten. Aber wer war es?

Angela war so tief in Gedanken, dass sie die Zeit vergaß und erst in die Gegenwart zurückfand, als ihr sehr kalt wurde. Eine steife Brise war aufgekommen und sie konnte den Rauch des Laubfeuers riechen, das anderswo auf dem Gelände brannte. Sie dachte an die Kleidung, die Briggs gefunden hatte. Soweit sie es beurteilen konnte, würde sie allen Männern der Familie Haynes passen - außer vielleicht Robin, der kleiner war als die anderen. Sie würde sich den Smoking genauer ansehen, sobald sie zu Hause war, und ihn aufbewahren, um ihn gegebenenfalls Inspector Jameson als Beweismittel zu übergeben.

Sie wandte sich um und machte sich auf den Rückweg zum Waldrand. Inzwischen müsste Stella aus dem Dorf zurück sein, und Angela wollte dem rätselhaften Ausbruch der jungen Frau vor ein paar Tagen auf den Grund gehen - und ihr Versprechen einlösen und sich bei ihr für Donald einsetzen. Der Himmel war noch dunkler als zuvor und es sah nach einem Wolkenbruch aus: Es herrschte diese unheimliche Stille, die einem Sturm oft vorausgeht. Angela stapfte den Pfad entlang und hörte nichts außer dem Geräusch ihrer eigenen Schritte. Selbst die Vögel schwiegen und schienen atemlos auf etwas zu warten.

Plötzlich spürte sie ein Insekt an ihrem Ohr und fegte es ungeduldig beiseite. Im nächsten Moment schreckte sie überrascht auf, als die Luft von einem scharfen Knall zerrissen wurde, gefolgt von einem Krachen in unmittelbarer Nähe. Angela starrte auf die blasse Rille, die sich plötzlich in Kopfhöhe an einem Baumstamm zeigte, und wusste sofort, was es war. Blitzschnell warf sie sich zu Boden und kroch auf die andere Seite des Baumstamms, wobei sie sich ihre Strümpfe an den Knien aufriss. Sie schaffte es gerade noch rechtzeitig – selbst eine weitere Sekunde hätte sie das Leben kosten können, denn sofort ertönten zwei peitschende Geräusche, gefolgt von einem dumpfen Aufprall, als eine der Kugeln den Baum traf, hinter dem sie kauerte.

Als das Rauschen in ihren Ohren und das wilde Klopfen ihres Herzens ein wenig abgeklungen waren, lauschte sie vollkommen regungslos und schickte ein stummes Dankgebet gen Himmel, dass sie einen braunen Mantel anhatte. Einige Minuten lang herrschte absolute Stille, dann ertönte leises Donnergrollen. Angela spitzte die Ohren. Zu ihrer Linken nahm sie kaum hörbare Geräusche wahr, als würde jemand das Geräusch als Deckung nutzen, um sich langsam zwischen den Bäumen zu bewegen. Dann war wieder alles still.

Irgendwann würde der Angreifer den nächsten Zug machen müssen. Oder wartete er darauf, dass sie sich aus ihrer Deckung wagte? Nun, wenn er glaubte, dass sie so verrückt sein würde, aufzustehen und sich ihm zu zeigen oder zu fliehen, dann hatte er sich gründlich geirrt.

In früheren, furchtlosen Zeiten hatte Angela alle möglichen Kniffe gelernt, die sich damals als äußerst nützlich erwiesen hatten - auch wenn sie sich nie hätte träumen lassen, dass sie sie mehr als zehn Jahre später an der Grenze zum gesetzten mittleren Alter noch einmal würde anwenden müssen. Nichtsdestotrotz wusste sie, wie man sich versteckte, wie man sich lautlos bewegte und wie man sich aus brenzligen Situationen befreite.

Als Erstes musste sie den Feind dazu bringen, sich zu zeigen, oder zumindest herausfinden, wo er war. Sie drückte sich an den Baum, duckte sich so tief wie möglich, und spähte langsam um den Stamm herum, konnte aber nichts sehen. Sie lehnte sich zurück und knabberte nachdenklich an ihrem Daumen. Hatte er vor, abzuwarten, bis sie sich zeigte? Das war eigentlich unnötig, schließlich war er derjenige mit der Waffe.

Tatsächlich hörte sie nach wenigen Augenblicken Schritte, erst vorsichtig, dann immer sicherer. Angela schnappte sich eine Handvoll Kieselsteine und schleuderte sie so weit sie konnte. Sie prallten mit lautem Klappern gegen einen Baum in einiger Entfernung. Die Schritte verstummten, und sie hörte, wie sich ihr Widersacher eilig in die Richtung wandte, aus der das Geräusch gekommen war. So schnell sie konnte, kroch Angela zu einer größeren Baumgruppe hinüber, die besseren Schutz bot, und versteckte sich dort. Sie wollte sehen, wer sie angegriffen hatte, und lugte vorsichtig durch das Blattwerk, doch ihr schattenhafter Angreifer war offensichtlich ein vorsichtiger Zeitgenosse. Es war niemand zu sehen.

Angela schaute sich um. Sie wusste nicht, wie gut er schießen konnte, aber sie hatte keine Lust, seine Fähigkeiten zu testen, indem sie sich zur Zielscheibe machte. Im Moment war sie im Vorteil, da er nicht wusste, wo sie sich versteckte, daher hielt sie es für das Beste, so weit wie möglich wegzukriechen, ohne entdeckt zu werden, um dann die Beine in die Hand zu nehmen und wegzulaufen.

Langsam und vorsichtig ließ sie sich auf den Bauch gleiten und schob sich Stück für Stück vorwärts, wobei sie immer wieder innehielt, um zu lauschen, und darauf achtete, selbst keine Geräusche zu machen. Ihr Ziel war ein dichtes Gebüsch in etwa fünf Metern Entfernung, und sie erreichte es ohne Zwischenfälle. Der nächste Schritt würde schwieriger sein: Sie wollte sich zwischen den Bäumen zu dem weiter oben gelegenen Pfad schleichen, aber zwischen ihr und dem nächsten Gebüsch erstreckte sich offenes Gelände, das keinerlei Deckung bot.

Sie hatte keine Wahl: Sie musste es wagen. Geräuschlos schlängelte sie sich Zentimeter für Zentimeter vorwärts. Als sie ein paar Meter zurückgelegt hatte, hielt sie inne und lauschte erneut. Es herrschte vollkommene Stille. Hatte er aufgegeben und war verschwunden? Angela wartete noch ein, zwei Minuten, hörte aber nichts. Vorsichtig hob sie den Kopf, dann zuckte sie zusammen, als etwas an ihrem linken Ohr vorbeiflog und direkt vor ihr auf dem Boden aufschlug. Sie warf alle Vorsicht über Bord und bewegte sich so schnell sie konnte auf die nächste Baumgruppe zu. Sie war jedoch kaum zwei Meter weit gekommen, als der Boden unter ihr nachgab und sie in eine kleine, den Blicken verborgene Rinne stürzte, durch die vielleicht einmal ein Bach geflossen war.

Angela keuchte auf, als sie in einer Mischung aus welkem Laub und kaltem Schlamm landete, und blieb einen Moment lang atemlos liegen. Als sie sich umschaute, sah sie, dass sich der kleine Kanal ein ganzes Stück weit in beide Richtungen erstreckte. Über ihr wucherte das Unterholz und bot ihr Schutz. Das war ein wahrer Glücksfall. Mit etwas Glück konnte sie dem schmalen Wasserlauf in seiner ganzen Länge folgen, bis sie außer Sichtweite ihres Angreifers war. So schnell sie konnte, kroch sie in die Richtung, in der sie den Pfad vermutete, aber die Rinne schlängelte sich hierhin und dorthin und bald hatte Angela die Orientierung verloren.

Sie biss die Zähne zusammen und schob sich weiter, denn eine andere Möglichkeit hatte sie nicht. Bald war sie von Kopf bis Fuß mit Schlamm und Erde bedeckt. Ich werde mich fürchterlich erkälten - vorausgesetzt, ich bekomme nicht vorher eine Kugel in den Kopf, dachte sie grimmig.

So schnell sie konnte arbeitete sie sich in der Rinne weiter voran, bis sie schließlich etwas hörte, das sie mit Hoffnung erfüllte. Es waren Stimmen - Menschen, die sich in der Nähe unterhielten und lachten. Sie hob den Kopf, spähte aus dem Graben und sah zu ihrer Erleichterung, dass Briggs und seine Männer in einiger Entfernung lachend und schwatzend um das Lagerfeuer standen.

In diesem Moment erblickte sie einer der Männer – vielleicht war es der waghalsige junge Thomas – und starrte sie mit offenem Mund an. Die anderen folgten seinem Blick und rissen bei ihrem Anblick die Augen auf: Mrs Haynes' elegante Freundin kniete in einem Graben und war über und über mit Schlamm und Laub bedeckt.

„Hallo", sagte Angela, was in Anbetracht der Umstände nicht sehr originell war. Die Männer rührten sich nicht, sondern starrten weiterhin wortlos auf die verrückte Frau. „Ich fürchte, ich bin in diesen Graben gefallen. Könnte mir bitte jemand helfen?"

Briggs besann sich als Erster und kam zu ihr.

„Klar, machen wir, Ma'am", sagte er. „Fass mal mit an, Tom."

Thomas trat vor, und gemeinsam halfen sie ihr herauszuklettern.

„Danke", sagte Angela mit so viel Würde, wie sie aufbringen konnte. Sie zog ein Taschentuch hervor und wischte sich Gesicht und Hände ab, dann nahm sie ihren Hut ab und betrachtete ihn eingehend. Er war nicht mehr zu retten. Sie glättete ihr Haar und richtete ihre Kleidung so gut sie konnte, verabschiedete sich höflich von ihren Rettern und ging auf das Haus zu, gefolgt von den Blicken der schweigenden Männer.

Kapitel Sechsundzwanzig

Es begann zu regnen. Angela überlegte, was sie als Nächstes tun sollte. Sie musste sich waschen und umziehen, hatte aber keine Lust, sich in diesem Zustand im Haus sehen zu lassen. Das Beste wäre, Louisa zu finden und sich von ihr helfen zu lassen, bevor jemand anderes sie zu Gesicht bekam. Aber wo sollte sie um diese Tageszeit nach ihr suchen?

In der Hoffnung, dass sie niemandem begegnete, ging Angela in die Richtung, in der sie den kleinen Salon vermutete. Vielleicht war ihre Freundin dort und sie konnte ans Fenster klopfen und auf diese Weise auf sich aufmerksam machen. Allerdings waren ihre Bemühungen, unentdeckt zu bleiben, zum Scheitern verurteilt, denn just in diesem Moment stieß sie mit Inspector Jameson zusammen, der das Haus durch eine Seitentür verließ.

„Großer Gott!", rief er unwillkürlich aus, als er sie sah. Er fasste sich jedoch schnell wieder und hielt sich die Hand vor den Mund, als müsse er sich ein Lachen verkneifen. „Ist es nicht ein bisschen frisch für ein Schlammbad?", fragte er.

„Doch, das ist es", erwiderte sie etwas bissig. „Wo ist Louisa? Ich würde mich gerne waschen."

„Meine Güte!" Mrs Haynes hatte Angela durch das Fenster gesehen und kam nun herausgelaufen. „Was in aller Welt hast du gemacht, Angela?"

„Das erkläre ich dir gleich", antwortete Angela, „aber jetzt möchte ich erst einmal aus diesen nassen Sachen raus, bevor mich jemand sieht. Ich bin bereits den Gärtnern unangenehm aufgefallen und werde morgen *das* Gesprächsthema im Dorf sein. Inspector Jameson, fahren Sie zurück in die Stadt?"

„Ja, ich wollte gerade aufbrechen." Er schien ihr anzumerken, dass etwas Ernstes vorgefallen war. „Darf ich Sie mitnehmen?", fragte er. „Ich bin mit dem Wagen da."

„Danke. Das wäre mir sehr recht", antwortete sie. „Ich brauche nicht lange." Ihre Zähne klapperten und sie war ziemlich ausgekühlt. Ob das womöglich eine verspätete Schockreaktion war, wusste sie nicht.

Louisa begleitete sie nach oben, wo sie sich den gröbsten Schmutz abwusch und sich die angebotenen Kleider anzog. Ihrer Freundin erzählte sie lediglich, sie sei im Wald ausgerutscht und in einen Graben gefallen. Mrs Haynes drängte sie, länger zu bleiben und sich von ihren Strapazen zu erholen, doch Angela wollte Underwood House so schnell wie möglich hinter sich lassen.

„Aber ohne eine Tasse warme Milch kann ich dich unmöglich gehen lassen", rief Louisa.

„Nein danke, wirklich, ich komme schon zurecht", wehrte Angela ab. „Zu Hause nehme ich ein heißes Bad, das ist alles, was ich brauche." Sieh mal einer an, dachte sie, ich glaube tatsächlich, ich habe Angst. Welch ein Glück, dass ich einen zahmen Polizisten habe, der mich nach Hause bringt, bevor ich mich noch lächerlicher mache, als ich es ohnehin schon getan habe.

„Übrigens, das ist für dich, von Briggs", sagte Louisa und reichte ihr ein Paket, das auf dem Tisch in der Eingangshalle gelegen hatte. „Ich soll dir sagen, dass man nur einen Klecks Butter dazugeben muss, das ist alles. Frühlingsgemüse", erklärte sie, als sie Angelas verdutzte Miene sah.

„Ah", sagte Angela, der mit einiger Verspätung ein Licht aufging. „Richte ihm bitte meinen herzlichen Dank aus."

Mit dem Paket unter dem Arm ging sie hinaus, wo der Inspector am Auto auf sie wartete.

„Können wir bitte sofort losfahren?", sagte sie. Ihr war ein wenig schwindlig.

Jameson sah sie an und wusste, dass etwas nicht stimmte.

„Aber natürlich. Lassen Sie den Wagen an, Willis", befahl er dem Sergeanten, der als sein Fahrer fungierte.

Als sich das Auto in Bewegung setzte, ließ sich Angela auf ihrem Sitz zurücksinken und schloss für einen Moment die Augen. Dann richtete sie sich auf, holte tief Luft, sah den Inspector direkt an und sagte: „Inspector Jameson, ich muss mich dafür entschuldigen, dass ich Ihren Rat von neulich nicht befolgt habe. Wahrscheinlich werden Sie denken, dass ich eine Riesendummheit begangen habe."

„Warum? Was meinen Sie?", fragte er. Ihr ernster Ton beunruhigte ihn.

„Vor nicht einmal einer Stunde hat jemand versucht, mich im Wald umzubringen", erklärte sie.

Jameson setzte sich mit einem Ruck auf.

„Erzählen Sie mir, was passiert ist!"

„Jemand hat auf mich geschossen. Nicht nur einmal, sondern mehrmals. Mit viel Glück konnte ich entkommen."

„Wer war es?"

„Ich konnte ihn nicht sehen. Er hat sich versteckt und ich habe mich natürlich auch versteckt, sodass er mich nicht gesehen hat und ich ihn nicht." Sie schüttelte den Kopf. „Es ärgert mich, dass ich ihn nicht zu Gesicht bekommen habe. Oder sie", fügte sie hinzu. „Es hätte auch eine Frau sein können, nehme ich an."

Sie erzählte Jameson die ganze Geschichte von Anfang an und er hörte entgeistert zu.

„Ich weiß, Sie werden mir sagen, ich hätte vorsichtiger sein sollen", kam sie ihm zuvor, als er den Mund aufmachte, um etwas zu sagen, „und Sie haben recht. Es war dumm von mir, aber leider war ich nicht überzeugt, dass mir neulich in London tatsächlich jemand nach dem Leben getrachtet hat. Offensichtlich habe ich mich geirrt."

Jameson schüttelte vorwurfsvoll den Kopf, sagte aber nichts.

„Sind Sie ganz sicher, dass Sie nicht verletzt sind?", fragte er nach einer Weile.

„Abgesehen von gekränktem Stolz und ein paar Schürfwunden an Händen und Knien ist alles in Ordnung."

„Ich bin froh, dass nichts weiter passiert ist", sagte er. In seinem Blick lag echte Sorge, aber er versuchte, mit einem Scherz darüber hinwegzugehen. „Mein Chef macht mir schon genug Ärger wegen des Fiaskos mit Robin Haynes, und ich würde ihm nur ungern erklären müssen, wie eine Amateurdetektivin zu Tode gekommen ist, die mit meinem Wissen und meiner Zustimmung an diesem Fall gearbeitet hat."

Angela brachte ein schwaches Lächeln zustande, aber insgeheim war sie wütend auf sich selbst. Wie hatte sie nur so dumm sein können, dem Täter in die Falle zu gehen? Sie hatte gewusst, dass jemand ihr übelwollte, und doch hatte sie die Warnungen der Polizei ignoriert und war in den Wald spaziert, ohne einen Gedanken an die Gefahr zu verschwenden. Und warum hatte sie beinahe den Kopf verloren? In den Wäldern Belgiens wäre sie nicht derart in Panik geraten - auch wenn damals nicht nur ihr eigenes Leben auf dem Spiel gestanden hatte. Sie könnte sich vor Wut über ihre eigene Unfähigkeit ohrfeigen!

Derweil redete Inspector Jameson weiter.

„Nun, Mrs Marchmont", sagte er, „ich denke, es ist wirklich an der Zeit, dass Sie sich von dem Fall zurückziehen und ihn der Polizei überlassen. Ein versuchter Mord ist für uns Anlass genug, die Ermittlungen offiziell wieder aufzunehmen. Dass Robin verschwunden ist und wir einige Fragen zu seinen Geschäften mit seiner Tante haben, ist ein weiterer Grund."

Angela verengte die Augen zu Schlitzen und hob das Kinn. Seltsamerweise waren die Worte des Inspectors genau das Elixier, das sie brauchte.

„Ich bin nur zu gerne bereit, Sie einen großen Teil der Ermittlungsarbeit machen zu lassen", antwortete sie. „Sie haben Mittel und Wege, die mir verwehrt sind. Ich kann zum Beispiel Robins Haus nicht durchsuchen oder ihn verhaften und verhören. Aber Sie dürfen nicht glauben, dass ich die Absicht habe, mich ganz zurückzuziehen. Ich habe in den letzten ein, zwei Wochen meiner Freundin Louisa zuliebe allerlei Unannehmlichkeiten auf mich genommen, und ich denke, man kann mit Fug und Recht behaupten, dass ich bei meinen Nachforschungen einige Fortschritte gemacht habe. Aber es gibt noch viele Dinge, die ich herausfinden muss, viele Fragen, auf die ich eine Antwort haben möchte. Und ich habe vor, diese Antworten zu finden. Inspector Jameson, ich weiß nicht, wer mir heute in den Wald gefolgt ist, aber ich kann Ihnen versichern, dass ich mich auf keinen Fall abschrecken lasse, wer auch immer es war."

„Ich glaube, Ihr geheimnisvoller Gegner hat Sie wütend gemacht", bemerkte der Inspector bewundernd.

„Das hat er tatsächlich", sagte Angela mit fester Stimme. „Ich mag vorhin einen schwachen Moment gehabt haben, aber das führe ich darauf zurück, dass ich bestürzt war, weil ich mir ein sehr teures Paar Seidenstrümpfe ohne Not ruiniert habe. Sie sollten jedoch wissen, dass ich mich im Allgemeinen nicht von Widrigkeiten unterkriegen lasse."

„Das weiß ich", lächelte Jameson. „Mein Bruder hat mir alles erzählt."

„Dann lassen Sie mich bitte weiter mit Ihnen ermitteln, Inspector", bat sie. „Ich möchte nicht aufhören, wo ich gerade anfange, Fortschritte zu machen."

„Um ganz ehrlich zu sein, Mrs Marchmont, kann ich Sie von Gesetzes wegen nicht daran hindern, Ihre Ermittlungen fortzusetzen, wenn Sie es wünschen", antwortete der Inspector, „in diesem Punkt haben Sie von meiner Seite also nichts zu befürchten. Außerdem habe ich selbst gesehen und von anderen gehört, welche Fähigkeiten Sie mitbringen, und ich versichere Ihnen, dass ich genauso viel Vertrauen in Sie habe wie in einen Kollegen von Scotland Yard."

Angela fühlte sich geschmeichelt, vor allem in Anbetracht ihrer früheren Unachtsamkeit. Sie errötete leicht.

„Aber", fuhr er fort, „wenn wir zusammenarbeiten sollen, halte ich es nur für fair, dass Sie mir sagen, was Sie bisher herausgefunden haben, sonst tappe ich im Dunkeln."

„Ja, natürlich", stimmte Angela zu. „Gut, dann habe ich hier etwas für Sie."

Sie packte das Paket auf ihrem Schoß aus und zeigte dem Inspector den Inhalt.

„Was ist das?", fragte Jameson.

„Ich kann es nicht beweisen, aber ich glaube, es ist der Abendanzug, den der Mörder von Edward Haynes in der Mordnacht getragen hat.“

Der Inspector stieß einen anerkennenden Pfiff aus.

„Erstaunlich!“, sagte er und nahm die Jacke in die Hand, um sie genauer zu betrachten. „Wo haben Sie sie gefunden?“

„Sie war unter einem Haufen Gartenabfälle verborgen, die verbrannt werden sollten“, antwortete Mrs Marchmont. „Briggs, der Gärtner, hatte die Sachen gerade gefunden, als ich zufällig vorbeikam.“

„Schade, dass er sie nicht entdeckt hat, bevor das Feuer angezündet wurde“, bemerkte Jameson. „Aber warum wollte der Mörder sie loswerden?“

„Nun, wenn er die Sachen trug, als er Edward ertränkt hat, dann müssen zumindest die Ärmel der Jacke und die Hosenbeine am unteren Rand nass geworden sein, wenn sie nicht ganz hinüber waren. Die Dienstboten hätten bestimmt geplaudert, wenn jemand Nachforschungen angestellt hätte. Es war einfacher, sich des Anzugs zu entledigen und auf diese Weise unangenehmen Fragen aus dem Weg zu gehen. Schließlich ist es nicht so einfach, zu erklären, warum die Smokingjacke völlig durchnässt ist. Ich frage mich, warum er die Sachen ausgerechnet heute loswerden wollte. Vermutlich hat er sie bis jetzt versteckt gehalten.“

„Wahrscheinlich hängt es mit Ihrem Auftauchen zusammen“, vermutete Jameson. „Ich könnte mir vorstellen, dass er es mit der Angst bekommen hat - deshalb hat er versucht, Sie zu töten. Aber was haben Sie herausgefunden, das ihn so sehr erschreckt hat? Bei dem ersten Anschlag auf Sie hatte er es in erster Linie auf das Foto abgesehen. Wenn Sie dabei zufällig ums Leben gekommen wären, wäre das aus seiner Sicht ein angenehmer Nebeneffekt gewesen, aber was ist mit heute? Heute war es Absicht."

„Ich weiß es nicht", sagte Angela.

„Wer wusste, dass Sie den Weg zum See eingeschlagen hatten?"

„Donald hat mich gehen sehen … und Briggs auch. Möglich, dass einer von beiden es jemand anderem gegenüber erwähnt hat - oder vielleicht hat mich sogar jemand von einem der Fenster aus gesehen."

„Hmm", sagte Jameson. „Was ist mit Donald Haynes? Nach dem, was ich bisher von ihm gesehen habe, scheint er ein ziemlicher Hitzkopf zu sein. Könnte er hinter all dem stecken? Sie sagten, er habe eine Schwäche für Underwood House, genau wie sein Vater. War da nicht von irgendeinem Unsinn die Rede, dass das Haus seine Feinde loswerden will? Das hört sich nicht unbedingt nach seelischem Gleichgewicht an. Vielleicht hat er monomanische Anwandlungen, was das Haus angeht."

„Er ist sicherlich ein ernsthafter junger Mann, der eine gewisse Intensität an den Tag legt, aber ich glaube nicht, dass seine eher ungewöhnliche Einstellung zum Haus ein ausreichendes Motiv für einen Mord ist", gab Angela zu bedenken.

Der Inspector beäugte sie misstrauisch.

„Sie haben noch ein Ass im Ärmel", sagte er. „Das ist nicht fair. Kommen Sie, raus damit."

Angela schwieg.

„Ja, ich gebe zu, ich habe da eine Idee, aber ich möchte sie erst prüfen, bevor ich Ihnen davon erzähle. Wie Sie wissen, befinde ich mich in einer heiklen Lage, und ich möchte zu diesem Zeitpunkt keinen Skandal auslösen, indem ich die Polizei einschalte. Ich verspreche Ihnen, dass ich Sie über alles informiere, sobald ich selbst Näheres weiß", fuhr sie schnell fort, als sie sah, dass er Einwände erheben wollte, „aber Sie müssen bedenken, dass Louisa eine meiner ältesten Freundinnen ist und ich sie nicht verletzen möchte."

„Das ist keine Frage von Freundschaft, Mrs Marchmont", gab Jameson zurück. „Es geht um Mord und alles andere muss dahinter zurücktreten."

„Natürlich", nickte Angela. „Ich hoffe, Sie glauben nicht eine Sekunde lang, dass ich freundschaftliche Erwägungen über die der Gerechtigkeit stellen würde."

„Nein", erwiderte er. „Ich habe mich bei dem Fall in Norfolk selbst davon überzeugen können, dass Sie mit unbestreitbarer Integrität handeln, wenn es die Situation erfordert."

Sie senkte den Blick, dann sah sie ihn an.

„Vertrauen Sie mir bitte auch in diesem Fall. Ich verspreche Ihnen, dass ich Ihnen keine Geheimnisse unnötig vorenthalten werde."

„Nun gut", gab er zögernd nach. „Aber könnten Sie mir vielleicht einen kleinen Hinweis geben, was Ihnen durch den Kopf geht?"

Angela lächelte.

„Ich wüsste nicht, was dagegensprächе. Das Testament von Philip Haynes beschäftigt mich weiterhin. Ich bin mir fast sicher, dass mehr dahintersteckt, als man auf den ersten Blick sieht, und dass er jemanden, der in dem Dokument nicht namentlich erwähnt wird, mit Hilfe eines geheimen Treuhandfonds versorgen wollte. Dieser Fonds wird von Mr Faulkner verwaltet, dem Anwalt, der das Testament verfasst hat und der angeblich vom Tod der Haynes-Kinder profitiert. Mr Faulkner bestreitet jede Kenntnis eines solchen Fonds - was nicht verwunderlich ist, wenn man bedenkt, welche Position er bei diesem Arrangement einnimmt. Aber wenn ich mit meiner Vermutung recht habe, muss er davon wissen. Ich glaube auch – ohne es beweisen zu können -, dass Ursula Haynes ebenfalls etwas über das Testament weiß oder mutmaßt, sich aber entschieden hat, dieses Wissen im Moment für sich zu behalten."

„Sie glauben also, dass der geheime Begünstigte des Testaments auch der Mörder ist?"

„Genau das will ich herausfinden", sagte Angela.

„Und wie wollen Sie das anstellen, wenn Mr Faulkner die Existenz des Treuhandfonds leugnet?"

„Ich habe vor, auf eigene Faust ein paar Nachforschungen anzustellen", antwortete sie.

„Und wann werden Sie mir die Ergebnisse mitteilen?"

„Sobald ich herausgefunden habe, was ich wissen will", versicherte sie ihm. „Morgen, hoffe ich. Die Zeit drängt: in zwei Tagen ist der 27. Mai. Die Familie wird sich in Underwood House versammeln, und ich befürchte, dass es Ärger geben könnte."

„Werden Sie dort sein?"

„Ja, Louisa hat mich eingeladen. Ich weiß nicht recht, was ich befürchte, aber ich möchte für alle Fälle vor Ort sein."

„Seien Sie bitte vorsichtig, Mrs Marchmont."

„Keine Sorge, das werde ich", versprach Angela mit ernster Miene. „Jemand hat mich in letzter Zeit zweimal zum Narren gehalten, aber seien Sie versichert, dass mir das kein drittes Mal passieren wird."

Kapitel Siebenundzwanzig

„Ich möchte Sie um einen großen Gefallen bitten, William", sagte Mrs Marchmont, als der junge Chauffeur höflich abwartend vor ihr stand. „Ich glaube, jemand versucht, mich umzubringen."

Williams Augenbrauen schossen in die Höhe.

„Natürlich ist dies eine Angelegenheit von nicht zu unterschätzender Bedeutung", fuhr seine Dienstherrin fort. „Jedenfalls für mich. Ich wollte Sie deshalb fragen, ob Sie bereit wären, zumindest für die nächsten Tage als eine Art Leibwächter für mich zu fungieren." Sie hob eine Hand. „Bevor Sie antworten: Selbstverständlich weiß ich, dass Sie ein mutiger junger Mann sind. Sie brauchen diese Aufgabe also nicht zu übernehmen, um sich zu beweisen. Ich versichere Ihnen, dass ich vollstes Verständnis dafür hätte, wenn Sie Nein sagen. An meiner hohen Meinung von Ihnen ändert das rein gar nichts. Es könnte gefährlich werden, und ich verbiete Ihnen, Ihr Leben in Gefahr zu bringen, nur weil Sie Angst um Ihre Stelle haben."

William war rot angelaufen vor Empörung.

„Dass Sie auch nur eine Sekunde an mir zweifeln, betrachte ich als persönliche Beleidigung", ließ er sie steif wissen.

Angela schenkte ihm ihr breitestes Lächeln.

„Natürlich wusste ich, dass ich mich auf Sie verlassen kann", strahlte sie. „Aber ich musste Innen doch die Möglichkeit geben, abzulehnen. Alles andere wäre sehr unhöflich von mir gewesen."

„Einer Dame in Nöten werde ich immer helfend zur Seite stehen", erwiderte er würdevoll.

„Dann belassen wir es dabei", sagte Angela, „und wenn dieser Fall erledigt ist, werden wir sehen, ob wir Ihnen als Ausgleich für die zusätzlichen Aufgaben einen Urlaub gewähren. Haben Sie nicht nächsten Monat Geburtstag?"

Er nickte.

„Gut. Dann nehmen Sie sich zwei Tage frei, wenn Sie mögen."

William grinste.

„Dazu sage ich nicht Nein."

„Sehr gut", antwortete Angela. „Also, heute möchte ich -", Plötzlich verstummte sie. William wartete höflich, aber sie schien seine Anwesenheit völlig vergessen zu haben, denn sie saß wie versteinert da und starrte auf einen Punkt an der Wand unmittelbar über seiner linken Schulter.

„Ma'am?", fragte er nach einer Weile. Sie schien ihn nicht zu hören, sondern starrte weiter ins Leere. Schließlich atmete sie tief aus und blickte ihn an, als würde sie ihn erst jetzt bemerken.

„Sagte ich zwei Tage?" Ihre Stimme bebte vor unterdrückter Erregung. „Ich meinte eine Woche. Nehmen Sie sich eine Woche, William. Sie können jetzt gehen."

Der junge Mann sah sie prüfend an, war aber so klug, sich ohne weitere Nachfragen zu entfernen, bevor sie es sich anders überlegte. Zehn Minuten später rief ihn das heftige Läuten der Glocke erneut ins Wohnzimmer.

„Ah, William, da sind Sie ja", sagte Angela lebhaft, als hätte ihr früheres Gespräch nie stattgefunden. „Fahren Sie bitte den Bentley vor. Wir machen eine kleine Reise."

„Sofort, Ma'am", antwortete er. „Darf ich fragen, wohin wir fahren?"

„Nach Somerset House", erklärte Angela. „Ich scheine dort in letzter Zeit zum Dauergast zu werden."

Zwanzig Minuten später waren sie auf der Berkeley Street in Richtung Piccadilly unterwegs.

„Ich nehme an, Sie haben niemand Verdächtiges vor dem Haus gesehen?", fragte sie William.

„Nein, Ma'am", antwortete er, „aber ich halte die Augen offen. Ich denke, im Moment sind wir sicher."

„Gut", sagte Angela. Sie hatte großes Vertrauen in Williams Umsicht und Wachsamkeit.

Gegen Mittag war sie wieder in ihrer Wohnung in der Mount Street und telefonierte mit Scotland Yard. Inspector Jameson sei unterwegs, er verfolge eine vielversprechende Spur, sagte man ihr. Ein Mann, der Robin Haynes sehr ähnlich sehe, sei in Aberdeen gesichtet worden, und deshalb sei der Inspector in den Norden gereist, um der Sache nachzugehen. Er werde frühestens morgen zurückerwartet. Ob Mrs Marchmont eine Nachricht hinterlassen wolle? Ja, das wollte Mrs Marchmont gerne. Sie teilte ihrem Gesprächspartner am anderen Ende der Leitung kurz mit, was sie in Erfahrung gebracht hatte, und bat darum, dem Inspector die Informationen so schnell wie möglich zukommen zu lassen. Man versprach, dies zu tun, und Angela legte auf, in der Hoffnung, dass ihn die Nachricht wirklich bald erreichen würde.

Sie läutete nach William.

„Morgen fahren wir wieder nach Underwood House", erklärte sie, „und das ist Ihre Chance auf ein kleines Abenteuer."

Der junge Mann strahlte.

„Ich bin dabei!"

„Gut", sagte Angela. Sie hüstelte. „Allerdings sollte ich Sie warnen: Ihr Auftrag ist nicht ganz legal."

Williams Gesichtsausdruck gab ihr zu verstehen, dass er sich nicht darum scherte, ob die Sache legal war oder nicht, doch er sagte nur: „In Ordnung, Ma'am."

„Sehr gut", sagte Angela und begann zu erklären, was sie von ihm erwartete. Er hörte aufmerksam zu und nickte.

„Wie gesagt, ich habe nur einen flüchtigen Blick darauf erhascht, aber ich bin mir fast sicher, dass es zumindest ein Teil dessen ist, was wir suchen", schloss sie.

„Wenn es da ist, werde ich es finden", versprach William.

„Vielleicht sind da noch andere Dinge, aber wir wollen keinen Verdacht erregen, daher rate ich Ihnen, sie dort zu lassen, wo sie sind."

„Ich habe verstanden", sagte er.

„Aber diese Person ist sehr gefährlich und hat bereits zweimal versucht, mich zu töten. Seien Sie also äußerst vorsichtig, Sie dürfen auf keinen Fall erwischt werden. Und gehen Sie keine unnötigen Risiken ein."

„Keine Bange", antwortete er. „Sie haben mir eine Woche Urlaub versprochen, und auf den möchte ich keinesfalls verzichten."

„Habe ich das? Ja, das habe ich. Was in aller Welt habe ich mir dabei gedacht?"

William verschwand, so schnell er konnte.

. . .

AM NÄCHSTEN NACHMITTAG fuhren sie nach Underwood House. Für Ende Mai war es ungewöhnlich warm und eine gewittrige Schwüle lag in der Luft. Angela überlegte hin und her, ob sie das Richtige tat, oder ob sie die ganze Angelegenheit Inspector Jameson hätte überlassen sollen. Aber es war der siebenundzwanzigste, der Inspector war nicht da und sie war schrecklich unruhig. Hatte der Mörder vor, heute erneut zuzuschlagen? Wenn ja, lag es an ihr, ihn aufzuhalten, wenn das überhaupt möglich war. Sie überprüfte zum x-ten Mal den Inhalt ihrer Handtasche, um sich zu vergewissern, dass sie alles Nötige dabeihatte. Diesmal würde sie sich nicht überrumpeln lassen.

Sie hielten vor der Haustür und Angela stieg aus.

„Denken Sie daran: Seien Sie vorsichtig", schärfte sie William ein.

„Das werde ich", versprach er.

„Ich verlasse mich auf Sie. Sie können mir eine Nachricht zukommen lassen, wenn Sie alles erledigt haben, dann komme ich sofort heraus."

Sie wurde in den Salon geführt, wo Louisa und Stella mit höflich unterdrückter Langeweile den Ausführungen von Susan Dennison lauschten. Die Künstlerin, in Gold und Orange gehüllt, lehnte elegant auf einer Chaiselongue. Sie begrüßte Angela mit einem majestätischen Nicken und redete weiter.

„Selbstverständlich lasse ich mich von zeitgenössischen europäischen Künstlern inspirieren", dozierte sie. „Leider muss man feststellen, dass englische Maler keinen Sinn für das eigene Ich haben. Es ist so wichtig, eine pulsierende Verbindung zu seinem inneren Wesen zu haben, die Fesseln des Über-Ichs abzuschütteln und mit jeder Faser des Seins das anzunehmen, was die Deutschen das Es nennen, also unseren tiefsten, niedersten Instinkt. Nur dann kann wahre Kunst entstehen. Ich selbst locke mein

Es allmorgendlich hervor, indem ich das Zimmer dreimal auf allen Vieren umkreise und dabei wie ein Wolf heule."

„Hallo, Angela", sagte Louisa, als Susan eine Atempause einlegte. „Wie du siehst, ist Ursula noch nicht da, aber sie müsste bald hier sein."

„Gibt es etwas Neues von Robin?", fragte Angela, obwohl sie die Antwort schon kannte.

„Noch nicht. Anscheinend hat er sich in Luft aufgelöst", sagte Louisa.

„Und hat dabei das Geld von Mutter mitgenommen, wie ich höre", ergänzte Susan schnippisch. „Ich hatte immer schon das Gefühl, dass man ihm nicht über den Weg trauen kann."

„Vielleicht wäre es besser, Ursula gegenüber nichts davon zu erwähnen, meine Liebe", mahnte Louisa. „Wahrscheinlich ist sie völlig verstört. Die Polizei gibt sich alle Mühe, ihn zu finden und zurückzubringen, es hat also keinen Sinn, viel Aufhebens zu machen, wenn wir sowieso nichts tun können."

„Ich glaube, sie ist wirklich verstört", sagte Angela. „Sie war neulich bei mir, weil sie wollte, dass ich ihn suche. Du wirst doch nett zu ihr sein, nicht wahr, Louisa? Nach außen hin wirkt sie hart und unnahbar, aber ich weiß, dass sie schrecklich leidet."

„Natürlich werde ich nett sein", versprach Louisa, „obwohl sie es einem ziemlich schwermacht."

Donald Haynes kam herein, sein Blick ging sofort zu Stella, die den Kopf abwandte. Angela dachte daran, dass sie noch keine Gelegenheit gehabt hatte, ihr Versprechen einzulösen und sich für ihn starkzumachen. Er begrüßte Angela mit einem Lächeln, dann ließ er sich lässig auf einen Fensterplatz fallen.

„Wo sind denn die anderen?", fragte er.

„Ursula ist noch nicht da", antwortete Louisa. „Ich

weiß nicht, wo dein Vater ist, aber Guy ist heute unterwegs und wird erst später zu uns stoßen.“

„Unsere Versammlungen schrumpfen“, bemerkte Donald. „Früher waren wir ziemlich viele, aber es werden immer weniger. Ich frage mich, wer heute sterben wird.“

Kapitel Achtundzwanzig

Im Salon herrschte für einen Moment eisiges Schweigen.

„Donald!", rief seine Mutter dann. „Rede bitte nicht solchen Unfug. Du vergisst, dass wir Gäste haben."

Stella presste die Lippen zusammen und blickte ihn wütend an. Er sah ein wenig betreten aus.

„Es tut mir leid", sagte er. „Es sollte ein Scherz sein."

„So ein Scherz ist nicht lustig", tadelte Louisa. „Stella, läute bitte zum Tee."

Donald sprang auf und verließ den Raum.

„Oh je, das fängt ja gut an", seufzte Louisa.

Angela unternahm einen beherzten Versuch, unverfänglichere Themen wie ihre letzte Frankreichreise anzuschneiden. Damit hatte sie anfangs durchaus Erfolg, obwohl sie amüsiert feststellte, dass Miss Dennison innerhalb kürzester Zeit das Gespräch von den Schlössern an der Loire auf sich und ihre Kunst brachte. Mit diesem faszinierenden Thema beschäftigte sie sich, bis es Zeit für den Tee war. Susan war mitten in einer ausführlichen Gegenüberstellung der italienischen Renaissance-Maler und ihrer eigenen Werke, wobei erstere in den Bereichen Maltechniken und geistige Beweglichkeit denkbar schlecht abschnitten, als Ursula eintraf.

Wie üblich hielt sie sich kerzengerade, begrüßte Louisa und Susan frostig und bedachte Angela mit einem knappen Nicken. Von der Frau, die neulich um Hilfe gebeten hatte, war nichts mehr zu sehen; sie wirkte so ruhig und gelassen wie immer. Einen Moment lang war Angela überzeugt, dass sie Robin während des Familientreffens mit keinem Wort erwähnen würde, doch Ursula hatte offenbar andere Pläne. Sie trat zu Miss Dennison.

„Die Polizei hat mir mitgeteilt, dass mein Sohn in verschiedene illegale Aktivitäten verwickelt ist", sagte sie steif. „Sie glaubt darüber hinaus, dass er deine Mutter überredet haben könnte, ihm ihr ganzes Geld zu geben, um es zu investieren, doch er hat es stattdessen benutzt, um seine Spekulationsverluste auszugleichen. So unangenehm es auch sein mag, derart schwere Anschuldigungen gegen meinen einzigen Sohn zu hören, so bin ich doch keine Frau, die vor der Wahrheit zurückschreckt. Als ich zum ersten Mal von der Angelegenheit erfuhr, habe ich mich geweigert zu glauben, dass Robin zu solchen Verbrechen fähig sei. Aber jetzt hatte ich ein paar Tage Zeit zum Nachdenken und musste mich mit der Möglichkeit auseinandersetzen, dass er tatsächlich schuldig sein könnte. Auch wenn er in seinen Pflichten als Sohn und ehrlicher Mann versagt hat, bin ich seine Mutter und werde ihm bis zum Schluss beistehen. Er wird meine Unterstützung brauchen - vor allem, um die zweite absurde Anschuldigung gegen ihn niederzuringen, nämlich dass er Winifred kaltblütig umgebracht hat."

Susan starrte sie erstaunt an und war ausnahmsweise sprachlos. Offensichtlich hatte ihr niemand etwas davon erzählt.

„Er mag unehrlich sein", fuhr Ursula an Louisa gewandt fort, „aber er ist kein Mörder und ich werde nicht tatenlos zusehen, wie sein Name für ein Verbrechen, das er nicht begangen hat, durch den Schmutz gezogen wird. Ich werde bis zum bitteren Ende gegen diese Anschuldigungen vorgehen."

„Natürlich, meine Liebe", sagte Louisa. „Ich hätte nichts anderes von dir erwartet."

Ursula wirkte leicht verunsichert, als hätte sie mit einer anderen Reaktion gerechnet.

„Ich muss dich warnen, Louisa", sagte sie. „Ich werde nicht schweigen und zusehen, wie mein Sohn wegen Mordes gehängt wird."

„Nun, wir werden dir natürlich helfen, wo wir können", sagte Louisa. „Und jetzt setz dich und trink einen Tee und iss einen Scone. Du siehst viel zu schmal aus. Bestimmt hast du seit Tagen nichts gegessen."

In diesem Moment kam Annie, das Dienstmädchen, herein und teilte Mrs Marchmont mit, dass ihr Chauffeur eine wichtige Nachricht für sie habe. Sie entschuldigte sich und ging in die Eingangshalle, wo William auf sie wartete. Sein breites Lächeln verriet ihr, dass seine Mission von Erfolg gekrönt war.

„Nun? Was haben Sie für mich?", fragte sie mit leiser Stimme.

„Ich glaube, ich habe es gefunden, aber es war nicht da, wo Sie gesagt hatten", antwortete er. Seine Jacke und die Knie seiner Hose waren staubig.

„Erzählen Sie", forderte Angela ihn auf.

„Nun", begann er, „bei der ersten sich bietenden Gelegenheit schlich ich mich heimlich davon und ging in das Zimmer, das Sie mir gezeigt hatten. Die Tür war nicht verschlossen. Ich konnte ohne Probleme rein und mich sofort an die Arbeit machen. Ich durchsuchte die Schubladen des kleinen Schreibtisches gründlich, der dort stand, aber darin war nichts zu finden, nicht einmal eine Schneiderrechnung.

Dann ging ich an den Kleiderschrank und durchwühlte die Taschen aller darin befindlichen Kleider, hatte aber immer noch kein Glück. Ich hab überall gesucht – hab fast das ganze Zimmer auseinandergenommen, aber es war nichts zu finden. Irgendwann hab ich mich gefragt, ob vielleicht alles in einem Tresor liegt und ich meine Zeit verschwende.

Doch wie es der Zufall wollte, war ich gerade wieder auf dem Flur, als eine kleine Tür aufging und ein Hausmädchen herauskam, mit einer alten Vase oder so etwas in der Hand. Ohne sie hätte ich die Tür gar nicht bemerkt, sie war zurückgesetzt, in einer Art Nische. Jedenfalls blieb ich stehen, hab ihr artig einen guten Tag gewünscht, und sie erzählte mir unter anderem, dass die Tür zur Dachbodentreppe führt.

Oh, sagte ich, da bewahrt die Familie wohl ihren ganzen Krempel auf, für den sie keine Verwendung hat, nicht wahr? Und sie sagte, ja, der Dachboden sei vollgestopft - alte Sachen, neue Sachen, Sachen, die nirgendwo anders hinpassen, und noch viel mehr. Dann hat sie mit mir geschimpft, weil ich sie von der Arbeit abhielt, aber sie hat es nicht so gemeint, das konnte ich an ihrem Lächeln sehen.

Sie lief eilig davon und natürlich ging ich direkt durch die Tür und die Treppe zum Dachboden hinauf. Und das Hausmädchen hatte nicht übertrieben, da oben sah es aus wie in einem Kuriositätenkabinett. Mein erster Gedanke war, dass es Wochen dauern würde, alles zu durchsuchen, aber als ich mir ein paar Sachen näher anschaute, erkannte ich, dass einige von ihnen mit Namen gekennzeichnet waren.

Ein Gegenstand fiel mir besonders ins Auge, er sah so aus, als könnte er das enthalten, wonach ich suchte. Er stand auf einem alten Schreibtisch, eine dieser kleinen Briefschatullen mit Einlegearbeiten im Deckel - Sie haben wahrscheinlich schon einmal gesehen, was ich meine. Und das Interessanteste daran war, dass sie mit einem Monogramm versehen war, das Ihnen vielleicht bekannt vorkommt.

Ich nahm das Kästchen in die Hand und versuchte, es zu öffnen, aber es war verschlossen. Ich hatte nirgendwo im Schlafzimmer einen Schlüssel gesehen, also nahm ich an, dass der Besitzer des Kästchens ihn immer bei sich hat. Einen Moment war ich ratlos, aber dann erinnerte ich mich an das, was Sie gesagt hatten, dass die Person gefährlich ist und vielleicht einen weiteren Mord plant, und da dachte ich, wenn es darum geht, jemandem das Leben zu retten, heiligt der Zweck die Mittel."

Er verstummte und sah betreten zu Boden.

„Was haben Sie getan?", fragte Angela besorgt.

„Ich habe das Schloss aufgebrochen", antwortete er. „Es war die einzige Möglichkeit", fuhr er angesichts von Angelas besorgter Miene hastig fort. „Anders hätte ich das Kästchen nicht aufbekommen."

„Nun, es lässt sich nicht mehr ändern", sagte Angela, „aber natürlich wird der Besitzer des Kästchens vermutlich bald herausfinden, dass ihm jemand auf die Schliche gekommen ist. Vielleicht sollten Sie wieder nach oben gehen und es irgendwo verstecken."

„Zu spät", antwortete William. „Das wollte ich gerade erzählen. Ich hab mir die Papiere in dem Kästchen angesehen und bin fast gestorben, als ich erst ein Knarren hörte und dann ein Geräusch, als würde jemand plötzlich den Atem anhalten. Ich hatte das Gefühl, da oben ist jemand und beobachtet mich. Ihnen kann ich's ja sagen: Mir blieb beinahe das Herz stehen! Ich sprang auf und rief: ‚Wer ist da?‘ – ehrlich gesagt, um mir selbst zu beweisen, dass ich kein Feigling bin -, aber ich bekam keine Antwort. Am liebsten wäre ich so schnell wie möglich weggerannt, aber ich zwang mich zu bleiben und herauszufinden, wer da war. Ich schnappte mir den Zettel, der mir der richtige zu sein schien, stellte das Kästchen zurück und machte mich auf die Suche.

In einer Ecke stand ein großer alter Schrank, der wie ein mögliches Versteck aussah, also schlich ich auf Zehenspitzen hin und spähte um ihn herum. Ich habe niemanden entdeckt, aber Sie werden nie erraten, was ich gefunden habe.“

„Was?“, sagte Angela.

„Ein schmales provisorisches Bett, daneben eine Kerze, die halb heruntergebrannt war, und die Reste von Essen und Trinken. Es sieht ganz so aus, als ob dort oben jemand wohnen würde. Ist es hier in der Gegend üblich, Gäste auf dem Dachboden unterzubringen? Ich habe gehört, dass diese vornehmen Familien manchmal ein bisschen exzentrisch sind.“

„Nicht, dass ich wüsste“, sagte Angela. „Was ist dann passiert?“

„Nun, ich war mit den Nerven fertig, also dachte ich, ich schaue mich noch einmal kurz um und verschwinde dann. In diesem Moment hörte ich ganz in der Nähe ein Niesen, und – na ja, ich gebe es nur ungern zu, aber ich habe völlig den Kopf verloren. Ich schoss so schnell ich konnte zur Treppe, polterte hinunter und aus der Tür und rannte gleich weiter bis in die Küche.“

Er wirkte derart entsetzt über sein eigenes Verhalten, dass Angela sich ein Lachen nicht verkneifen konnte.

„Machen Sie sich nichts draus“, beruhigte sie ihn. „Mir wäre es genauso gegangen. Sie haben gute Arbeit geleistet,

auch wenn es ein bisschen schade ist, dass Sie das Kästchen aufbrechen mussten. Damit haben wir die Karten
auf den Tisch gelegt.“

„Aber nur, wenn der Besitzer des Kästchens in den
nächsten ein, zwei Tagen auf den Dachboden geht“,
wandte William ein. „Man kann nie wissen - vielleicht hat
die betreffende Person in der nächsten Zeit Besseres zu
tun.“

„Hoffen wir es“, sagte Angela. „Zeigen Sie mal den
Zettel, den Sie aus dem Kästchen genommen haben.“

William griff in seine Jackentasche und reichte ihr ein
gefaltetes Blatt Papier. „Ist es das, wonach Sie gesucht
haben?“, fragte er.

„Lassen Sie mal sehen“, sagte sie und betrachtete das
Papier eingehend, wobei ihre Miene von Sekunde zu
Sekunde besorgter wurde. Schließlich sah sie William
eindringlich an.

„Und?“, fragte er. „Ist es das Richtige?“

„Gut gemacht, William. Das ist äußerst nützlich. Und
jetzt müssen wir so schnell wie möglich zu Mr Faulkner.
Ich glaube, er könnte in großer Gefahr sein.“

Kapitel Neunundzwanzig

WILLIAM WOLLTE GERADE eine Frage stellen, als die Haustür aufging und Guy Fisher hereinkam. Angela faltete das Schriftstück unauffällig zusammen und ließ es in ihre Tasche gleiten, dann nickte sie William zu, der sich respektvoll in den Hintergrund zurückzog.

„Hallo, Mrs Marchmont", begrüßte Guy sie. „Sind alle da? Habe ich etwas Aufregendes verpasst? Gehen sich Ursula und Susan gerade an die Gurgel?"

„Ich hoffe nicht", antwortete Angela. „Eben haben sie sich noch ganz zivilisiert unterhalten."

„Schade", bemerkte er zynisch. „Eine ordentliche Keilerei würde dem Ganzen eine gewisse Pikanterie verleihen, finden Sie nicht auch?"

Mit diesen Worten verschwand er im Salon und Angela winkte William zu sich.

„Schnell", forderte sie ihn auf. „Ich rufe Mr Faulkner an, und Sie halten Wache, falls jemand kommt. Achten Sie besonders auf eine bestimmte Person …"

„Verstanden."

Angela nahm den Hörer ab und bat darum, mit der

Kanzlei von Mr Faulkner verbunden zu werden. Nach kurzer Wartezeit meldete sich eine unbekannte Stimme.

„Hawley am Apparat."

„Hallo, Mr Hawley", sagte Angela, „hier ist Mrs Marchmont. Könnte ich wohl mit Mr Faulkner sprechen? Es ist ziemlich dringend."

„Tut mir leid, Mrs Marchmont, aber ich fürchte, er ist zurzeit nicht hier", erklärte der Sekretär.

„Wissen Sie, wo ich ihn finden kann?"

„Nun", sagte Mr Hawley zögernd. In seiner Stimme schwang leise Sorge. „Um ehrlich zu sein, ich weiß nicht, wo er ist. Er ist heute nicht in der Kanzlei erschienen und hat keine Nachricht hinterlassen, wo er sich aufhält."

Angela sank das Herz.

„Sagt er Ihnen das normalerweise?"

„Ja."

„Haben Sie versucht, ihn zu Hause anzurufen?"

„Ja, heute Nachmittag, aber es hat niemand abgenommen. Meinen Sie, er könnte krank sein?"

Angela fasste einen Entschluss.

„Warten Sie bitte in der Kanzlei", sagte sie. „Ich bin in ein paar Minuten da. Wir müssen ihn finden, und zwar schnell. Ich hoffe nur, dass es nicht schon zu spät ist." Sie legte ohne ein weiteres Wort auf, während Mr Hawley mit sorgenvoller Miene auf den Telefonhörer in seiner Hand starrte.

„Nicht da?", fragte William.

„Er war heute nicht im Büro", antwortete sie. „Holen Sie schnell den Wagen, William. Wir haben keine Zeit zu verlieren."

Er rannte los und Angela kritzelte eine Notiz an Louisa. Sie hatte nicht die Absicht, ihren Aufbruch im Beisein der gesamten Familie anzukündigen.

„Geben Sie das bitte Mrs Haynes", sagte sie und

reiche den Zettel einem vorbeieilenden Diener. „Und sorgen Sie dafür, dass niemand außer ihr die Nachricht liest. Ich bin bald zurück und erkläre ihr alles.“

William war mit dem Bentley vorgefahren. Angela sprang hinein und sie legten die halbe Meile ins Dorf in Windeseile zurück. Als der Wagen am Rande des Dorfangers anhielt, erblickte sie das Gesicht von Mr Hawley, der erwartungsvoll aus dem Fenster von Mr Faulkners Büro schaute. Er kam heraus, um sie zu begrüßen.

„Glauben Sie, dass ihm etwas zugestoßen ist?“, fragte er.

„Ich hoffe nicht“, antwortete Angela, „aber ich schlage vor, dass wir nachsehen, ob er zu Hause ist. Vielleicht ist er krank geworden und kann nicht ans Telefon. Lebt er übrigens allein?“

„Ja.“

„Keine Angestellten?“

„Eine Frau aus dem Dorf kümmert sich um den Haushalt, aber sie wohnt nicht bei ihm.“

„Dann sollten wir gleich aufbrechen. Zeigen Sie uns den Weg?“

Mr Hawley stieg in den Bentley und sie fuhren los. Das Haus von Mr Faulkner lag am Ende einer schmalen Straße ganz am Rande von Beningfleet. Es war quadratisch und komfortabel und hatte einen gepflegten Garten. Die drei stiegen aus und gingen zur Haustür. Hawley läutete, doch im Haus rührte sich nichts.

„Ich frage mich, ob seine Haushälterin heute bei ihm war“, sagte Angela. „Hat sie einen Schlüssel?“

„Das weiß ich leider nicht“, sagte der Sekretär.

William spähte durch ein Fenster auf der Vorderseite.

„Nichts zu sehen“, sagte er. Er ging zu einem anderen Fenster und sah hinein.

„Ma‘am“, stieß er hervor. Die Dringlichkeit in seiner

Stimme ließ Angela aufhorchen. Sie gesellte sich zu ihm und als er wortlos auf etwas zeigte, schnappte sie erschrocken nach Luft.

„Wir müssen irgendwie ins Haus", sagte sie.

„Was ist los?" Mr Hawley klang verängstigt.

„Blut, wenn ich nicht irre", meinte William. Er nahm einen kleinen Stein aus dem Garten in die Hand. „Gehen Sie zur Seite", wies er seine Begleiter an.

„Nein, nicht dieses Fenster", sagte Angela. „Wir dürfen keine Beweise zerstören. Versuchen Sie es mit dem da Es ist das Esszimmer und es sieht nicht so aus, als wäre jemand drin gewesen."

William wickelte sich zur Sicherheit sein Taschentuch um die Hand, bevor er der Scheibe einen kräftigen Schlag mit dem Stein versetzte. Das Glas zerbrach mit lautem Klirren. Er griff vorsichtig durch das Loch und löste den Fensterhebel.

„Können Sie mir eine Räuberleiter machen?", fragte er Mr Hawley.

Mit bleichem Gesicht tat der Sekretär, worum er gebeten wurde. William hievte sich vorsichtig über die Fensterbank.

„Passen Sie gut auf, wegen der Glasscherben", ermahnte Angela ihn. „Jetzt gehen Sie zur Haustür und lassen Sie uns ins Haus."

William nickte und verschwand. Wenige Sekunden später erklang an der Haustür ein leises Rappeln, dann schwang sie auf und Angela trat ein. Mr Hawley folgte ihr zögernd. William hielt einen Zettel hoch.

„Das habe ich hier vor der Tür auf dem Boden gefunden", sagte er. „Es ist ein Zettel von der Haushälterin, auf dem steht, dass sie heute Morgen hier war, aber nicht reinkam."

Angela warf einen Blick darauf, dann sah sie sich um.

Sie befanden sich in einer dunklen, ganz mit Holz ausgekleideten Diele. An den Wänden hingen Bilder mit Jagdszenen und Pferden. Außer dem unheilvollen Ticken einer Standuhr in einer Ecke war kein Laut zu hören. Angela fiel auf, dass der Stuhl daneben ziemlich neu aussah. Sie hob den Kopf und schnupperte. Es roch nach frischer Farbe.

„Ich glaube, er hat renoviert", sagte sie.

Sie warf einen Blick ins Esszimmer.

„Lauter neue Möbel", sagte William, der über ihre Schulter hinweg den Raum betrachtete. „Sieht so aus, als hätte er in letzter Zeit etwas von seinem hart verdienten Geld ausgegeben."

„Ja", sagte sie, gab aber keinen weiteren Kommentar ab. Sie erreichten die Wohnzimmertür und William stieß sie auf.

„Muss ich … muss ich reinkommen?", fragte Mr Hawley leise. „Ich fürchte, ich kann kein Blut sehen."

„Dann bleiben Sie hier sitzen", sagte Angela. Sie wies auf den Stuhl neben der Uhr und folgte William ins Wohnzimmer. Es bestand kein Zweifel, was geschehen war. Eine Weile starrten sie stumm auf den grausigen Fund auf dem Boden. Mr Faulkner lag auf dem Rücken, den leeren Blick starr an die Decke geheftet. Der Griff von etwas, das wie ein großes Küchenmesser aussah, ragte unübersehbar aus seiner Brust, und um ihn herum hatte sich eine Lache aus dunkler Flüssigkeit gesammelt.

„Mitten ins Herz", sagte William. Er machte einen Schritt auf die Leiche zu.

„Fassen Sie ihn nicht an", sagte Angela. „Die Polizei wird ihn untersuchen."

„Ich schätze, seine Glückssträhne war zu Ende", bemerkte William trocken.

„Er hat ein sehr gefährliches Spiel gespielt", sagte Angela. „Seine Glückssträhne musste zwangsläufig irgendwann enden. Vermutlich dachte er, er hätte seine Karten klug ausgespielt, aber er hat nicht damit gerechnet, dass jemand, der schon dreimal getötet hat, kaum vor einem weiteren Mord zurückschreckt."

„Oh Gott!", rief Mr Hawley, der allen Mut zusammengerafft hatte und nun neben ihnen stand. Er starrte fassungslos auf die Leiche. „Mr Faulkner! Wer tut denn so etwas Schreckliches?"

„Wir müssen sofort die Polizei rufen", sagte Angela. „William, bringen Sie Mr Hawley zum Auto. Ich telefoniere von hier aus."

William begleitete den bedauernswerten Sekretär nach draußen, während Angela die örtliche Polizei und Scotland Yard anrief und sich dann zu ihnen gesellte. Nach kurzer Zeit kam ein Polizist auf einem Fahrrad angeschnauft.

„Also, Mr Hawley, was ist das für ein Unsinn, dass Mr Faulkner ermordet worden sein soll?", sagte er, nahm seine Mütze ab und wischte sich den Schweiß von der Stirn.

„Oh, Sergeant Peters, da sind Sie ja endlich. Nein, nein, das ist überhaupt kein Unsinn", rief Hawley. „Ich habe es doch mit eigenen Augen gesehen: Seine Leiche liegt in einer Blutlache in seinem eigenen Wohnzimmer."

„Meine Güte!", rief der Sergeant aus. „Ich dachte, es wäre nur ein dummer Streich von einem der Jungs im Dorf. Sie wollen doch nicht etwa sagen, dass Mr Faulkner tot ist?"

„Ich fürchte doch, Sergeant", mischte sich Mrs Marchmont ein. „Wenn Sie mir bitte ins Wohnzimmer folgen wollen. Leider waren wir gezwungen, eine Fensterscheibe einzuschlagen, aber ansonsten haben wir versucht, so wenig wie möglich anzurühren."

Sie führte Sergeant Peters ins Haus und wies ihm den Weg zu der Leiche. Ein Blick reichte und er verwandelte sich vom jovialen Dorfpolizisten zum professionellen

Gesetzeshüter, der gewissenhaft seine Pflicht tat. Ab jetzt hatte er das Sagen. Er geleitete Angela aus dem Haus und beäugte sie misstrauisch.

„Darf ich fragen, wie Sie heißen, Madam? Und was genau hat Sie in dieses Haus geführt?"

„Mein Name ist Mrs Angela Marchmont und ich bin zu diesem Haus gekommen, weil ich befürchtete, dass Mr Faulkners Leben in Gefahr war. Leider scheint es, als hätte ich recht gehabt."

Der Polizist schaute sie ungläubig an.

„Es ist eine ziemlich lange Geschichte", sagte Angela, „aber vielleicht ergibt alles einen Sinn, wenn ich Ihnen sage, dass dieser Mord mit den jüngsten Todesfällen in Underwood House zusammenhängt." Sie suchte in ihrer Tasche herum und zog schließlich etwas hervor, das sie ihm reichte. „Falls Sie mir nicht glauben – hier ist die Karte von Inspector Jameson von Scotland Yard. Er hat in diesem Fall ermittelt und ich habe ihn bei seinen Nachforschungen unterstützt."

Der Sergeant betrachtete die Karte eingehend. Er schien immer noch nicht ganz überzeugt.

„Ich habe Scotland Yard angerufen", fuhr sie fort. „Inspector Jameson ist auf dem Rückweg von Aberdeen und wird so schnell wie möglich hierher beordert, aber in der Zwischenzeit ist die Polizei von Beningfleet mit dem Fall betraut."

Ob Peters ihr geglaubt hätte, darf man bezweifeln, aber zum Glück für Angela fuhr ein Auto vor, in dem der zuständige Inspector saß. Die Nachricht von einem Gewaltverbrechen hatte seinen friedlichen Angelnachmittag unsanft unterbrochen. Er war derjenige, der Scotland Yard um Unterstützung bei der Untersuchung der mysteriösen Todesfälle in Underwood House gebeten hatte, und er kannte

Inspector Jameson gut. Er stimmte Angelas Rückkehr zu den Haynes unter der Bedingung zu, dass sie bis zum nächsten Tag in Underwood House blieb. Sie versprach, sich nicht von der Stelle zu rühren, und fuhr mit William und Mr Hawley, der inzwischen ziemlich blass aussah, davon.

Nachdem sie den Sekretär in die Obhut seiner Frau gegeben hatten, machten sie sich auf den Weg nach Underwood.

„Nun, Ma'am, ich gebe ehrlich zu, dass ich Ihnen nicht recht geglaubt habe, als Sie sagten, hier sei ein Mörder am Werk", sagte William, „aber jetzt haben Sie mich überzeugt."

„Das beruhigt mich sehr", erwiderte Angela trocken.

„Und wie geht es jetzt weiter?", fragte William.

„Das weiß ich auch nicht so genau, aber ich würde gerne selbst auf den Dachboden gehen und mir das Kästchen mit den Papieren genauer ansehen, bevor eine gewisse Person merkt, dass jemand darin herumgestöbert hat."

„Aber es ist zu spät", erwiderte er. „Erinnern Sie sich nicht? Wer auch immer mich auf dem Dachboden beobachtet hat, hat gesehen, wie ich in dem Kästchen herumgewühlt habe."

„Ah, ja", sagte Angela. „Der geheimnisvolle Spion auf dem Dachboden."

„Er scheint Sie nicht weiter zu beunruhigen."

Angela lächelte vor sich hin.

„Ich glaube, er hat andere Sorgen als Kästchen mit Briefen", sagte sie. William warf ihr einen neugierigen Blick zu, aber sie schwieg sich aus.

„Also, auf zum nächsten Kapitel in Underwood House. Diese Haynes machen mehr Ärger als eine Horde Affen."

„Ja, es ist ganz bestimmt eine sehr ungewöhnliche Familie", pflichtete sie ihm bei.

„Soll ich mich weiterhin bereithalten, Ma'am?"

„Ja. Ich habe das Gefühl, dass sehr bald etwas passieren wird."

„Und was?"

Angela starrte stirnrunzelnd aus dem Fenster. Der Himmel war inzwischen schwarz, als würde sich ein Sturm zusammenbrauen.

„Ich weiß es nicht genau", antwortete sie schließlich, „aber was auch immer es ist: Ich hoffe, dass es dieser unseligen Sache ein für alle Mal ein Ende setzt, ohne dass noch jemand zu Schaden kommt. Mit dem Mord an Mr Faulkner hat der Mörder nun die Gans getötet, die goldene Eier legt. Es muss ein Akt der Verzweiflung gewesen sein, doch er hat sich dadurch selbst in eine ausweglose Lage gebracht. Er hat nichts mehr zu verlieren." Sie beugte sich vor, um ihren Worten mehr Gewicht zu verleihen. „Wir müssen vorsichtig sein, William. In unserer Mitte befindet sich jemand sehr Gefährliches."

Kapitel Dreißig

Es war fast sieben Uhr, als sie vor Underwood House anhielten.

„Die anderen ziehen sich sicherlich schon zum Abendessen um", bemerkte Angela. „Ich beeile mich besser, sonst komme ich zu spät. William, halten Sie sich bereit. Ich weiß nicht genau, was passieren wird, aber ich möchte, dass Sie da sind, wenn es losgeht."

Sie eilte die Treppe hinauf und machte sich hastig zurecht, schlüpfte in ihr Abendkleid und ergänzte es spontan um eine karminrote Samtjacke mit weiten, gefältelten Ärmeln. Sie strich sich das Haar glatt und musste lächeln, als sie an Marthe dachte, die angesichts ihrer oberflächlichen Toilette die Hände über dem Kopf zusammengeschlagen hätte. Noch ein kurzer Blick in den Spiegel, dann ging sie nach unten in den Salon.

Sie war nicht ganz die Letzte, die eintraf. John und Susan fehlten, aber Louisa, Stella, Ursula, Guy und Donald waren bereits umgezogen und unterhielten sich lustlos. Louisa warf Angela einen fragenden Blick zu. Offensichtlich wollte sie unbedingt wissen, wo ihre

Freundin gewesen war, musste sich jedoch zurückhalten, weil sie ihr aufgetragen hatte, niemandem etwas zu sagen. Guy plagten jedoch keinerlei Skrupel dieser Art.

„Da ist ja unsere Detektivin, die von ihrem mysteriösen Ausflug zurückgekehrt ist. Wo in aller Welt waren Sie, Mrs Marchmont? Wir haben Sie vermisst. Wir haben uns die letzten beiden Stunden Miss Euphrosynes Theorien über das Wesen der Kunst angehört. Ich habe mein Gähnen unterdrückt, so gut es ging, aber ich glaube, mindestens ein Gähnen ist durch mein linkes Ohr entwichen, als ich mir den Mund zugehalten habe.“

„Nicht so laut!“, ermahnte Louisa ihn. „Sie kann jeden Moment hereinkommen und Sie hören.“

„Ich wurde leider zu einer dringenden Angelegenheit gerufen“, erklärte Angela. Sie holte tief Luft und fuhr entschlossen fort: „Wie es aussieht, ist Mr Faulkner, der Anwalt, ermordet worden.“

Ein erschrockenes Aufkeuchen ging durch ihre Zuhörerschaft, gefolgt von einer Flut von Fragen. Sobald sich die erste Aufregung gelegt hatte, berichtete Angela kurz, was sich in den letzten beiden Stunden ereignet hatte. Statt zu verraten, welche Rolle sie tatsächlich bei der Entdeckung der Leiche gespielt hatte, behauptete sie, die Polizei habe sie zu Mr Faulkners Haus gerufen.

„Aber warum sollte jemand Mr Faulkner ermorden wollen?“, fragte Louisa.

„Da fallen mir eine Menge Gründe ein“, bemerkte Donald. „Als Anwalt kannte er bestimmt viele Geheimnisse. Vielleicht wollte ihm jemand den Mund stopfen.“

„Natürlich wollte ihn jemand zum Schweigen bringen“, sagte Ursula mit hoher, klarer Stimme.

Alle verstummten. Angela war sofort in Alarmbereitschaft.

„Was meinst du damit?“, fragte Louisa.

Ursula sah sie eindringlich an.

„Du weißt genau, was ich meine, Louisa“, antwortete sie. „Er wusste viel zu viel über diese Familie und ihre dunkle Geschichte, und deshalb musste er zum Schweigen gebracht werden.“

„Jetzt fängst du schon wieder an“, unterbrach Donald sie ungeduldig. „Ständig machst du vage Andeutungen. Warum kannst du nicht einfach sagen, was du meinst?“

Ursula stand auf und ging mit bedächtigen Schritten zu dem jungen Mann hinüber. Sie stellte sich vor ihn und sah ihm in die Augen.

„Ausgerechnet du fragst mich, warum ich nicht deutlicher werde?“

„Ja“, rief Donald aus. „Ich habe genug von dieser Geheimnistuerei. Einer nach dem anderen stirbt und ich möchte wissen, warum. Du behauptest, du weißt etwas, Tante Ursula, also warum sagst du uns nicht einfach, was es ist, und hörst auf, um den heißen Brei herumzureden?“

Ein Laut, der fast wie ein kurzes Lachen klang, entwich Ursulas Lippen.

„Also gut“, sagte sie. „Ich nehme deine Herausforderung an. Lasst es uns einmal laut aussprechen. So absurd und dramatisch es auch klingen mag, wir haben einen Mörder unter uns. Sag mir, Donald, warum hast du es getan? Hat er damit gedroht, allen dein Geheimnis zu verraten?“

Donald brauchte einen Moment, bis er begriff, dass sie ihn direkt ansprach.

„Wovon redest du?“, fragte er nach kurzem Schweigen.

„Wollte er Geld? Er war ein käuflicher alter Narr. Vielleicht war das sein Verhängnis.“

Angela erinnerte sich an den Geruch von frischer Farbe in Mr Faulkners Haus und an die neuen Möbel.

„Beschuldigst du mich des Mordes?“ Donald

dämmerte offenbar, was Ursula damit ausdrücken wollte. „Bist du völlig verrückt geworden?"

„Nein, ich bin nicht verrückt", erwiderte sie. „Aber vielleicht bist du es. Soweit ich gehört habe, sind die meisten Mörder geistig verwirrt."

„Geistig verwirrt?", wiederholte Donald. Die Zornesröte stieg ihm ins Gesicht. „Ich bin so gesund wie jeder andere hier. Wenn jemand geistig verwirrt ist, dann bist du es."

„Wo warst du heute Nachmittag, Don?", fragte Stella plötzlich. „Ich habe dich gesucht, weil ich mit dir reden wollte, aber ich konnte dich nirgends im Haus finden."

Ursula warf Donald einen triumphierenden Blick zu, als wollte sie sagen: Siehst du? Ich bin nicht die Einzige, die es bemerkt hat.

„Warum … warum …", stotterte Donald. „Ich war … ich weiß es nicht. Ich kann mich nicht erinnern. Wahrscheinlich irgendwo draußen im Park. Ist das wichtig?" Dieser Angriff von zwei Seiten schien ihn völlig zu überrumpeln.

„Für mich ist es wichtig", sagte Stella so leise, dass ihre Worte fast unhörbar waren.

„Natürlich hat Donald niemanden umgebracht", schaltete sich Louisa ein. „Ursula, wie kommst du bloß darauf? Was sollte ihm das nützen?"

„Ist das nicht offensichtlich?", antwortete Ursula. „Er hat es wegen des Geldes getan, das Philip ihm hinterlassen hat."

„Welches Geld?", fragte Donald. „Großvater hat mir nichts hinterlassen, soweit ich weiß."

„Ach, tu doch nicht so", fauchte seine Tante. „Schluss mit dieser Heuchelei! Philip hat mir vor seinem Tod alles erzählt."

„Er hat es dir erzählt?" John Haynes war unbemerkt in

den Salon gekommen. Er ging auf Ursula zu. „Was genau hat er dir erzählt?"

„Alles über die geheime Klausel in seinem Testament natürlich. Fand es denn niemand seltsam, dass er seinen Kindern nur eine lebenslange Beteiligung an der Hälfte ihres Erbes hinterlassen hat und dass das Geld nach ihrem Tod an seinen Anwalt fallen sollte? Wer hat so etwas schon einmal gehört? Das ist doch völlig absurd. Aber was niemand außer mir wusste: Mr Faulkner hatte sich insgeheim bereiterklärt, das Geld treuhänderisch für eine andere Person zu verwalten - und diese Person ist Donald Haynes."

„Blödsinn!", sagte John. „Wie um Himmels willen kommst du auf diese Idee?"

„Ich sagte doch, ich weiß es von Philip. Er sagte, er wolle dem unehelichen Kind seiner Tochter Christina etwas Geld vermachen, ohne dass jemand davon erfährt."

„Was?", riefen John, Louisa und Donald wie aus einem Munde.

„Behauptet nicht, ihr hättet es nicht gewusst", sagte Ursula. „Ihr habt Donald nach Christinas Tod adoptiert. Ich erinnere mich sehr gut daran, John - du brachtest ihn eines Tages mit und sagtest, seine Mutter sei tot und ihr beide würdet ihn wie euer eigenes Kind aufziehen. Ich gebe zu, dass ich keine Ahnung von der verwandtschaftlichen Verbindung hatte, bis Philip mir von der Klausel in seinem Testament erzählt hat. Er nannte die betreffende Person nicht beim Namen, aber ich ahnte sofort, wen er meinte. Ich war selbst ganz erstaunt, dass mir das nicht schon früher aufgefallen ist."

„Aber warum hat er dir das alles erzählt?", fragte Louisa.

„Philip und ich mochten uns", antwortete Ursula. „Viele Leute haben ihn missverstanden, besonders die

Mitglieder seiner Familie, aber ich fand ihn manchmal amüsant. Gelegentlich erzählte er mir Dinge, von denen sonst niemand wusste, und das war eines davon."

„Hör zu, Ursula", begann John, „du hast da etwas falsch verstanden."

„Ach ja? Hat sie das?", fragte Donald plötzlich. Er sah sehr blass aus und seine Lippen umspielte ein seltsames Lächeln. „Bist du dir da ganz sicher, Vater? Aber natürlich bist du nicht wirklich mein Vater, nicht wahr? Und Mutter ist nicht meine Mutter. Wir alle wussten das, aber wir haben Jahr für Jahr so getan, als würde es keine Rolle spielen."

„Donald", sagte Louisa verzweifelt, „natürlich spielt es keine Rolle. Wir lieben dich wie unser eigenes Kind. Du bist unser eigenes Kind."

„Nein, bin ich nicht!", rief er wütend. „Ich bin ein Niemand. Du hast gehört, was Tante Ursula gesagt hat. Ich bin der uneheliche Sohn einer Frau, die Schande über ihre Familie gebracht hat."

„He!", sagte Guy. „Das darfst du nicht sagen!"

Donald wirbelte zu ihm herum.

„Halt den Mund!", rief er. „Glaubst du, ich weiß nicht, wie du Stella in den letzten Wochen umgarnt und versucht hast, sie für dich zu gewinnen? Tu nicht so, als wärst du mein Freund, wenn du es in Wirklichkeit nur auf das abgesehen hast, was mir gehört." Er richtete sich auf. „Nun gut - jetzt, wo Tante Ursula uns allen freundlicherweise gesagt hat, wer meine leibliche Mutter ist, hat sie vielleicht auch in dem anderen Punkt recht. Soll ich jetzt und hier gestehen und uns einen mühsamen Prozess ersparen?"

„Sag so etwas nicht, Donald", bat seine Mutter. „Ursula hat das alles falsch verstanden. Natürlich wissen wir, dass du es nicht getan hast."

„Wisst ihr es denn wirklich?", fragte er. „Und kann ich

mir dessen wirklich sicher sein? Tante Ursula glaubt, dass ich schuldig bin, und Stella glaubt es auch. Vielleicht habe ich es also doch getan. Vielleicht habe ich den Verstand verloren und all diese Menschen - meine Tanten und meinen Onkel und Mr Faulkner – im Zustand geistiger Umnachtung getötet und habe es inzwischen vergessen."

Stella starrte ihn mit Verzweiflung im Blick an.

„Nein!", rief sie. „Das glaube ich nicht. Ich kann es nicht glauben."

„Und trotzdem wolltest du wissen, wo ich heute Nachmittag war", erwiderte er. „Es ist ganz offensichtlich, dass du mir nicht vertraust. Mir ist jetzt klar, warum du mir all die Wochen aus dem Weg gegangen bist: Du denkst, ich war es. Du glaubst, ich hätte Tante Philippa Gift in den Kaffee gemischt, Tante Winifred über die Brüstung gestoßen und Onkel Edward im See ertränkt."

Er verstummte.

„Hast du es getan?", flüsterte Stella in die Stille hinein. Ihre Augen flehten ihn an, Nein zu sagen.

„Ach, was soll's?", rief er, warf resigniert die Hände in die Luft, drehte sich um und rannte aus dem Zimmer.

Kapitel Einunddreißig

„DONALD!", rief Stella, sprang auf und rannte ihm hinterher.

John sah Ursula an.

„Du alte Hexe, du musst dich in alles einmischen", rief er wütend. „Da siehst du, was du angerichtet hast. Du hast alles auf den Kopf gestellt und Donald mit deiner lächerlichen Geschichte vertrieben."

Ursula straffte die Schultern.

„Es ist keine lächerliche Geschichte", erwiderte sie. „Bis jetzt habe ich Louisa zuliebe geschwiegen, denn sie war immer gut zu mir, aber dieser Abend hat das Fass zum Überlaufen gebracht. Ich kann diese mörderische Orgie nicht länger dulden."

John schnaubte verächtlich.

„Du bist verrückt", sagte er.

„Willst du leugnen, dass es sich um Morde handelt? Glaubst du, dass Mr Faulkner sich das Messer selbst in die Brust getrieben hat?"

„Nein, das glaube ich natürlich nicht, aber das ist - jetzt hör mal zu -"

„Er ist weg!" Stella stürmte in den Salon. „Er ist aus dem Haus gerannt und nicht zurückgekommen, als ich nach ihm gerufen habe. Ich habe furchtbare Angst, dass er etwas Dummes anstellt." Sie sah Guy eindringlich an. „Bitte, Guy, du musst ihm nachgehen und ihn zurückholen."

Guy stand auf.

„Wahrscheinlich bin ich der Letzte, den er im Moment sehen will", sagte er, „aber ich kann es versuchen. Hast du gesehen, in welche Richtung er gegangen ist?"

„Ich glaube, er ist in Richtung See gelaufen", antwortete sie.

„Also gut", lenkte er ein. „Ich werde ihn zurückbringen, wenn ich kann." Er ergriff kurz ihre Hand. „Keine Angst!", sagte er lächelnd und eilte hinaus.

Durch den herannahenden Sturm war es draußen dunkler als sonst um diese Jahreszeit. Angela dachte daran, wie sie diesen einsamen Weg entlanggegangen war, und erinnerte sich an die Angst, die sie bei der Flucht vor ihrem unsichtbaren Verfolger empfunden hatte. Sie stand auf und ging in die Eingangshalle, wo William auf sie wartete.

„Es hat einen kleinen Eklat gegeben", erklärte sie. „Sie haben sicher gesehen, wie Donald das Haus in aller Eile verlassen hat. Guy ist ihm nachgelaufen."

„Dann wird er meine Hilfe brauchen", sagte William fest.

„Ich weiß, dass ich mich auf Sie verlassen kann. Haben Sie den Gegenstand, den ich Ihnen gegeben habe?"

Der junge Mann sah sich vorsichtig um und zog dann am Griff eines Revolvers, der aus seiner Innentasche ragte.

„Gut", sagte Angela. „Er ist nur klein, aber er wird seine Aufgabe erfüllen, und Sie könnten ihn brauchen, also tragen Sie ihn immer bei sich."

„Das werde ich", versprach er.

„In der Zwischenzeit gehe ich auf den Dachboden und hole das Kästchen mit den Papieren. Ich hoffe nur, dass es da oben nicht zu dunkel ist."

Er nickte und verließ auf der Stelle mit entschlossenem Schritt das Haus.

Angela kehrte in den Salon zurück und wollte gerade Kopfschmerzen vortäuschen, um nicht am Abendessen teilnehmen zu müssen, als Louisa ankündigte, das Essen werde verschoben, bis Donald gefunden sei. Angela machte kehrt und eilte die Treppe hinauf. Sie fand die Tür zum Dachboden genau so vor, wie William sie beschrieben hatte. Sie öffnete sie langsam. Leider hatte sie keine Taschenlampe, doch es war heller, als sie erwartet hatte. Von irgendwoher kam ein schwacher Lichtschein, der ihr den Weg nach oben wies.

Auf einmal knarrte eine Stufe laut unter ihrem Fuß, und sie glaubte, ein plötzliches Rascheln zu hören. Sie hielt inne. War es eine Ratte? Oder etwas anderes? Egal - jetzt war keine Zeit, sich darüber Gedanken zu machen. Das Wichtigste war, diese Papiere in die Hände zu bekommen, denn sie hatte das Gefühl, dass alle Beweise, die sie brauchte, in diesem Kästchen lagen. Sie hoffte, dass der Besitzer in den letzten ein oder zwei Stunden nicht hier oben gewesen war und das aufgebrochene Schloss entdeckt hatte.

Angela bewegte sich vorsichtig vorwärts. Ihre Augen hatten sich inzwischen an das schwache, flackernde Licht gewöhnt und sie sah sich nach dem alten Schreibtisch um, den William beschrieben hatte. Er konnte nicht allzu weit entfernt sein, dachte sie, da der Besitzer des Kästchens vermutlich regelmäßig hierherkam, um Dokumente hineinzulegen oder herauszunehmen, und ihn daher in der Nähe haben wollte. Einige Minuten lang suchte sie vergeblich zwischen alten Bettgestellen, Stühlen, Tischen und

Lampenschirmen. Von seinem entwürdigenden Platz neben einem Stapel alter Nachttöpfe starrte sie ein mottenzerfressener Hirschkopf mürrisch an, und wohin sie auch blickte, überall standen Truhen, Kisten und alte Koffer, aus denen all der Krimskrams, der sich in Jahrzehnten angesammelt hatte, quoll. William hatte recht gehabt, als er den Dachboden als ein Kuriositätenkabinett bezeichnet hatte. Wie viele dieser Stücke würden jemals wieder ans Tageslicht gelangen? Ihr Blick fiel auf ein hübsches Bild mit Vergissmeinnicht in einer Vase, und sie fragte sich, ob es früher Christina gehört hatte. Oder hatte sie es sogar selbst gemalt?

Endlich entdeckte Angela, wonach sie suchte: einen Rollsekretär. Darauf befand sich ein Kästchen mit einem Deckel mit Einlegemustern, das gerade groß genug für ein paar Dokumente zu sein schien. Sie schüttelte den Kopf, als sie das verbogene Schloss und das gesplitterte Holz sah. Es war in der Tat offensichtlich, dass es gewaltsam geöffnet worden war. Zu behaupten, es sei versehentlich kaputtgegangen, war nun unmöglich. Nun, das ließ sich nicht ändern - und war es überhaupt wichtig? Die rote Linie war längst überschritten, es gab kein Zurück mehr.

Sie hob den Deckel des Kästchens an. Das Erste, was ihr ins Auge fiel, war das Foto, das man ihr in London gestohlen hatte. Sie legte es beiseite und nahm das oberste Dokument von dem kleinen Stapel in der Schachtel heraus. Es war ein Brief, in einer kleinen, krakeligen Schrift geschrieben. Sie konnte gerade noch entziffern, was darin stand, und sie las ihn mit wachsendem Staunen.

Mein lieber Junge,

inzwischen solltest du dich daran gewöhnt haben, diese seltsamen Briefe aus dem Jenseits zu erhalten, und so entschuldige ich mich nicht weiter dafür, dass ich deinen Frieden störe - falls ich ihn überhaupt störe. Die Jugend von heute ist ziemlich abgehärtet, was die Unannehmlichkeiten des Lebens angeht, wie ich finde. Mr Faulkner hat meine ursprünglichen Anweisungen kommentarlos entgegengenommen, aber seine Augenbrauen hoben sich mindestens einen Zentimeter, und ich konnte sehen, dass er ein solch ungewöhnliches Vorgehen mit Argwohn betrachtete. Wie sollte ich ihm erklären, dass der Gedanke einen alten Mann glücklich machte, dass er, wenn er dereinst tot und begraben war, immer noch in gewisser Weise mit seinem Lieblingsenkel kommunizieren konnte, zu dem er sich nie öffentlich bekannt hat?

Wenn dieser alte Bock von Anwalt also tatsächlich getan hat, was ich ihm aufgetragen habe, wirst du dies an einem Tag Anfang Mai lesen. Der Frühling war immer die liebste Jahreszeit deiner Mutter, wie du dich sicherlich erinnerst - nicht nur, weil sie im Mai geboren war, sondern auch, weil sie es liebte, nach draußen zu laufen und die frische Luft auf dem Gesicht zu spüren, den Duft der neu erblühenden Blumen einzuatmen und für die Freuden der neuen Jahreszeit zu danken. So hat sie es mir erzählt.

Ich bitte um Verzeihung - ich musste einige Augenblicke innehalten, nachdem ich das geschrieben hatte. Ich hätte nicht gedacht, dass mich ihr Tod auch nach all den Jahren noch so berühren würde. Glaub mir, ich habe nie aufgehört, die schreckliche Abfolge von Ereignissen zu betrauern, die Christina so grausam aus ihrem Zuhause hier in Underwood House gerissen haben. Warum, so habe ich mich immer wieder gefragt, war ich nicht da, um zu verhindern, dass sie von der Mutter, den Brüdern und Schwestern, die sie vor den Gefahren der Welt hätten schützen sollen, mit Schimpf und Schande aus dem Haus gejagt wurde? Mein lieber Junge, ich habe es dir schon oft gesagt, aber ich möchte es an dieser Stelle noch einmal wiederholen: Hätte ich auch nur im Entferntesten geahnt, was sie vorhatten, hätte ich niemals die Reise nach Manchester unternommen, um eine alte Freundin zu besuchen, die schwer krank war, und ihnen damit die Gelegenheit gegeben, sie während meiner Abwesenheit fortzuschicken. In den folgenden acht Jahren habe ich immer wieder versucht, sie zu finden, aber ich stieß unablässig gegen eine Mauer des Schweigens. So sehr ich mich auch bemühte, es gelang mir nicht, ihren Aufenthaltsort herauszufinden, bis es zu spät war und man mir sagte, sie sei tot.

Aber genug von der Vergangenheit. Wir befassen uns nur mit der Gegenwart, und ich schreibe dir, um dich noch einmal an das Versprechen zu erinnern, das du mir gegeben hast. Wäre ich noch im Land der Lebenden, könnte ich dir helfen, unser Ziel zu erreichen, meine undankbaren Kinder für das Leid zu bestrafen, das sie meiner süßen, unschuldigen Tochter angetan haben - aber so wie die Dinge stehen, fürchte ich, liegt die Last allein auf deinen Schultern. Hab jedoch keine Angst: Ich vertraue dir vorbehaltlos. Ich weiß, dass du Christinas Andenken rächen wirst, wie es nur ihr Sohn tun kann. Ich fordere dich auf, sie so leiden zu lassen, wie sie leiden musste, und dafür zu sorgen, dass ihre Sünden zehnfach auf sie zurückfallen. Denke auch daran, dass du, indem du ihre Familien um ihr Erbe bringst, das zurückgewinnst, was dir rechtmäßig zusteht, und betrachte es als Zeichen meines Vertrauens in dich, wenn ich sage, dass niemand sein Geburtsrecht mehr verdient als du.

Also gut. Ich überlasse es dir, deine Pflicht gegenüber deiner verstorbenen Mutter und mir, dem Vater, der sie liebte, zu erfüllen. Lass dich von niemandem von deinem Vorhaben abbringen, und denke an die Belohnung, die dir als Lohn für deine Mühen zuteilwird.

Ich wünsche dir viel Erfolg!

Alles Liebe,

Philip

DER BRIEF VERSCHLUG Angela den Atem und sie starrte einen Moment lang mit leerem Blick darauf. Wie von selbst griff ihre Hand nach dem nächsten Dokument in dem Kästchen, als sie durch ein Geräusch zu ihrer Rechten aufschreckte. Ohne nachzudenken steckte sie den ersten Brief in ihre Tasche, hob den Kopf und lauschte aufmerksam. Da war es wieder. Es hörte sich an, als versuchte jemand, vorsichtig seine Lage zu ändern.

Angela seufzte.

Also gut, dachte sie. Höchste Zeit, dass dich jemand ausräuchert.

In einer Ecke des Dachbodens stand ein alter Kleiderschrank. Dahinter breitete sich ein schwacher Lichtschein aus. Angela schlich um den Schrank herum und sah eine brennende Kerze. Auf einem behelfsmäßigen Lager kauerte eine Gestalt mit dem Rücken zu ihr.

„Hallo, Robin", sagte sie.

Kapitel Zweiunddreißig

ROBIN SPRANG auf und drehte sich mit schreckgeweiteten Augen zu ihr um. Er sah furchtbar aus: ungekämmt, unrasiert und erschreckend abgemagert. Angela betrachtete ihn mit einem Anflug von Mitgefühl.

„Meinen Sie nicht, Sie sollten mit diesem Unsinn aufhören und sich stellen?", fragte sie.

Er wich vor ihr zurück, während er sie stumm anstarrte.

„Sie hatten doch nicht vor, hier für immer zu bleiben?" fuhr Angela fort. „Man hätte Sie sehr bald entdeckt, wissen Sie. Irgendjemand hätte bemerkt, dass Brot und andere Lebensmittel verschwinden oder man hätte Sie gehört oder gesehen."

„Ich wollte nur so lange bleiben, bis sich die Aufregung gelegt hat." Er schien Mühe zu haben, seine Stimme wiederzufinden, „Danach hätte ich irgendwo ins Ausland gehen müssen."

„Und wie wollten Sie das anstellen? In allen Häfen hält man nach Ihnen Ausschau. Und selbst wenn Sie es geschafft hätten, das Land zu verlassen, wovon hätten Sie leben wollen? Das Geld, das Sie Ihrer Mutter gestohlen haben, hätte nicht lange gereicht. Ehrlich, Robin, ich glaube, Sie haben das nicht richtig durchdacht. Mit dem Geld anderer Leute zu spekulieren ist schlimm genug, aber wenn man es tut, sollte man es wenigstens vernünftig machen. Und nicht einmal einen richtigen Fluchtplan parat zu haben, wenn alles schiefgeht - das sieht mir sehr nach Inkompetenz aus."

„Sie hätten es vermutlich anders gemacht", sagte er gereizt.

„Ich hätte es überhaupt nicht gemacht", antwortete sie. „Aber wenn ich es machen wollte, würde ich es besser machen als Sie. Ich dachte, Sie seien ein Experte in Finanzfragen. Sie müssen sich der Risiken bewusst gewesen sein, die Sie eingegangen sind."

„Von Ihnen als Frau kann ich kaum erwarten, dass Sie verstehen, wie sich die Märkte von einem Moment zum anderen gegen einen wenden können. Es lief alles sehr gut, über Monate. Und dann kam diese Anglo-Pretoria-Sache und ich hatte keine Reserven."

„Aber warum haben Sie überhaupt damit angefangen? Leerverkäufe sind an sich eine gefährliche Sache, aber sie mit dem Geld Ihrer Kunden zu finanzieren, ist geradezu fahrlässig."

Er sah sie finster an.

„Mit meinem eigenen Geld hätte ich es kaum machen können, oder? Ich bin kein reicher Mann. Ich hätte es aber werden können - ich hatte die Chance, Tausende zu verdienen, und niemand hätte etwas gemerkt, wenn alles nach Plan gelaufen wäre. Ich hätte mir die Aktien nur für eine Weile ausleihen müssen und sie sofort zurückgegeben, wenn der Handel abgeschlossen war. Was wäre denn dabei gewesen?"

„Nichts, solange die Märkte so liefen, wie Sie es wollten. Zu Ihrem Pech war das nicht der Fall. Haben Sie sich an Ihre Tante Winifred gewandt, nachdem Sie durch die Anglo-Pretoria-Geschichte in Schwierigkeiten geraten sind?"

„Ja. Ich brauchte Geld, um meine Verluste zu decken, und sie hatte genug. Ich dachte, dass es mir nicht schwerfallen würde, die Differenz auszugleichen, und dabei hätte ich ihr eine gute Rendite beschert, aber es kam noch schlimmer, und ich stand vor dem Nichts."

„Aber wie haben Sie es geschafft, das alles so lange zu vertuschen?"

„Bei Peake hat man mir vertraut. Zumindest bis vor Kurzem. Ich vermute, dass irgendwann jemand misstrauisch geworden ist, und dann haben sie mich beobachten lassen. Ehrlich gesagt war es fast eine Erleichterung, als das alles herauskam. Über ein Jahr lang hatte ich mit der Angst gelebt, entdeckt zu werden. Ich hatte keine Möglichkeit, an frisches Geld zu kommen, obwohl ich alle gefragt habe, die mir eingefallen sind, und so saß ich monatelang auf den Verlusten, in der ständigen Angst, dass jemand anfangen würde, unangenehme Fragen zu stellen. Als die Polizei kam, wollte ich alles gestehen, aber es stellte sich heraus, dass sie dachte, ich hätte Tante Winifred ermordet, und ich - nun ja, ich habe die Nerven verloren und bin davongelaufen."

„Ja, die Polizei hat angedeutet, dass Sie etwas mit ihrem Tod zu tun haben könnten."

„Ich habe sie nicht umgebracht, das müssen Sie mir glauben!", rief er.

„Aber Sie haben ihre Taschen durchsucht, als sie tot auf dem Boden lag, nicht wahr?"

Er senkte den Blick.

„Woher wissen Sie das?", fragte er.

„Ich weiß es erst seit ein paar Tagen. Sie und Donald

haben beide behauptet, dass der jeweils andere nach dem Sturz als Erster vor Ort war, und es war unmöglich festzustellen, wer von Ihnen die Wahrheit sagt. Nach Ihrem Verschwinden fand die Polizei einen Brief von Ihnen an Winifred, den Sie verbrennen wollten, und schloss daraus, dass Sie ihn nach ihrem Sturz aus ihrer Tasche geholt hatten."

„Sie müssen mich für einen ausgemachten Schurken halten", murmelte er.

„Bei Ihnen ist einiges schiefgelaufen, aber falls es Sie tröstet: Ich weiß, dass Sie kein Mörder sind."

„Was soll ich bloß tun?", rief er plötzlich und Angela fühlte sich an den verzweifelten Ausbruch seiner Mutter vor einigen Tagen erinnert.

„Zunächst müssen Sie vom Dachboden herunterkommen, sich waschen und etwas essen. Was Sie danach machen, ist Ihre Sache. Ihre Mutter ist hier, wie Sie wissen. Sie ist ganz verrückt vor Sorge um Sie."

„Ehrlich? Ich dachte, sie wäre wütend auf mich."

„Wahrscheinlich ist sie auch wütend. Aber Ihr Vater ist tot und Sie sind ihr einziges Kind - der einzige Mensch, den sie noch auf der Welt hat. Natürlich macht sie sich Sorgen um Sie."

Einen Moment lang sah er so verloren aus wie ein kleiner Junge, der in der Speisekammer beim Naschen erwischt worden war und sich nun ängstlich ausmalte, auf welche Weise man ihn bestrafen würde.

„Wie lange werden sie mich wohl ins Gefängnis stecken?", fragte er zögernd.

„Ich weiß es nicht", antwortete Angela. „Ich glaube aber, dass Ihre Mutter bereits einen guten Verteidiger engagiert hat. Lassen Sie sich von ihm beraten. Vielleicht kommen Sie glimpflich davon."

Er seufzte.

„Es war ziemlich dumm von mir zu glauben, dass ich mich auf dem Dachboden verstecken könnte, ohne erwischt zu werden", sagte er. „Ich habe mich gelangweilt und das hat mich wahrscheinlich unvorsichtig gemacht. Außerdem kommen immer wieder Leute hier hoch. Ich glaube, Sie sind heute schon die Vierte."

„Es ist bestimmt nicht sehr lustig, allein auf einem Dachboden zu leben", sagte Angela. „Gehen Sie jetzt runter und reden mit Ihrer Mutter?"

Der Gedanke ließ ihn zusammenzucken.

„Ich habe wahrscheinlich keine Wahl. Würden Sie mich begleiten, Mrs Marchmont? Alleine traue ich mich nicht."

Angela lachte.

„Keine Sorge - Louisa und die anderen sind da und werden Sie beschützen, dann haben Sie das Schwierigste schon mal hinter sich. Sich der Polizei zu stellen, kommt Ihnen danach wie ein Kinderspiel vor."

„Das stimmt", sagte er gefühlvoll. Er kam langsam aus der Höhle hervor, in der er fast eine Woche verbracht hatte. „Dann lassen Sie uns gehen."

„Ich habe hier oben noch etwas zu erledigen, danach komme ich sofort auch hinunter."

Er fragte nicht, was sie zu erledigen hatte, sondern nickte nur und ging. Sie hörte seine Schritte auf der Treppe, dann das Geräusch der sich öffnenden und schließenden Tür. Ihre Gedanken kehrten zu dem Holzkästchen und seinem erstaunlichen Inhalt zurück, und sie ging zum Schreibtisch hinüber, um noch schnell ein, zwei Dokumente durchzulesen, bevor sie die Schatulle in ihr Zimmer mitnahm, um den Inhalt Inspector Jameson zu zeigen, sobald er aus Aberdeen zurück war. Sie hatte gerade den Deckel hochgehoben, als sie hörte, wie sich die Tür zum

Dachboden wieder öffnete und Schritte langsam die Treppe heraufkamen.

„Schon wieder zurück? Ich dachte, Sie wollten Ihrer Mutter alles beichten", sagte sie, ohne sich umzudrehen.

„Meine Mutter ist tot", hörte sie eine Stimme hinter sich.

Kapitel Dreiunddreißig

Das Herz schlug Angela bis zum Hals, als sie sich umwandte.

„Ich dachte, Sie wollten in den Wald gehen", sagte sie.

„Ja, das dachten Sie, nicht wahr?", erwiderte Guy. „Aber ich bin hier, wie Sie sehen."

Er lächelte sein übliches, unbekümmertes Lächeln, aber jetzt ließ es sie frösteln. Angela bemerkte zum ersten Mal, wie kräftig er gebaut war, und erinnerte sich, dass er einmal regelmäßig Sport getrieben hatte.

„Wo ist Donald? Geht es – geht es ihm gut?", fragte sie zögernd.

Er zuckte mit den Schultern.

„Ich habe nicht die leiseste Ahnung. Wahrscheinlich hat Ihr Chauffeur ihn inzwischen eingeholt - ich habe ihn übrigens gesehen, als ich auf dem Rückweg war, er sah furchtbar mutig und entschlossen aus. Vielleicht erschießt er seine Beute und erspart mir die Mühe. Oder vielleicht ist Don von sich aus ins Haus zurückgekehrt und lässt sich jetzt von Stella trösten. Ich bin sicher, er wird ihr verzeihen, dass sie vorübergehend an ihm gezweifelt hat." Seine Miene verhärtete sich.

Angela schwieg und er sah sie nachdenklich an.

„Wie schweigsam Sie sind, Angela. Haben Sie denn gar nichts zu Ihrer Verteidigung vorzubringen? Ich dachte, Sie würden sich wenigstens dafür entschuldigen, dass Sie mein Kästchen aufgebrochen und versucht haben, meine Sachen zu stehlen."

„Sie wussten also, dass Sie mich hier oben finden würden?"

„Das habe ich mir gedacht, ja. Sie sollten wirklich diskreter sein, wenn Sie sich mit Ihrem jungen Amerikaner unterhalten, wissen Sie. Ich habe gesehen, wie Sie beide unten die Köpfe zusammengesteckt und meinen Brief von Faulkner untersucht haben, und wusste in dem Moment, dass das Spiel aus war, wie man so schön sagt. Dann kam ich hier hoch und sah, was passiert war. Mein erster Impuls war natürlich, das Kästchen mitzunehmen, aber dann hielt ich es für besser, es als Köder hier zu lassen. Mir war klar, dass Sie die anderen Sachen würden lesen wollen."

„Ja, das wollte ich", antwortete Angela. „Ich habe gerade den letzten Brief von Philip an Sie gelesen und es tut mir schrecklich leid für Sie."

Er runzelte die Stirn.

„Ich tue Ihnen leid? Warum zum Teufel sollte ich Ihnen leidtun?"

„Weil Sie ganz allein dastehen und der einzige Mensch, auf den Sie sich in Ihrem Leben verlassen konnten - der Mensch, der Sie in erster Linie hätte beschützen sollen - Sie grausam betrogen hat, selbst aus dem Jenseits."

„Mich betrogen? Natürlich hat er mich nicht betrogen. Er hat mir als Einziger die Wahrheit über meine Mutter und ihre Familie gesagt, was sonst niemand getan hat. Endlich, nach all den Jahren, weiß ich, warum sie immer so unglücklich war und warum sie nie mit mir darüber gesprochen hat, als sie noch lebte. Ich habe alles über meinen so genannten *Vater* gehört", er spuckte das Wort förmlich aus, „diesen Knecht, der sie angegriffen hat. Ich weiß, wie ihre Familie sie nach ihrer Schande verschmäht und sie ohne Gnade aus dem Haus gejagt hat, kaum dass mein Großvater weg war. Und das sind die Leute, die sich selbst die Hände gerieben und sich in ihrem neuen Reichtum gesuhlt haben, als Großvater starb - die Brüder und Schwestern, die meine Mutter so schlecht behandelt haben, dass sie an gebrochenem Herzen gestorben ist, als ich gerade einmal acht Jahre alt war. Welches Recht hatten sie zu leben, wenn ihre Taten meine Mutter getötet haben?"

„Aber, Guy, Ihre Mutter ist aus freien Stücken gegangen", sagte Angela. „Niemand hat sie vertrieben. Sie hat ihren Vater gehasst und wollte nicht länger unter seiner Knute stehen, also ist sie weggelaufen."

„Das ist nicht wahr", fauchte er. „Das wollen die Haynes allen weismachen, aber ich weiß es besser."

„Hat Ihre Mutter Ihnen erzählt, wie es war, als sie Underwood House den Rücken gekehrt hat?"

„Ich sagte doch, sie wollte nicht darüber reden."

„Dann stammen alle Ihre Informationen von Ihrem Großvater, und alles, was ich in den letzten ein oder zwei Wochen erfahren habe, bringt mich zu der Überzeugung, dass man ihm nicht trauen konnte."

„Sie irren sich", widersprach er. „Er war ein gütiger, freundlicher Mann. Nach dem Tod meiner Mutter machte er mich ausfindig und finanzierte meine Ausbildung. Ihm habe ich es zu verdanken, dass ich ein Stipendium für Oxford bekommen habe. Nach dem Studium gab er mir den Posten hier in Underwood und versprach, immer für mich zu sorgen. Er war die einzige Familie, die ich je hatte

– außer ihm hat niemand zu mir gestanden. Ich weiß, dass die anderen mich gemieden hätten, wenn sie gewusst hätten, wer ich bin.

Einer plötzlichen Erkenntnis folgend sagte Angela: „John weiß es. Hat Philip es ihm gesagt?"

„Weiß er es?", fragte Guy mit einem schwachen Anflug von Interesse. „Ich habe mich oft gefragt, ob er es weiß. Er sieht mich manchmal so seltsam an."

„Ich schätze, er hat Sie beschützt, obwohl ich nicht glaube, dass er die ganze Wahrheit kennt. Oder vielleicht kennt er sie doch und hat versucht, sich etwas vorzumachen. Christina war seine Lieblingsschwester, wissen Sie."

„Wahrscheinlich hat er Ihnen das erzählt."

Angela, die sich nicht auf sinnlose Auseinandersetzungen einließ, schwieg. Er rückte ein wenig näher an sie heran, und sie beobachtete ihn mit ängstlicher Wachsamkeit.

Ich darf ihn auf keinen Fall aus den Augen lassen, dachte sie.

„Sie sind wieder so schweigsam. Brennen Sie nicht darauf, sich zu brüsten, wie schlau Sie sind, weil Sie mir auf die Schliche gekommen sind?", fragte er.

„Nicht besonders", antwortete sie.

„Nein, Sie sind nicht der Typ, der mit seinen Erfolgen prahlt, nicht wahr? Ich muss zugeben, dass ich bei unserer ersten Begegnung nicht sonderlich beeindruckt war. Sie erschienen mir viel zu höflich und zurückhaltend, um etwas auszurichten. Aber dann haben Sie sofort angefangen, die Sache logisch und methodisch anzugehen, und da hielt ich es für ratsam, vorsichtig zu sein. Und Louisa hat mir erzählt, dass Sie das Foto gefunden haben, das ich im Februar unten am See verloren haben muss. Sie haben sicher Verständnis dafür, dass ich es unbedingt wiederhaben wollte."

„Also dachten Sie, wenn Sie schon einmal dabei sind, könnten Sie auch gleich versuchen, mich aus dem Weg zu räumen", sagte Angela.

„Oh, das war eine ganz spontane Idee. Eine solche Gelegenheit darf man sich nicht entgehen lassen, wenn sie sich einem bietet. Es war allerdings recht knapp – fast wäre ich erwischt worden, dank des unseligen Gemeinsinns einer Ansammlung begeisterungsfähiger und entschlossener junger Leute."

„Den Angriff neulich im Wald hatten Sie aber geplant."

„Natürlich", bestätigte er leichthin. „Ich war ein wenig beunruhigt, als ich Sie eines Abends in London beschattet hatte und herausfand, dass Sie mit Inspector Jameson unter einer Decke steckten - das haben Sie übrigens diskret verschwiegen. Schließlich hörte ich, wie Sie sich mit dem alten Briggs über meine Mutter unterhalten haben, und da wurde mir klar, dass Sie irgendwie auf die richtige Fährte gelangt waren, also dachte ich, dass ich besser etwas unternehme. Zu meinem Pech habe ich Sie beim ersten Versuch verfehlt und Sie so auf die Gefahr aufmerksam gemacht. Das war unvorsichtig von mir - ich bin normalerweise ein guter Schütze. Aber sagen Sie, Angela, wie sind Sie überhaupt auf mich gekommen? Das würde ich gerne erfahren."

„Durch den Geburtstag Ihrer Mutter", antwortete Angela. Guy sah sie verständnislos an, und sie fuhr fort: „Als ich Sie kennenlernte, sagten Sie, dass Sie an dem Tag, an dem Winifred starb, nicht im Haus waren, weil Ihre Mutter Geburtstag hatte. Zuerst dachte ich, Sie seien mit ihr essen gegangen, aber dann erwähnte Stella, dass Sie Waise sind. Da wurde mir klar, dass Sie ihr Grab besucht haben."

Er nickte.

„Außerdem brachte mich eine Bemerkung von Susan auf die Idee, dass Philip einen geheimen Treuhandfonds zugunsten einer unbekannten Person gegründet hatte, und ich fragte mich, ob das vielleicht etwas mit Christina zu tun hatte. Dann erwähnte John, dass Ihre Mutter im Mai Geburtstag hatte und kurz darauf erfuhr ich, dass sie ein Kind bekommen hatte. Zwei tote Mütter, die im Mai Geburtstag haben und bei denen eine Verbindung zu Underwood House besteht - das konnte natürlich ein Zufall sein, aber ich beschloss, der Sache nachzugehen. Ein Besuch im Archiv von Somerset House bestätigte meine Theorie."

„Dann haben Sie Donald also für unschuldig gehalten? Alle anderen schienen ihn zu verdächtigen."

„Ich habe mir seine Geburtsurkunde angesehen, um sicherzugehen", sagte Angela, „aber ich glaube, er ist sowieso zu jung, um Christinas Sohn zu sein. Außerdem waren Sie derjenige mit der kaputten Uhr."

„Ah! Ich habe mich schon gefragt, ob mich das verraten würde. Ja, wenn man einen Mann ertränkt, gerät manches in Mitleidenschaft. Ich musste mich auch eines guten Anzugs entledigen."

„Und Sie waren in London, um die Uhr reparieren zu lassen. War das an dem Tag, an dem Sie mir das Foto abgenommen haben?"

Er nickte wieder.

„Das dachte ich mir." Angela hielt einen Moment inne. „Philip hinterließ also die Anweisung, dass jedes Jahr am Geburtstag Ihrer Mutter ein Familientreffen stattfinden sollte", fuhr sie fort. „Aber was ist mit dem anderen Datum, dem 16. Februar?"

„Das ist ihr Todestag", sagte er. „Ich habe Edward unten am See gefragt, ob er wisse, welche Bedeutung dieses Datum hat, und er wusste es nicht - auch als ich ihm das Foto gezeigt habe, fiel der Groschen nicht. Das Todesdatum seiner eigenen Schwester und er hat sich nicht daran erinnert! Das ist unverzeihlich."

„Vielleicht wusste er nicht, wann sie gestorben ist."

„Dann hätte er es herausfinden müssen", gab er wütend zurück. „Das war typisch für sie alle - sie kreisten nur um sich und haben sich sonst um niemanden gekümmert. Während sie sich von Großvater haben durchfüttern lassen, haben sie bestimmt keinen Gedanken an die Jahre der Armut und des Elends verschwendet, die meine Mutter und ich erleiden mussten; all die Zeiten, in denen sie auf vieles verzichten musste, um mir Schuhe, Bücher und Essen kaufen zu können. Am Ende war sie ausgelaugt und hat einfach aufgegeben. Sie haben nichts verdient, glauben Sie mir, außer dem, was sie von mir bekommen haben."

„Haben Sie Philippa vergiftet?

„Nein. Das war Ursulas Idee, nicht wahr? Digitalis oder so. Nein, ich habe sie nicht vergiftet - ich bin mitten in der Nacht in ihr Schlafzimmer gegangen, als sie fest schlief, und habe ihr ein Kissen aufs Gesicht gedrückt, bis sie aufgehört hat zu atmen. Niemand hat Verdacht geschöpft schließlich war sie schon seit Jahren herzkrank. Wenn sie von einem Moment zum nächsten den Löffel abgegeben hätte, wer niemand überrascht gewesen."

„Wann hat Mr Faulkner erkannt, dass Sie für den Tod Ihrer Tanten und Ihres Onkels verantwortlich sind? Oder war er in die ganze Sache eingeweiht?"

„Nein, er war nicht eingeweiht, aber er hat von Großvater eine hübsches Sümmchen dafür bekommen, dass er niemandem von dem geheimen Treuhandfonds erzählt. Ich glaube, nachdem ich Winifred umgebracht hatte, begann er zu ahnen, was vor sich ging - nach ihrem Tod hat er immer wieder neue Ausreden erfunden, warum ich mein Geld nicht sofort bekommen konnte. Ich schätze, er wollte die Lage nur ein wenig austesten und sehen, wie ich reagieren würde. Aber das wollte ich nicht hinnehmen. Ich habe ihm auf den Kopf zugesagt, dass ich sein Spiel durchschaut habe, und als ich mein Geld verlangt hab, hat er nachgegeben.“

„Vermutlich wusste er, wer Ihre Mutter war.“

„Ja, er wusste Bescheid. Tatsächlich war der geheime Treuhandfonds seine Idee.“

„Nach Edwards Tod haben Sie von Faulkner die fünftausend Pfund verlangt und er hat einen Teil davon als Gegenleistung für sein Schweigen gefordert.“

„Ja, das war der Brief, den Sie gesehen haben.“ Guy schüttelte langsam den Kopf. „Dummer alter Mann. Hat er wirklich geglaubt, dass ich ihn damit davonkommen lasse? Und wenn ich seiner Forderung nachgegeben hätte, wäre das das Ende der Geschichte gewesen? Nein, natürlich nicht! Er hätte mich eine Weile in Ruhe gelassen, und dann, gerade wenn ich mich in Sicherheit wähnte und aufatmete, hätte ich einen furchtbar höflichen Brief von ihm bekommen, in dem er mir mitteilte, dass er im Moment leider in Geldnöten sei und ob ich mich imstande sähe und so weiter und so fort. Hätte er mich erst einmal am Haken gehabt, wäre ich ihn nicht mehr losgeworden, und so musste ich etwas unternehmen.“

„Erpressung ist ein riskantes Unterfangen“, sagte Angela. „Es wundert mich, dass er die Gefahr nicht erkannt hat, in die er sich begeben hat.“

„Er war ein selbstgefälliger alter Narr, der dachte, er sei viel zu schlau für mich. Nun, da hat er sich geirrt. Sie haben seinen Brief nicht zufällig bei sich?“, fragte er beiläufig.

„Nein“, entgegnete Angela. „Ich habe ihn an einem sicheren Ort aufbewahrt.“

„Macht nichts“, sagte er. „Ich habe mich damit abgefinden, dass man mich drankriegt. Jetzt werden wohl alle herausfinden, was ich im Schilde geführt habe. Aber das wird Ihnen nicht helfen."

„Wie meinen Sie das?"

Er kam einen Schritt auf sie zu. Er wirkte so locker und unbeschwert wie immer.

„Nun, ich muss so schnell wie möglich verschwinden", sagte er leichthin, „und ich fürchte, Sie sind mir dabei im Weg."

Kapitel Vierunddreißig

ANGELA WICH EINEN SCHRITT ZURÜCK. Guy grinste.

„Was bringt es, mich umzubringen?", fragte sie. „Sie haben bereits eingeräumt, dass man Ihnen die Morde anlasten wird. Ein weiterer Mord wird Ihrer Sache kaum dienlich sein."

„Nein, aber er kann es auch nicht schlimmer machen. Wenn man mich erwischt, wartet sowieso der Henker auf mich, also macht eine weitere Leiche keinen Unterschied. Ich brauche Zeit, um zu verschwinden, Mrs Marchmont. Dank Philippa und Winifred habe ich viel Geld - auch wenn ich Edwards Erbe leider verloren geben muss, jetzt, wo der alte Faulkner tot ist. Ich kann irgendwo im Ausland ein bequemes Leben führen, aber ich brauche einen Vorsprung. Wenn ich Sie gehen lasse, laufen Sie gerade-wegs zu Ihrem handzahmen Inspector, der sofort an allen Häfen Wachen aufstellen lässt. Außerdem sind Sie mir schon zweimal entwischt", fuhr er fort, „und ich muss Ihnen sagen, dass ich darüber ziemlich verärgert bin. Ich mag es nämlich nicht, besiegt zu werden, und schon gar nicht von einer Frau."

Er rieb sich gedankenverloren die Hände. Es waren große, kräftige Hände und Angela stellte sich vor, wie sie Edward am Hals packten und ihn unter Wasser drückten, bis er aufhörte, sich zu wehren. Sie hob unbewusst ihre eigene Hand an ihre Kehle. Auf dem Dachboden war es unangenehm warm und das flackernde Licht warf Schatten auf Guys Gesicht, die sein Lächeln umso unheimlicher erscheinen ließen.

„Was wird Stella von Ihnen denken?", fragte sie.

„Stella ist in diesen Idioten Don verliebt", sagte er. „Vor einer halben Stunde habe ich überlegt, ob ich ihn im Wald töten soll, nur so zum Spaß, aber dann habe ich beschlossen, dass ich Wichtigeres zu tun habe. Schade ...", meinte er. „Stella und ich hätten zusammen glücklich werden können, da bin ich mir sicher." Er machte einen weiteren Schritt auf Angela zu. „Wie auch immer". sagte er, „es war einfach bezaubernd, mit Ihnen zu schwatzen, und ich würde gerne bleiben und unsere kleine Unterhaltung fortsetzen, aber ich muss meinen Zug erwischen. Also ist es an der Zeit, *au revoir* zu sagen. Oh, wie dumm von mir - ich meinte natürlich *adieu*."

„Nicht so hastig", sagte Angela. „Ich muss Ihnen etwas zeigen."

Er lachte.

„Wollen Sie das Unvermeidliche hinauszögern? An Ihrer Stelle würde ich mir nicht die Mühe machen. Ihr junger Amerikaner ist im Wald und sucht nach Don und niemand im Haus kann Sie hören. Sie können nichts tun - es sei denn, Sie denken, Sie haben noch etwas in petto?"

„Wie lustig, dass Sie das sagen", meinte Angela. „Fast so, als wüssten Sie Bescheid."

Guy war sich seines Sieges so sicher, dass er unaufmerksam wurde und nicht bemerkte, wie ihre Hand langsam und verstohlen in den geräumigen Ärmel ihrer

Abendjacke glitt, doch als sie wieder das Wort ergriff, ließ ihn etwas in ihrer Stimme aufblicken. Er betrachtete das Ding in ihrer Hand, das vorher nicht da gewesen war, und begann zu lachen.

„Hände hoch", befahl Angela. Der tödliche Ernst ihrer Worte war nicht zu überhören, als sie den kleinen Revolver auf ihn richtete.

„Wie, die elegante Mrs Marchmont hat einen Revolver? Das würden Sie nicht wagen", sagte er, immer noch lächelnd. Er wollte einen weiteren Schritt in ihre Richtung machen, doch dann schrie er auf und sprang zurück, als sie ganz ruhig zielte und schoss. Die Kugel streifte sein Ohr, er presste die Hand auf die Wunde, dann starrte er entgeistert auf das Blut daran.

„Vielleicht sollte ich erwähnen, dass auch ich eine hervorragende Schützin bin, Mr Fisher. Eine einzige Bewegung und ich ziele auf Ihr Herz statt auf Ihre Ohrmuschel. Und jetzt nehmen Sie die Hände hoch, wie ich es Ihnen gesagt habe."

Sie spannte die Waffe erneut und Guy hob die Hände.

„Sie sehen großartig aus, wenn Sie sich so ins Zeug legen", sagte er. Er war blass und schwitzte. „Aber was auch immer Sie mit mir vorhaben, ich würde es an Ihrer Stelle schnell tun, denn wir werden gleich in Flammen aufgehen."

Er hatte recht. Der schwache Geruch, den Angela schon seit einigen Minuten vage wahrgenommen hatte, nahm nun die Form von blauem Rauch an. Sie wandte kurz den Kopf und schnappte nach Luft, als sie Flammen sah, die hungrig an dem Schrank züngelten, hinter dem Robin sein Lager aufgeschlagen hatte. Kein Wunder, dass es auf dem Dachboden so heiß war: Etwas musste an seiner brennenden Kerze Feuer gefangen und einen Brand ausgelöst haben.

Diese eine Sekunde der Unachtsamkeit genügte Guy. Er stürzte sich auf sie und warf sie zu Boden. Angela schrie vor Überraschung und Schmerz auf, als er sie mit seinem Gewicht niederdrückte und die Hand nach dem Revolver ausstreckte. Noch bevor er ihren rechten Arm packen konnte, zog sie die Waffe keuchend in die Höhe und schoss. Der Schuss ging daneben, aber sie nutzte den kurzen Schreckmoment, entwand sich seinem Griff und sprang auf. Blitzschnell drehte er sich um und umklammerte von hinten ihre Knöchel, als sie versuchte zu entkommen. Sie stürzte erneut, und diesmal flog ihr der Revolver aus der Hand, schlidderte über den Boden und verschwand in den Flammen.

Insgeheim stieß sie einen wütenden Fluch aus, trat mit einem hochhackigen Schuh nach hinten und spürte mit tiefer Genugtuung, wie ihr Fuß mit Wucht auf seine Nase traf. Er stieß einen Schmerzensschrei aus, sie rappelte sich wieder auf und blickte sich um. In ihrem Rücken breitete sich das Feuer mit bedrohlicher Geschwindigkeit aus, während Guy zwischen ihr und der Treppe kniete und ihr auf diese Weise den Weg nach draußen versperrte.

Guy stand langsam auf, Blut rann aus seiner Nase und vereinigte sich mit der blutigen Spur, die sich von seinem Ohr über den Hals zog. Das sorglose Grinsen war verschwunden und in seinen Augen lag tödliche Entschlossenheit. Er kam Schritt für Schritt auf sie zu und drängte sie unaufhaltsam in Richtung der Flammen. Sie spürte die Hitze im Rücken und hustete, als der heimtückische Rauch in ihre Nasenlöcher zu ziehen begann. Gleich würde er sie ins Feuer treiben und alles wäre verloren. Sie sah sich verzweifelt nach einer Waffe um und ihre Hand ertastete einen der tönernen Nachttöpfe auf dem Stapel, den sie vorhin gesehen hatte. Sie hob ihn auf und schleuderte ihn ihrem Widersacher mit aller Kraft entgegen. Der Topf prallte von seiner Schulter ab und Guy blieb stöhnend stehen, wobei er mühsam durch den Mund atmete. Das verschaffte ihr genug Zeit, um nach dem nächsten Gegenstand aus dem wilden Durcheinander zu greifen, dem Hirschkopf. Sie wuchtete ihn hoch und hielt ihn wie ein Schild vor sich.

„Zurück!", rief sie und stieß heftig mit dem spitzen Geweih nach ihm.

Er blieb stehen, unsicher, was er als Nächstes tun sollte. Sie schienen in eine Sackgasse geraten zu sein. Mit dem Hirschkopf konnte sie ihn auf Abstand halten und ihn daran hindern, sie ins Feuer zu stoßen, aber bald würden der Rauch und die Flammen sie beide überwältigen. Sie musste schnell handeln. Der Hirschkopf war zu schwer, um ihn zu werfen, also stieß sie Guy das Geweih so fest sie konnte ins Gesicht. Er hob die Hände, um sich zu wehren, dann packte er das Geweih und entriss die Trophäe ihrem Griff. Mit einem wilden Schrei warf er den Kopf beiseite, während sie sich einen weiteren Nachttopf schnappte, doch bevor sie ihn nach ihm schleudern konnte, fiel er rasend vor Zorn über sie her.

Er riss ihr den Nachttopf aus der Hand und warf ihn zu Boden, wo er klirrend zerschellte. Dann legten sich seine Hände unerbittlich um ihren Hals. Das war das Ende. Sie spürte den Druck seiner Finger, die sie würgten und alles Leben aus ihr herauspressen wollten. Ein warmes, ruhiges Gefühl überkam sie und für eine lange Sekunde schloss sie die Augen und ergab sich in ihr Schicksal. Wie einfach wäre es, dachte sie, sich nicht mehr zu wehren und sich stattdessen dem bittersüßen Schlaf hinzugeben, der sie einzuhüllen begann.

Dann riss sie die Augen auf, nahm ihre letzte Kraft zusammen, hob die Hand an ihre Brust und zog eine Diamantnadel aus ihrem Jackenkragen. Er hatte seinen

Griff ein wenig gelockert, weil er glaubte, sie sei bewusstlos, und in diesem Sekundenbruchteil schnellte ihre Hand nach oben. So fest sie konnte, stieß sie die Vorstecknadel in die Kuppe seines linken Daumens. Mit einem Aufschrei ließ er sie los, umklammerte seine Hand und taumelte zurück. Bevor Angela fliehen konnte, stolperte er über einen der heruntergefallenen Nachttöpfe. Er verlor das Gleichgewicht und einen schrecklichen Moment lang schien er an einem unsichtbaren Faden zu hängen, die Augen in wortlosem Entsetzen auf ihre gerichtet. Dann stürzte er mit einer furchtbaren Unvermeidlichkeit rückwärts in die Flammen.

Erst war außer dem Knistern des Feuers kein Geräusch zu hören, dann erhob er sich mit einem grässlichen Schrei, drehte sich zu ihr um und hob die Arme. Mit brennenden Haaren und Kleidern kam er wie ein Racheengel langsam auf sie zu. Angela wollte sich umdrehen und weglaufen, aber ihre Füße rührten sich nicht von der Stelle und sie war wie gelähmt von dem Anblick, der sich ihr bot.

Lauf, du Dummkopf, lauf!, schoss es ihr durch den Kopf und der Bann war gebrochen. Sie rannte zur Treppe, so schnell ihre Beine sie trugen, als das Scheusal, das Guy Fisher gewesen war, zu Boden fiel und sich nicht mehr regte.

Angela stürzte halb rennend, halb stolpernd die Treppe hinunter zur Tür, zerrte an der Klinke und riss sie auf. Auf dem Treppenabsatz rang sie schluchzend und hustend nach Luft. Auf einmal war sie von Menschen und Stimmen umgeben, die erschrocken aufschrien.

„Feuer!", krächzte sie. Ihre Knie gaben nach und sie wollte schon in sich zusammensacken, als zwei kräftige Arme sie auffingen und vorsichtig auf den Boden gleiten ließen.

„Mrs Marchmont! Was ist passiert?", ertönte die besorgte Stimme von Inspector Jameson.

„Auf dem Dachboden brennt es und Guy ist tot", war alles, was sie sagen konnte.

„Bringen Sie alle raus", wies Jameson jemanden an, vielleicht einen seiner Männer. „Mrs Marchmont, meinen Sie, Sie können gehen?"

„Natürlich kann ich das", sagte sie würdevoll.

Er half ihr auf und sie schaffte es, leicht schwankend, stehen zu bleiben.

„Nächstes Mal nehme ich zwei Revolver mit - in jedem Ärmel einen", sagte sie grimmig und fiel in Ohnmacht.

Kapitel Fünfunddreißig

DIE MAISONNE STRÖMTE durch einen Spalt zwischen den Vorhängen, der neue Tag versprach, schön zu werden. Die Sonnenstrahlen fielen sanft auf Angela Marchmont und weckten sie nach und nach. Sie blinzelte ein paar Mal, ohne sich zu rühren, und genoss die Wärme auf ihrem Gesicht. Nach einer Weile setzte sie sich auf und streckte sich, dann gähnte sie herzhaft und hustete versuchsweise. Sie hob eine Hand an ihren Hals. Die Schmerzen ließen allmählich nach und auch die blauen Flecken verblassten. Es ging aufwärts. Sie streckte sich und läutete.

„Guten Morgen, Marthe", begrüßte sie ihr Mädchen. „Ich hätte gerne einen Tee, bitte."

Marthe strahlte.

„Ah, *Madame*", sagte sie, „es geht Ihnen heute besser."

„Ja, ich bin eindeutig auf dem Weg der Besserung", antwortete Angela. Ihre Stimme klang immer noch ein wenig heiser. „Ich glaube sogar, dass ich auch etwas Buttertoast vertragen könnte.

„*Mais oui*", antwortete Marthe liebevoll. Sie ging hinaus

und kam nach kurzer Zeit mit Tee und Toast auf einem Silbertablett zurück. „Viele Leute haben angerufen und tagruliert", verkündete sie.

„Gratuliert," korrigierte Angela.

„Das auch. Mrs Louisa Haynes hat Blumen und eine Nachricht geschickt. Mrs Ursula Haynes …", (hier schwang unverkennbare Verachtung in ihrer Stimme mit), „… hat gestern angerufen. Dann sind da noch drei oder vier Nachrichten von jemandem namens Stella. Außerdem hat *Monsieur l'Inspecteur* einmal angerufen und einen wunderbaren Strauß blaue Schwertlilien geschickt."

„Ah", sagte Angela.

„Und zudem", fuhr Marthe fort und riss verwundert die Augen auf, „ist ein seltsamer Irrtum passiert. Ein Mann namens Briggs hat Ihnen eine Kiste Kohlköpfe geschickt."

„Wie reizend", krächzte Angela. „Dann sollten wir heute Abend Kohl essen."

„Ich mag keinen Kohl", antwortete Marthe ungerührt.

Angela trank einen Schluck Tee und biss von ihrem Toast ab. Beides schmeckte köstlich.

„Ich habe es satt, den ganzen Tag im Bett zu sitzen", verkündete sie. „Heute stehe ich auf und gehe aus. Ich habe mich gut erholt. Gestern bin ich im Bett geblieben, weil ich müde war."

„Aber nein, *Madame*, Sie können nicht ausgehen", sagte Marthe mit fester Stimme. „Das erlaube ich nicht."

„Ich versichere Ihnen, ich fühle mich sehr wohl", protestierte Angela.

„Das mag sein, aber so können Sie sich nicht blicken lassen", sagte das Mädchen. „Sehen Sie selbst!"

Sie reichte ihr einen Spiegel vom Frisiertisch und Mrs Marchmont betrachtete ihr Spiegelbild. Das Gesicht, das sie anstarrte, war fleckig, mit rotgeschwollenen, tränenden Augen und umrahmt von versengtem Haar.

„Du meine Güte, bin ich das?", sagte sie. „Sie haben recht, Marthe, das muss ich den leidgeprüften Londonern nicht zumuten. Für mein Haar müssen Sie sich später etwas überlegen, aber jetzt bringen Sie mir besser die Zeitung und eine kalte Kompresse."

Sie ließ sich in die Kissen zurücksinken und wappnete sich gegen einen weiteren langweiligen Tag, der nur durch die Lektüre der unterschiedlichen und allesamt falschen Zeitungberichte über die Ereignisse in Underwood House ein wenig aufgelockert wurde.

Am nächsten Morgen fühlte sie sich noch besser als am Vortag und bestand mit Nachdruck darauf, aufstehen zu dürfen, obwohl Marthe beteuerte, sie sei noch nicht so weit.

„Ich habe viel zu tun", sagte sie, „und ich bin keine zarte Pflanze, die verhätschelt werden muss. „Außerdem würde ich gerne mit Inspector Jameson sprechen."

Inspector Jameson wollte seinerseits mit Mrs Marchmont sprechen und kam natürlich persönlich vorbei, sobald er es einrichten konnte. Angela saß in ihrem Wohnzimmer an dem kleinen Tisch am Fenster und beobachtete das Treiben auf der Straße.

„Es freut mich zu hören, dass Sie sich gut erholt haben", sagte er.

„Ja", antwortete sie. „Ein bisschen matt und angesengt, aber sonst geht es mir ganz gut."

„Sie haben für ziemlich viel Aufsehen gesorgt, das muss ich schon sagen."

„Ja, ich fürchte, trotz aller Vorsichtsmaßnahmen haben mich die Ereignisse recht unsanft überrollt."

„Vermutlich nutzt es nichts, wenn ich Ihnen sage, dass Sie auf meine Rückkehr hätten warten sollen, statt selbst auf den Dachboden zu gehen."

„Ganz und gar nichts", hielt Angela fest. „Wenn ich

gewartet hätte, hätte Guy das Kästchen verschwinden lassen und wir hätten die ganze Wahrheit vielleicht nie erfahren. Natürlich tut es mir leid, dass die Papiere ein Raub der Flammen wurden, bevor ich sie lesen konnte. Eins habe ich allerdings retten können."

Sie ging zu einem kleinen Schrank, holte den Brief von Philip heraus, den sie in der Tasche ihrer Abendjacke gefunden hatte, und reichte ihn dem Inspector. Jameson las ihn durch und schaute sie erstaunt an.

„Großer Gott!", rief er aus. „Ich hatte keine Ahnung."

„Ich auch nicht", sagte Angela, „und ich hätte es nicht geglaubt, wenn ich es nicht mit eigenen Augen gesehen hätte."

„Ist es wahr, was er über seine Tochter sagt?"

„Es ist nicht das, was ich gehört habe. Alle anderen sind überzeugt, Christina sei aus eigenem Antrieb weggelaufen, weil sie ihren Vater derart gehasst hat. Ich denke, diese Version der Ereignisse diente nur dem Zweck, einen beeinflussbaren jungen Mann zu täuschen."

„Aber wer tut so etwas?"

„Das mag ich mir nicht ausmalen. Ich glaube allerdings, dass Philip Haynes ein zutiefst gestörter Mensch gewesen sein muss, um sich seinem verwaisten Enkelkind gegenüber so grausam und gefühllos zu verhalten."

„Aber er muss doch einen Grund gehabt haben", wandte Jameson ein. „Selbst Geisteskranke handeln nicht völlig willkürlich. Sie haben immer ein Motiv, auch wenn es Außenstehenden nicht rational erscheint."

„Ich kann nur vermuten, dass seine - wie soll ich es nennen? - Indoktrination von Guy eine Art posthumer Rache an Christina war, weil sie als junge Frau seinen Fängen entkommen war. Vielleicht betrachtete er es sogar als moralisch gerechtfertigt, wenn er das Kind für die

Sünden der Mutter büßen ließ. Aber warum er sich die Mühe gemacht hat, Guy zum Mord an seinen Tanten und seinem Onkel zu treiben, entzieht sich meinem Verständnis. Möglicherweise war es ein weiteres seiner verqueren Spiele. Er hat es offenbar genossen, Zwietracht zu säen, aber dies war kein bloßer Streich; ich kann es nur als das reine Böse bezeichnen. Er muss eine Lüge nach der anderen erzählt haben. Und er muss besonders geschickt in der Kunst der Manipulation gewesen sein, um einen Mann auf diese Weise zum Mörder zu machen."

„Stimmt", sagte Jameson, „aber ich denke, dass Fisher selbst nicht gerade das war, was man als seelisch ausgeglichen bezeichnen würde. Wenn jemand seine Verwandten auf Geheiß eines anderen ermordet, muss irgendwo eine Schraube locker sein."

„Vielleicht. Er war jedoch sehr jung, als er unter den Einfluss seines Großvaters geriet. Wer weiß, welches Gift ihm jahrelang ins Ohr geträufelt wurde?"

Jameson nickte zustimmend.

„Es ist seltsam", sagte Angela nachdenklich, „aber ich hatte die ganze Zeit das Gefühl, dass wir wie Marionetten herumgeführt wurden - dass es jemanden hinter den Kulissen gab, der uns in die Richtung schob, in der er uns haben wollte. Dass alles auf Anweisung eines Toten geschieht, ist mir allerdings nicht in den Sinn gekommen."

„Sie haben mir erzählt, wie Philippa Haynes getötet wurde", sagte der Inspector, „aber was ist mit Winifred Dennison?"

„Es war ganz einfach. Sie erinnern sich, dass Guy an jenem Tag das Grab seiner Mutter besucht hat und angeblich erst nach Underwood House zurückgekehrt ist, als alles vorbei war. In Wirklichkeit war er viel früher wieder da, als er behauptet hat, und ging auf sein Zimmer. Er hielt nach einer Gelegenheit Ausschau, Winifred oder Edward oder John umzubringen. Ihm war es ziemlich egal, wen es als Nächsten traf, Hauptsache einer von ihnen starb. Als er hörte, wie Winifred aus ihrem Zimmer kam, das direkt neben seinem lag, sah er seine Chance gekommen. Er folgte ihr auf Zehenspitzen, stellte sich auf dem Treppenabsatz hinter sie, und als sie einen Moment stehen blieb, packte er sie und warf sie über die Brüstung. Dann rannte er in Donalds Zimmer, das sich, wie Sie sich vielleicht erinnern, genau gegenüber am Treppenabsatz befindet, öffnete das Fenster und kletterte am Efeu hinunter, so wie seine Mutter es früher gemacht hatte. Danach hat er sich wohl für ein, zwei Stunden irgendwo versteckt und ist erst wieder aufgetaucht, als sich die schlimmste Aufregung gelegt hatte."

„Sie haben recht, es war ganz einfach. Aber wie sind Sie darauf gekommen, dass es so abgelaufen ist?"

„Als ich die Stelle untersucht habe, an der Winifred gestorben war, fragte ich mich, ob der Mörder sie über die Brüstung geworfen haben und dann die Treppe hinuntergelaufen sein könnte, um den Eindruck zu erwecken, er sei bei ihrem Sturz nicht in der Nähe des Treppenabsatzes gewesen. Guy war sehr hilfsbereit, er rannte die Treppe hinunter, um meine Theorie zu testen, und es sah so aus, als wäre es zwar möglich, aber schwierig zu bewerkstelligen, ohne dass der Mörder die Aufmerksamkeit auf sich zog.

Dann tauchte Stella auf und meinte, am naheliegendsten sei es, sich in eines der Schlafzimmer zu flüchten, die dem oberen Ende der Treppe am nächsten lagen. Winifreds Tochter Susan war die Einzige, die sich zu diesem Zeitpunkt oben in ihrem Zimmer aufhielt. Natürlich hätte sie die Mörderin sein können, aber ich überlegte, ob die Flucht durch ein Fenster möglich gewesen sein könnte. Ich warf einen Blick nach draußen, und tatsächlich befand sich vor einem der Zimmer ein dichtes Gewirr aus Efeuranken – perfekt! Außerdem erzählte mir Susan, sie habe die Zimmertür ihrer Mutter etwa zu der Zeit schlagen hören, als sie in die Tiefe stürzte. Ich ging der Sache nach und stellte fest, dass es nicht Winifreds Tür gewesen sein konnte, da das Geräusch nicht so weit trägt. Es schien mir wahrscheinlicher, dass es von jemandem stammte, der eine Tür hinter sich zuschlug, als er in ein Zimmer rannte, und wer sollte das gewesen sein, wenn nicht der Mörder?"

„Ich verstehe, was Sie meinen. Ihre kluge Detektivarbeit hat also ergeben, dass Guy Fisher unser Mann ist, aber woher in aller Welt wussten Sie von dem Brief von Mr Faulkner? Oder war das nur ein Glückstreffer?"

„Es war auch etwas Glück dabei, das gebe ich zu. Nachdem ich mir in den Kopf gesetzt hatte, dass ein geheimer Treuhandfonds im Spiel war, lag die Vermutung nahe, dass es irgendwo etwas Schriftliches geben musste, das die Existenz dieses Fonds bezeugte. Aber das entsprechende Dokument befand sich wahrscheinlich in den Händen von Mr Faulkner, und ich hatte keine Ahnung, wie ich an das herankommen sollte. Dann begann ich, Guy zu verdächtigen, und mir fiel ein, dass ich ihn eines Tages mit einem Brief in der Hand gesehen hatte, der ihn in schlechte Laune versetzt zu haben schien. Ich hatte nur einen flüchtigen Blick darauf werfen können, aber die Handschrift kam mir bekannt vor. Erst da habe ich die Verbindung hergestellt und erkannt, dass er von Mr Faulkner stammte."

„Das war also der berühmte Brief, den Ihr Chauffeur William aus dem Kästchen genommen hat."

„Ja - und der Brief, der Mr Faulkners Todesurteil besiegelt hat. Bei dem Versuch, Guy zu erpressen, hat er sich furchtbar verschätzt, fürchte ich. Er glaubte sich in Sicherheit, weil er Edwards Geld nach wie vor treuhänderisch verwaltete und Guy es ohne seine Hilfe nicht bekommen konnte. Vermutlich hat Guy beschlossen, sich mit den zehntausend Pfund zufriedenzugeben, die er nach dem Tod von Philippa und Winifred bekommen hat, und zog es vor, den Quälgeist Faulkner loszuwerden, statt sich für Edwards Anteil am Geld erpressen zu lassen."

„Ja, Erpressung ist immer sehr gefährlich", bestätigte Jameson. „Aber was ist mit Ursula Haynes? Was wusste sie oder was glaubte sie zu wissen?"

„Soweit ich weiß, hat Philip ihr etwas über den geheimen Fonds erzählt, aber nicht, wem er zugutekommen sollte. Sie dachte, er meinte Donald, und vermutete, dass der hinter den Todesfällen stecken könnte, also begann sie, Mr Faulkner um Informationen anzugehen."

„Warum hat sie der Polizei nichts gesagt? Sie hat solch ein Theater gemacht, dass wir der festen Überzeugung waren, sie wolle den Mörder hinter Schloss und Riegel sehen. Warum hat sie Donald nicht direkt beschuldigt?"

„Neulich hat sie gesagt, sie habe aus Zuneigung zu Louisa geschwiegen. Das mag stimmen, aber ich weiß nicht recht, ob ich ihr glauben soll. Ursula ist eine seltsame, berechnende Frau, und ich vermute, sie wollte die Informationen zu ihrem eigenen Vorteil nutzen."

„Und wie?"

„Betrachten wir es einmal aus ihrer Sicht. Sie vermutet, dass ihr Mann ermordet worden ist. Außer Verachtung hatte sie nicht viel für ihn übrig, also ist es nicht sein Verlust, der sie zutiefst trifft, sondern der Verlust von fünftausend Pfund, die an den Anwalt von Philip zurückfallen. Sie glaubt, dass der unbekannte Begünstigte des geheimen

Treuhandfonds der Mörder ist und dass Mr Faulkner weiß, um wen es sich handelt. Sie weiß aber auch, dass ein Mord schwierig nachzuweisen wäre. Sie will an das Geld, egal mit welchen Mitteln. Was tut sie also? Zunächst meldet sie ihren Verdacht der Polizei. Die kann die Ermittlungen für sie übernehmen, und wenn sie einen Mörder findet, umso besser, denn dann bekommt sie das Geld zurück. Aber sie will auf Nummer sicher gehen, und deshalb nennt sie keine Namen."

„Was meinen Sie mit ‚auf Nummer sicher gehen'?"

„Wenn sie der Polizei sofort Donalds Namen nennt und diese keine Beweise gegen ihn findet, ist das Spiel aus und sie hat keine andere Möglichkeit, die fünftausend Pfund zu bekommen. Also macht sie Andeutungen, behauptet, sie wisse, wer es getan hat, und würde nur auf den richtigen Moment warten, alles zu enthüllen. Sie glaubt, dass sie Donald und Mr Faulkner damit so sehr in Angst und Schrecken versetzt, dass sie sich zu einer Art finanzieller Einigung unter vier Augen bereit erklären, wenn die Polizei nicht liefern kann."

„Eine Art von Erpressung, meinen Sie?"

„Ich bezweifle, dass sie es so gesehen hat, da das Geld von Rechts wegen ihr gehörte, aber ja, so könnte man es wohl nennen."

„Die Haynes sollten Ihnen dankbar sein, dass Sie die beiden Briefe vom Dachboden gerettet haben", sagte Jameson. „Wären sie verbrannt, hätte es keinen Beweis für eine geheime Treuhandschaft gegeben, und das Geld wäre an Mr Faulkners Erben statt an Philips Nachkommen gegangen."

„Gab es denn sonst nichts Schriftliches?"

„Nein, wir konnten nichts finden. Aber dank der Briefe dürfte es nur eine Frage der Zeit sein, bis Ursula und Susan das Geld zurückbekommen."

„Ursulas Plan ist also aufgegangen", bemerkte Angela. „Das Geld wird ihr sehr gelegen kommen, schließlich muss sie den Anwalt ihres Sohnes bezahlen. Meinen Sie, er bekommt eine schwere Strafe?"

„Wer weiß?", antwortete Jameson. „Den Leuten bei Peake scheint es ziemlich peinlich zu sein, dass es einem vermeintlich vertrauenswürdigen Mitarbeiter möglich war, so viel Geld zu unterschlagen, und deshalb bemühen sie sich, diskret im Hintergrund zu bleiben. Das ändert jedoch nichts an der Tatsache, dass Robin ein Verbrechen begangen hat."

„Stimmt, und es ist auch nicht so, als gäbe es irgendwelche mildernden Umstände - Robin wurde gierig und hat sich genommen, was ihm nicht gehörte. Aber er hat Ursula auf seiner Seite."

„Ja", sagte Jameson, „und ob Recht und Gerechtigkeit gegen eine Mrs Ursula Haynes ankommen, ist keineswegs sicher."

Der Inspector verabschiedete sich kurz darauf und Angela war ihren Gedanken überlassen. Im Großen und Ganzen war sie mit dem Ausgang der Dinge zufrieden, obwohl es ihr aufrichtig leidtat, dass Guy ein so unglückliches Ende genommen hatte. Er hatte zwar versucht, sie zu ermorden, aber er war ein äußerst charmanter und kluger junger Mann gewesen. Wer konnte sagen, was aus ihm geworden wäre, wenn seine Familiengeschichte glücklicher verlaufen wäre?

Aber Philip Haynes? Was für ein Mann musste er gewesen sein, dass er auch nach seinem Tod noch ein solches Chaos in seiner Familie anrichten wollte? John hatte halb im Scherz angedeutet, dass das Testament seines Vaters vor allem dazu gedacht war, die Haynes gegeneinander aufzuhetzen, und damit hatte er recht gehabt. Philips Boshaftigkeit hatte drei seiner Kinder, einem seiner

Enkel und einem Anwalt den Tod gebracht. John war jetzt das letzte verbleibende Kind. Es war ein Glück, dass aus ihm ein vernünftiger Mann geworden war, denn er war der Einzige, der nach den zerstörerischen Machenschaften seines Vaters in der Lage war, die Scherben aufzusammeln – eine langwierige und schwierige Aufgabe.

Kapitel Sechsunddreißig

EIN PAAR TAGE später erhielt Angela Besuch von Louisa, die unbedingt mit ihr über die ganze Angelegenheit sprechen wollte.

„Ich bin so froh, dass es dir besser geht, Angela", sagte sie, kaum dass sie das Wohnzimmer betreten hatte. „Ich fühle mich schrecklich, denn natürlich war es alles meine Schuld. Ich hätte dich nie darum bitten dürfen, aber ich versichere dir, ich hätte mir nie träumen lassen, dass du solchen Gefahren ausgesetzt sein würdest. Bitte sag, dass du mir verzeihst."

„Es gibt nichts zu verzeihen, du brauchst dir also keine Sorgen zu machen", erwiderte Angela. „Es tut mir nur leid, dass die Sache nicht geklärt werden konnte, ohne dein Haus niederzubrennen."

„Ganz so schlimm ist es nicht", beruhigte Louisa sie. „Natürlich ist das Dach ziemlich stark beschädigt und einige Zimmer im Obergeschoss werden für eine Weile unbewohnbar sein, aber zum Glück konnten die Männer das Feuer löschen, bevor es sich weiter ausgebreitet hat."

„Da bin ich froh", sagte Angela. „John würde nie

wieder mit mir sprechen, wenn ich sein geliebtes Underwood House in Schutt und Asche gelegt hätte. Wie geht es ihm denn?"

„Er ist sehr aufgebracht und beschämt und verbirgt es hinter einer furchtbar schlechten Laune."

„Du liebe Zeit. Arme Louisa. Und du musst alles ausbaden?"

„Mach dir keine Sorgen. Wenn mich Johns Launen stören würden, hätte ich ihn gar nicht erst geheiratet. Die ganze Angelegenheit hat ihn sehr mitgenommen, deshalb sind wir alle nett zu ihm."

„Woher wusste er, wer Guy war?"

„Vor ein paar Jahren hat er zufällig gehört, wie Philip mit Mr Faulkner darüber sprach. Es muss ungefähr zu der Zeit gewesen sein, als Philip die endgültige Fassung seines Testaments aufgesetzt und den geheimen Treuhandfonds gegründet hat. Er hat nichts gesagt, weil Guy sich selbst nicht zu erkennen gab. John dachte, er würde sich schämen."

Angela zögerte.

„Louisa, du glaubst doch nicht, dass er wusste, dass Guy -", sie hielt inne.

Louisa seufzte.

„Ich verstehe wirklich nicht, wie er wissen konnte, wer Guy war, ohne zu ahnen, dass er hinter den Morden steckte, aber John ist ein sturer alter Narr, und wie sagt man so schön? Niemand ist so blind wie der, der nicht sehen will. Guy war der Sohn seiner Lieblingsschwester und so wollte John natürlich nicht glauben, dass er ein Mörder sein könnte. Ich kenne meinen Mann sehr gut, Angela, und ich weiß, dass er etwas unternommen hätte, wenn er sich sicher gewesen wäre, wer der Mörder war. Ich glaube einfach, dass er die Augen vor der Wahrheit verschlossen hat."

„Hat er Ursula ihren Ausbruch von neulich verziehen?"

„Ach, diese beiden", klagte Louisa. „Weißt du, ich glaube, sie streiten gerne. Ihm ist klar, dass sie sehr angespannt ist, und trotzdem besteht er darauf, sie zu ärgern."

„Aber du musst zugeben, dass sie sich in Donald geirrt hat."

„Das hat sie und ich glaube nicht, dass Don ihr jemals verzeihen wird. Aber sie hatte recht mit dem Testament, nicht wahr?"

„Ja", sagte Angela. „Sie wusste von dem geheimen Treuhandvermögen, aber sie wusste nicht, für wen es bestimmt war."

„Das kann man ihr kaum verdenken. Donalds Geschichte war nicht weithin bekannt, und selbst ihm haben wir nichts Näheres erzählt. Wir sind die einzigen Eltern, die er je gekannt hat – was würde es ihm also nützen, die Wahrheit zu erfahren?"

„Was ist die Wahrheit?"

„Sehr prosaisch, fürchte ich. Seine Mutter und sein Vater waren Pächter auf Underwood, aber sie starb bei seiner Geburt und der Vater war nicht in der Lage, sich allein um das Kind zu kümmern, also nahmen wir den Kleinen bei uns auf und versprachen, ihn als unseren Sohn aufzuziehen. Seltsamerweise stand seine Mutter in dem Ruf, das zweite Gesicht zu haben, und ich habe immer gedacht, dass er daher seine gelegentlichen hellsichtigen Phasen hat. Sein Vater ist vor ein paar Jahren gestorben, sodass er keine leiblichen Verwandten mehr hat."

„Es ist also kein Wunder, dass Ursula sich geirrt hat", sagte Angela. „Ich hatte die gleiche Theorie, aber die Daten stimmten nicht. Donald ist Anfang zwanzig, Christinas Sohn dagegen wurde vor mehr als dreißig Jahren geboren. Vom Alter her passte Guy viel eher auf die

Beschreibung. Mittlerweile ist seine Leiche vermutlich geborgen worden?"

Louisa tupfte sich eine Träne ab.

„Ja, der arme Junge", sagte sie. „Ich wünschte, ich hätte schon vor Jahren von seiner Existenz gewusst, als er noch ein kleiner Junge war. Wir hätten ihn nach Christinas Tod gerne bei uns aufgenommen und aufgezogen, so wie wir es mit Donald getan haben. Was für ein furchtbares Ende. Er tut mir so furchtbar leid. Hätte er sich nur John anvertraut, dann hätte es nicht so weit kommen müssen."

Angela nickte, sagte aber nichts. Nur Inspector Jameson wusste, wie Guy zu Tode gekommen war, und sie hatten vereinbart, die ganze Wahrheit für sich zu behalten. Darüber war Angela froh: Obwohl ihr klar war, dass sie sich gegen einen zu allem entschlossenen Mörder hatte wehren müssen, hatte sie das Gefühl, als hätte sie Guys Blut an den Händen, und wollte nicht, dass ihre Handlungen und Motive ins Rampenlicht gerückt wurden. Die offizielle Version lautete, dass Guy bei dem Versuch, das Kästchen mit den Dokumenten zu retten, in die Flammen gestürzt war. Was Angela betraf, so konnten die Haynes das gerne glauben.

„Das war dann wohl das Ende der Geschichte", sagte Louisa. „Ursula hatte ganz recht, als sie sagte, ein Mörder sei unter uns. Ich kann dir nicht genug danken, Angela, für alles, was du getan hast. Die Atmosphäre in Underwood House wurde immer giftiger, aber nachdem du das Rätsel gelöst hast, können wir anfangen - vielleicht nicht zur Normalität zurückzukehren, aber zumindest wieder in einer Art von Frieden zu leben."

„Es gibt noch ein paar offene Fragen", sagte Angela. „Erstens: Wo war John, als Winifred gestürzt ist? Er hat behauptet, er sei in seinem Arbeitszimmer gewesen, Donald sagte jedoch, dort habe er ihn nicht gefunden.

Vielleicht gibt es dafür eine ganz harmlose Erklärung, aber ich wüsste gerne, was stimmt."

„John hat es mir erzählt. Er war draußen, hat im Park einen Spaziergang gemacht. Er hatte Guy zurückkommen sehen und sich nichts dabei gedacht, aber als dann nach Winifreds Sturz alles durcheinanderging und Guy so tat, als sei er erst ein oder zwei Stunden nach seiner tatsächlichen Rückkehr gekommen, wollte John nicht, dass Guy erfuhr, dass er ihn beobachtet hatte. Deshalb hat er behauptet, er sei den ganzen Nachmittag in seinem Arbeitszimmer gewesen."

Für Angela hörte sich das nach einer ziemlich unglaubwürdigen Geschichte an, und sie fragte sich, ob nicht mehr dahintersteckte. Hatte John gesehen, wie Guy von Donalds Schlafzimmer am Efeu hinuntergeklettert war, und beschlossen, es nicht zu erwähnen? Natürlich wollte Louisa nicht glauben, dass John von Guys Schuld gewusst hatte, aber Angela war sich ihrerseits nicht so sicher. Es hatte jedoch keinen Sinn, das Thema weiterzuverfolgen; Guy war tot und John war alt genug, sich mit seinem Gewissen auseinanderzusetzen, also beschloss sie in weiser Voraussicht, nicht weiter nachzufragen.

„Was ist mit Stella und Donald?", fragte sie. „Haben sie sich versöhnt?"

„Meine Liebe, ich hätte im Leben nicht damit gerechnet, aber seltsamerweise scheinen sie sich tatsächlich versöhnt zu haben. Ich weiß nicht, wie es dazu gekommen ist - was heutzutage zwischen jungen Paaren passiert, übersteigt mein Vorstellungsvermögen, aber es würde mich nicht wundern, wenn sie nach wie vor verlobt sind."

Ein oder zwei Tage später erfuhr Angela die ganze Geschichte, als Stella sie besuchte. Angeblich wollte sie sich vergewissern, dass Mrs Marchmont ihr Abenteuer auf dem Dachboden von Underwood House gut überstanden hatte. Außerdem, so gestand sie verlegen und erfreut zugleich, wollte sie ihr dafür danken, dass sie das Rätsel gelöst und ein für alle Mal bewiesen hatte, dass Donald nicht schuldig war, seine halbe Familie umgebracht zu haben.

„Aber wie um alles in der Welt sind Sie auf die Idee gekommen, dass er der Mörder ist?", fragte Angela.

„Oh! War das nicht lächerlich von mir?", antwortete Stella. „Ich weiß kaum, wie es angefangen hat, aber kurz nach Philippas Tod hatten wir eine unserer üblichen Streitereien über irgendetwas, und der Ton wurden ziemlich hitzig. Dann hatte Don einen seiner komischen Anfälle und sagte mit unheilvoller Stimme – manchmal ist er wirklich albern -, dass wir vorsichtig sein sollten, wenn wir uns in Underwood streiten, da das Haus empfänglich für menschliche Gefühle sei und sich gegen uns wenden könnte."

„Ich habe ihn etwas Ähnliches sagen hören", erinnerte sich Angela.

„Wissen Sie, manchmal frage ich mich, ob er nicht doch verrückt ist, aber Tante Louisa sagt, er sei nur sensibel und brauche eine praktisch veranlagte Frau, die ihn ab und zu zurechtstutzt. Jedenfalls habe ich ihm gesagt, er solle nicht solchen Unfug reden, aber das hat es nur noch schlimmer gemacht. Er redete plötzlich davon, wie sehr Philippa das Haus gehasst habe und dass sie deshalb gestorben sei. Vielleicht war ich selbst in einer seltsamen Stimmung, aber die Art, wie er es sagte, ließ mich ihn plötzlich in einem anderen Licht sehen. Danach habe ich mich gefragt, ob seine Anfälle wirklich so harmlos waren, wie sie schienen, oder ob etwas Ernsteres dahintersteckte.

Ein oder zwei Monate lang ging alles seinen gewohnten Gang, bis Don eines Tages sagte, er spüre, dass etwas Störendes in der Luft liege. Ich habe anfangs nicht besonders darauf geachtet, aber er hat es immer wieder betont. Er mache sich Sorgen, sagte er, dass etwas Schreckliches passieren würde, aber er konnte nicht sagen, was es war. Kurz darauf stürzte Winifred über die Brüstung und starb."

Angela erinnerte sich plötzlich an etwas.

„Louisa sagte, dass Sie nach dem Sturz zu Donald gelaufen sind und gerufen haben: ‚Nicht schon wieder!' oder so ähnlich."

„Habe ich das?"

„Vielleicht haben Sie daran gedacht, was er über das Haus gesagt hat, das sich gegen die wendet, die es nicht mögen."

„Das ist gut möglich", stimmte Stella zu. „Aber ich hatte ihn nicht im Verdacht, etwas damit zu tun zu haben - damals jedenfalls nicht."

„Wann haben Sie angefangen, ihn zu verdächtigen?"

„Als Edward gestorben ist. Eine oder zwei Wochen vor dem Familientreffen wurde Don wieder ganz komisch und sagte, er spüre, dass etwas nicht stimme. Es war genau wie bei Winifreds Tod, nur dass ich dieses Mal genau hingehört und große Angst bekommen habe. An jenem Abend, als Edward aus dem Haus gestürmt war, verließ Don das Zimmer und ich habe ihn für den Rest des Abends nicht mehr gesehen. Am nächsten Tag wurde Edward im See gefunden, die Leute fingen an, zu reden, und ich wusste nicht, was ich denken sollte. Die Polizei hat uns gefragt, was wir alle an dem Abend nach dem Streit gemacht hatten, und Don hat angegeben, er habe mit einem Buch in der Bibliothek gesessen. Ich wusste nicht, ob ich ihm glauben sollte oder nicht.

Natürlich dachte ich nicht, dass er seine Tanten und seinen Onkel absichtlich ermorden wollte, aber er hatte sich bei jedem der Todesfälle so seltsam verhalten, dass ich befürchtete, er könnte eine Art Eingebung gehabt und sie getötet haben, ohne es zu wissen und ohne sich daran zu erinnern. Ich vermutete, er könnte vielleicht überarbeitet sein und müsste in ärztliche Behandlung. Also versuchte ich, ihn behutsam darauf anzusprechen, aber er wurde jedes Mal wütend, wenn ich davon anfing, und dann haben wir wieder gestritten.

Inzwischen war ich fest davon überzeugt, dass er der Mörder war, und je näher der Termin für das nächste Familientreffen rückte, desto größer wurde meine Angst. Oh, Mrs Marchmont!", rief sie, „ich schäme mich so für meinen lächerlichen Auftritt! Als Ursula anfing, Don zu beschuldigen, dachte ich, es müsse wahr sein. Ich dachte, das würde er mir niemals verzeihen."

„Dann hegten Sie also keine romantischen Gefühle für Guy?", fragte Angela.

Stella schüttelte mit weit aufgerissenen Augen den Kopf.

„Natürlich nicht", sagte sie. „Er war amüsant, das ist alles. Natürlich tut es mir leid, was passiert ist, aber er war ein Mörder - das ist nicht zu leugnen – daher hat er es verdient."

„Er tut Ihnen nicht leid?"

„Nein", antwortete sie entschlossen. „Ich weiß, man sollte Mitgefühl mit ihm haben, wegen seiner schwierigen Kindheit und so weiter, aber er tut mir nicht leid. Viele Menschen haben eine schwierige Kindheit und bringen niemanden um. Mord ist falsch, und daran ist nicht zu rütteln."

„Daran ist nicht zu rütteln", wiederholte Angela, als Stella gegangen war. Die kompromisslose Haltung der jungen Frau überraschte sie ein wenig, aber vielleicht war es normal. Schließlich konnten die jungen Leute von heute recht gut mit Tragödien und Katastrophen umgehen.

Sie saß eine Weile nachdenklich da, dann stand sie auf und sah sich um. Nachdem sie mehrere Tage nicht das Haus verlassen hatte, war sie unruhig und entschlossen, auszugehen.

„Ich brauche einen neuen Hut", sagte sie, „und vielleicht einen Schal und ein paar Handschuhe. Wo habe ich denn neulich diesen hübschen kleinen roten Seidenhut gesehen? Ich glaube, es war in der Bond Street."

Sie läutete, aber statt Marthe kam William herein.

„Verzeihen Sie, Ma'am, aber ich wollte Ihnen das hier zurückbringen", erklärte er, als sie ihn erstaunt ansah. Er schaute sich vorsichtig um, griff in die Tasche und holte den kleinen Revolver heraus, den sie ihm ein paar Tage zuvor zugesteckt hatte. „Ich schätze, Sie brauchen ihn dringender als ich."

„Danke", sagte sie. „Ich hatte zwei davon, aber den anderen gibt es nicht mehr, also sollte ich wohl gut auf diesen hier aufpassen."

Er scharrte verlegen mit den Füßen.

„Es tut mir leid, dass ich Sie neulich im Stich gelassen habe, Ma'am", stieß er schließlich hervor.

„Sie haben mich nicht im Stich gelassen, William", beteuerte sie. „Es war eine Fehleinschätzung meinerseits. Ich hätte vorhersehen müssen, dass er ins Haus zurückkehrt."

„Eine ganze Stunde habe ich damit verschwendet, ihn im Wald zu suchen", sagte William wütend. „Als ich an den kleinen Strand kam, war ich erstaunt, dort nur Mr Donald Haynes vorzufinden. Er saß auf einem Baumstamm und stützte den Kopf in die Hände. Ich habe viel zu lange gebraucht, um zu begreifen, dass ich in eine Falle getappt war. Sie hätten diesem Mann nie allein gegenübertreten dürfen."

„So etwas hatte ich natürlich nicht geplant", stimmte

sie zu, „aber seien Sie versichert, dass es nicht Ihre Schuld war. Und außerdem: Ende gut, alles gut. Es ist nur eine Schande, dass er bei einem so schrecklichen Unfall sterben musste.“

„Ein Unfall?“, fragte er.

„Ja“, sagte Angela mit fester Stimme.

William sah ihr einen Moment lang in die Augen.

„Ich verstehe“, sagte er.

Sie senkte den Blick als Erste, dann hustete sie und winkte mit der Hand, um ihm zu signalisieren, dass die Unterredung beendet war.

„Das wäre alles, William“, sagte sie. „Ich bin Ihnen sehr dankbar für das, was Sie in den letzten Tagen getan haben. Erinnern Sie mich nächste Woche an mein Versprechen, dann überlegen wir, wie wir es mit Ihrem Urlaub halten.“

Er straffte die Schultern und strahlte.

„Es ist mir ein Vergnügen, für Sie zu arbeiten, Ma’am.“

Er drehte sich auf dem Absatz um und ging hinaus.

———

clarabenson.com